Albrecht Gralle
Mit blauen Augen

Albrecht Gralle

Mit blauen Augen

Roman

Silberburg-Verlag

Albrecht Gralle ist in Stuttgart geboren und aufgewachsen. Der ausgebildete Theologe lebte mit seiner Familie fünf Jahre in Westafrika. Freischaffender Schriftsteller ist er seit 1993 und veröffentlichte zahlreiche historische Romane, Erzählungen, Kinder- und Jugendbücher in verschiedenen Verlagen. Gralle wohnt in Northeim bei Göttingen.

Für das erste Kapitel seines Romans erhielt der Autor den Schwäbischen Literaturpreis der Stadt Augsburg.

1. Auflage 2016

Umschlaggestaltung: Anette Wenzel, Tübingen,
unter Verwendung einer Fotografie
aus dem Privatarchiv von Eberhard Seiffert.
Druck: Gulde-Druck, Tübingen.
Printed in Germany.

ISBN 978-3-8425-1477-5

Für Brigitte und Eberhard

1

JANUAR 1957. Draußen schneit es endlich. Ein Vorort von Stuttgart: Platanenallee, ein paar Streuobstwiesen und dazwischen die Häuser. Es gibt eine Metzgerei, die selbst gemachte Maultaschen anbietet und eine Schmiede, in der Pferde beschlagen werden. Freitags stinkt es nach verbranntem Horn.

Mitten durch den Ort: die Straßenbahn. Offene Waggons, die man noch während der Fahrt durch beherztes Aufspringen erreichen kann und die einen direkt bis zum Stuttgarter Hauptbahnhof bringen.

Frank ist gerade sieben geworden und steht am Fenster. Die Schneedecke ist zu dünn für Schneemänner und zum Rodeln reicht es auch noch nicht. Er hat schlechte Laune, will den Kinderfunk hören, aber der einzige Radioapparat ist in Brittas Zimmer, in dem sein kranker Vater inzwischen liegt und schläft.

Frank blickt schräg nach oben. Weißkörniger Himmel wie Grießbrei. Er wird noch ein Weilchen warten müssen, bis der Schnee zu gebrauchen ist. Inzwischen wirbeln die Flocken herunter und bleiben auf den Platanenästen liegen. Seltsame Bäume, deren Rinde so aussieht, als würden die Bäume ständig ihre Haut wechseln.

Auf dem Trottoir der Schokoladenstraße, die eigentlich anders heißt, wird die Schneeschicht immer dicker. Weil die amerikanischen Soldaten, die mit ihren Militärlastern hier vorbeifahren, Schokoladenstücke nach draußen werfen, hat Frank die Straße so genannt. Und wenn die armen, deutschen Kinder ihnen zuwinken und *hau du ju du* und *sänk ju* rufen, lachen die Soldaten und werfen manchmal noch mehr. Frank weiß, dass man das *sänk ju* so aussprechen muss, als ob man lispelt. Neulich war nämlich ein echter Amerikaner zu Besuch gewesen, ein Freund von seinem Vater, den er getroffen hat, als er von den Amis gefangen gehalten wurde, und der hat es Frank beigebracht und viel gelacht. Aber die fröhliche Stimmung ist jetzt vorbei.

Hinter ihm und neben ihm hört er die Stimmen der anderen. Flüstern, verhaltenes Husten, leise Tritte, obwohl sein Vater sie sowieso nicht hört. Er hat die Augen geschlossen, schwitzt und stöhnt. Einmal hat Frank das Krankenzimmer betreten, hat sich leise hereingeschlichen, um zu sehen, wie es mit dem Kinderfunk aussieht. Es ist eigentlich das Zimmer seiner Schwester. Das Gesicht seines Vaters ohne Brille: blass und fremd.

Er ist sogar wach gewesen und lächelte kurz, als Frank neben seinem Bett stand.

»Na wie geht's?«, fragte sein Vater.

»Ganz gut, aber dir nicht so gut.«

»Ziemlich schwach«, flüsterte er. Da sah Frank eine Spinne, die über die Bettdecke krabbelte.

»Da ist ... da ist eine Spinne«, sagte er.

»Wo?«

»Auf der Bettdecke. Soll ich sie ...?«

Sein Vater richtete sich auf und schüttelte den Kopf. »Nein, nein!«, krächzte er. »Lass sie, du weißt doch, dass ich ... dass ich Spinnen mag. Wenn ich wieder ... gesund bin, erzähl ich dir, warum.«

Frank nickte und ließ die Spinne mit seinem Vater allein.

Es fällt ihm wieder ein, dass sein Vater auch früher schon versucht hat, die Spinnen vor dem Staubwedel seiner Frau zu retten. Komisch, denkt er. Er selbst findet Spinnen eher eklig.

In der ganzen Wohnung riecht es nach Bohnerwachs, weil die Mutter das Linoleum auf Hochglanz gebracht hat mit ihrem Blocker. Schweres Instrument. Eisen mit Putzlappen und langem Stiel, auf das sich Frank manchmal stellen darf, wenn seine Mutter blockt. Bohnern und Blocken ist wichtig. Gerade jetzt! Der Arzt und die Besucher sollen nicht überall herumerzählen, es sei dreckig bei ihnen. Seine Mutter ist nämlich eine ganz saubere Frau und kommt aus Wasseralfingen von der Schwäbischen Alb. Stuttgart, die Stadt, in der sie wohnen, ist zwar auch schwäbisch, aber nur sanft schwäbisch. Dort sagt man zu Frauen Frauen und nicht Weiber.

Frank hat genug von dem leisen Gemurmel und von seinem kranken Vater, der ihm den Kinderfunk vermiest hat. Er möchte nach draußen.

Im Treppenhaus riecht es nach Königsberger Klopsen, das Essen der Flüchtlinge aus dem Osten. An dem Nagel neben der Tür hängt das Pappschild, auf dem »Kehrwoche« mit verschnörkelten Buchstaben steht.

Es ist gar nicht so kalt. Nach dem Bohnerwachsduft, in dem der dünne Geruch von Krankheit wie ein roter Faden verwoben ist, riecht die Luft draußen doppelt so gut: Wasser, frische Wäsche, Winter.

Der Grießbreihimmel ist von irgendwelchen Himmelsbewohnern teilweise weggefressen worden. Es sind sogar ein paar himmelblaue Flecken zu sehen. Wie Blaubeermilch.

Seine Hände hat Frank in der abgetragenen Cordjacke seines großen Bruders vergraben und drückt die Absätze in den Schnee. Direkt gegenüber der Haustür steht ein riesiger Kirschbaum, der bis über das Hausdach reicht und an dem im Sommer große Herzkirschen hängen. Aber jetzt ist er kahl und macht mit dem Wachsen Pause. Eine papierdünne Rinde, die sich ringelt, wenn man sie abzieht. Weiß bestäubt, dort, wo sie sich zu viel ringelt.

»So viel Aufregung, nur weil Papa Grippe hat«, murmelt Frank und öffnet das Gartentor. Er wird Bernhard besuchen, der am Ende der Hauptstraße wohnt. Fünf Minuten Fußweg.

Bernhard wird ihn auf andere Gedanken bringen. Er ist bekannt wegen seiner kühnen Aktionen. Letztes Jahr fand er Gefallen daran, immer knapp vor einer fahrenden Straßenbahn über die Straße zu rennen. Vor zwei Wochen hat er sich vom dritten Stock abgeseilt und das Seilende im Zimmer um die Kommode gebunden, die sich dann durch Bernhards Gewicht quer durchs Zimmer geschoben und ein paar Schleifspuren auf dem Linoleum hinterlassen hat, ganz abgesehen von den Gläsern, die im Inneren der Kommode umgefallen sind.

»Was soll aus dem Jungen bloß werden?«

Die ständigen Ausrufe von Bernhards Mutter, dabei sollte sie stolz sein auf Bernhard, denkt Frank. Keiner ist so mutig wie er.

Diesmal hat Bernhard einen Abgrund entdeckt. Bauarbeiter haben ein Loch gegraben, um Rohre zu verlegen. Wenn man ein Seil um einen Baum bindet, kann man sich in den Abgrund hinunterlassen. Es ist zwar ein bisschen dreckig, aber richtig gefährlich und toll.

Als Frank nach Hause kommt, sieht er den Krankenwagen. Zwei Männer tragen auf einer Krankenbahre jemanden heraus. Als er seine Mutter mit roten Augen sieht, fällt ihm ein, dass es vielleicht sein Vater sein könnte. Aber der hat doch nur eine Grippe!

»Was ist denn los?«, fragt er Britta, seine Schwester.

»Papa muss ins Krankenhaus. Kein Mensch weiß genau, was er hat. Wie siehst du denn aus? Zieh dich mal schnell um, bevor dich Mama sieht. Die hat jetzt genug Sorgen.«

Frank schleicht durch den Hausflur und denkt, dass er morgen endlich wieder den Kinderfunk hören kann.

Die nächsten Tage sind seltsam: Der Schnee fällt, und Frank ist draußen, wenn er seine paar Schularbeiten gemacht hat. Aber immer, wenn er nach Hause kommt, ist es so, als würden die anderen gerade aufhören zu reden. Und seine Mutter blickt manchmal nach draußen, ohne nach draußen zu blicken, was sie sonst nicht macht. Meistens fehlt sie aber nachmittags, weil sie nach Stuttgart ins Krankenhaus fährt.

Drei Tage später ist sein Vater im Krankenhaus gestorben. Die kleine Wohnung wird voll. Überall stehen oder sitzen Leute herum mit nassen oder roten Augen. Seine Mutter weint still vor sich hin. Frank weint nicht, obwohl er doch traurig sein müsste. Immerhin ist sein Vater gestorben. Aber der Junge spürt keinen Kloß im Hals, seine Augen brennen nicht und die Heulschlange, die doch sonst so schnell nach oben kriecht, um seine Tränen herauszupressen, liegt ruhig zusammengerollt in seinem Bauch.

Da legt ihm jemand die Hand auf die Schulter. Frank blickt hoch. Es ist Eduard, der Freund von seinem Onkel Hermann.

»Na, Frank?«, sagt er und lächelt. »Traurig, dass dein Vater gestorben ist?«

Frank findet es seltsam, dass der Mann lächelt, obwohl er eine traurige Frage gestellt hat.

»Ja, schon«, sagt er einsilbig.

»Wenn du mal einen Ersatzvater brauchst, dann melde dich.« Er tätschelt ihm lässig auf den Rücken. »Alles klar?«

»Mm«, sagt Frank und versucht, Eduard und seinem Vaterangebot zu entkommen. Später sieht er ihn in der Küche, wie er versucht, mit seiner Mutter zu scherzen.

Die nächsten Tage nach dem Tod des Vaters sind unheimlich. Frank kann schlecht einschlafen, weil er in der vorigen Nacht im Traum gesehen hat, wie sein Vater durch die Wohnung gegangen ist, um ihm das Radio wegzunehmen. Einfach so, ohne Kommentar, als ob er gewusst hätte, dass Frank sich nur für den Kinderfunk interessiert und nicht für den kranken Vater.

Obwohl der Vater sonst ein ganz netter Mensch ist. Oder gewesen ist. Er hat mit Frank Waldspaziergänge gemacht, hat ihm Lieder auf dem Klavier vorgespielt, kürzlich noch die sechste Symphonie von Beethoven erklärt, wo es blitzt und donnert und die Sonne wieder scheint. Und er hat ihm beim Baden in der Wanne seine Kriegsnarbe auf dem Oberschenkel gezeigt, wo sich ein Granatsplitter in das Fleisch gebohrt hat und wieder herausgeschnitten wurde. Er hat Frank allerdings auch mal verhauen, weil er zu spät nach Hause gekommen ist und sich alle Sorgen um ihn gemacht haben.

Manchmal hat sich sein Vater von der Arbeit heimlich ins Haus geschlichen, um die Familie beim Abendessen zu überraschen, zusammen mit einem Bückling. Geräucherte Heringe, die nicht viel kosten, aber trotzdem gut schmecken. Delikatessen für kleine Leute.

Wenn Franks Vater nachts im Traum durch die Wohnung in Stuttgart schleicht, hat er seinen dicken Mantel mit dem Fischgrätmuster an. Es muss ja auch ziemlich kalt sein, wenn man im Januar im Grab liegt.

Aber liegt er überhaupt tagsüber in seinem Grab? Und wartet er wirklich auf das ewige Leben? Frank weiß es nicht so genau.

Er würde gerne einmal im Sarg nachschauen, aber das geht nicht. Er hat zu große Angst, und außerdem kann er allein den Sarg gar nicht ausgraben und aufmachen. Er ist ja erst sieben.

Gegen die Totenangst, die ihn manchmal aufwachen lässt, hilft nur das große Bett der Mutter, die warme Haut auf ihren Armen und der weiche Stoff ihres Nachthemds, den er in der Dunkelheit zu Hügeln und Bergen formt und dann durch Glattstreichen wieder in Flachland verwandelt.

»Was machsch denn dauernd an meim Nachthemed rom?«, murmelt sie. Und er versucht, ohne Landschaften einzuschlafen.

Und die weichen Zöpfe von Martina helfen auch gegen die Totengedanken. Die Zöpfe sind so schön dick, biegsam und rot, riechen so gut. Martina ist seine Freundin, ohne seine Freundin zu sein. Niemals würde er zu den anderen sagen, dass sie seine Freundin sei. Aber sie spielen manchmal zusammen und ab und zu darf er ihre Zöpfe in die Hand nehmen und daran riechen. Sie haben einen so besonderen Mädchenhaarduft, dass er sie am liebsten aufessen möchte, wenn sie nicht so haarig wären. Sie riechen ein bisschen nach Haut und Seife und nach einem Geruch, der Ähnlichkeit mit Vanillepudding hat.

Frank hat sich in sie von hinten verliebt, in ihre Zöpfe, und er nimmt das Übrige eben in Kauf. Und ihre Stimme klingt nicht schlecht.

Abends braucht sich Frank nur die Zöpfe von Martina vorzustellen, wenn der Geist mit dem Fischgrätmuster durchs Haus schleicht, dann kommt er auf andere Gedanken.

Oft steht Frank vor dem Fenster und blickt auf die Straße. Seine Mutter denkt wahrscheinlich, dass er vielleicht doch ein bisschen traurig ist, weil sein Vater gestorben ist, und streicht ihm über den Kopf. Aber er denkt an etwas anderes. Es könnte doch sein, dass wieder mal ein Laster die Straße herunterholpert und die Soldaten aus Amerika mit Schokolade werfen. Und dann muss er schnell hinaus und *hau du ju du* und *sänk ju* rufen, obwohl *hau du ju du* ziemlich komisch klingt, als ob jemand verhauen wird. Da ist doch *Grüß Gott* viel kürzer und schöner.

Am Tag, als die Traueranzeige in der Zeitung erscheint, kommen die Leute, die im Haus wohnen, zu ihnen hinunter, um ihr Beileid auszudrücken. Komisch, dass es ein Beileid und ein Mitleid gibt, denkt Frank. Dann müsste es doch auch ein Umleid oder ein Nebenleid geben.

Direkt über ihnen wohnt eine Frau, die Martha Granuleit heißt und dauernd im Bett liegen muss. Eine von den Flüchtlingen.

Weil sie nicht schwäbisch spricht, hat Frank ein wenig Angst vor ihr. Er war früher nur kurz mal oben und hat sie gesehen, wie sie auf ihrem Bett liegt wie auf einem Thron. Sie kommt nicht herunter, weil sie gelähmt ist, aber ihre Tochter und ein Mann, der nicht ihr Ehemann ist, kommen zu einem Beileidsbesuch. Seine Mutter sagt, Frau Granuleit hat sich mit den Amis eingelassen und hat vor vielen Jahren einen Autounfall gehabt, weil sie zu übermütig war. Und seitdem sei sie gelähmt. Das hat sie nun davon.

»Ibermut tut sälden gut«, sagt seine Mutter. Jetzt liegt Frau Granuleit im Bett, direkt neben dem Fenster und sieht auch ab und zu die Amilaster vorbeifahren. Sie ist ziemlich fromm geworden und hat sogar ein Harmonium in ihrem Zimmer stehen, das hat Frank einmal gesehen. Manchmal spielt jemand einen Choral darauf, der bis zu ihnen nach unten wimmert. »Harre, meine Seele ...«

Die sechzehnjährige Tochter von Frau Granuleit heißt Tamara. Sie ist schon voll entwickelt, sagt sein Bruder, und kann mit den Hüften wackeln. Außerdem hat sie keinen richtigen Vater, aber dafür schon einen Freund, der abends sogar vor ihrem Fenster Lieder singt. Hartmut findet das idiotisch und überlegt, ob er an der Dachrinne einen Blumentopf befestigt, den man mit Hilfe einer Schnur herunterfallen lassen kann.

»Von den Amis ist die Tochter jedenfalls nicht«, sagt seine Mutter. »Dafür ist sie zu alt.«

Und ganz oben unter dem Dach wohnen die Mergenthalers, zwei Eltern, zwei Kinder und eine Oma. Der Junge, der Jürgen heißt, ist in Franks Alter und seine Schwester Margret liebt Lakritzschnecken und hat oft braune Zähne. Dann lebt die Oma dort, deren Mann im ersten Krieg gefallen ist. Er muss ziemlich stark gefallen sein, denkt Frank, sonst wäre er nicht tot.

Überhaupt der Krieg! Frank ist ja erst fünf Jahre danach geboren und seine Geschwister sagen immer, er sei deswegen ein Friedenskind. Einmal hat ihn sein Bruder Hartmut so wütend gemacht, dass er ein Vergrößerungsglas nach ihm geworfen hat, und dabei ist Hartmuts Vorderzahn abgebrochen. Seitdem hat das Gerede mit dem Friedenskind aufgehört.

Für Frank ist der Krieg unheimlich. Er hat viel von Dinosauriern gehört und stellt sich vor, dass sie auch im Krieg mitgemischt haben. Andererseits muss der Krieg auch toll gewesen sein, denn Onkel Fritz aus der Verwandtschaft seines Vaters, erzählt immer begeistert davon, wo er überall gewesen ist und wie sie dem Iwan eingeheizt haben. Aber gewonnen haben sie dann trotzdem nicht. Es gibt Nächte, da lässt ihn sein toter Vater in Ruhe, und dann denkt er daran, dass er gar nicht so schlecht gewesen ist. Er konnte ziemlich viel. Zum Beispiel konnte er schwäbisch sprechen, ohne Schwabe zu sein. Seine Familie stammt aus Braunschweig und Sachsen, und deswegen ist auch Onkel Fritz kein richtiger Schwabe.

Sein Vater ist auch furchtbar musikalisch gewesen. Er konnte wahnsinnig gut Klavier und Orgel spielen.

Wenn Frank abends nicht schlafen kann, pfeift er manchmal vor sich hin, weil er denkt, dass er auch musikalisch ist. Und dabei hat er das ewige Pfeifen entdeckt. So nebenbei. Er hat nämlich gemerkt, dass man ununterbrochen pfeifen kann, wenn man beim Einatmen auch pfeift.

Es ist komisch, aber irgendwie mag Frank Gott, obwohl er ihn nie gesehen hat, außer in der Kinderbibel, wo er Mose die zehn Gebote überreicht. Auf diesem Bild sieht er ziemlich alt aus, etwas streng, aber auch nett. Man muss ihn einfach mögen, denkt Frank, weil er ja alles so wunderbar erschaffen hat: die Ameisen, die Affen, die Platanen mit der dünnen Rinde, den Schwarzwald und den Bodensee, die weiche Haut seiner Mutter, Martinas Zöpfe und die Kakaonüsse, aus denen man Schokolade herstellen kann.

Klar, es gibt auch Unglücke und Vulkanausbrüche. Aber das Schlimmste, was einem da passieren kann, denkt Frank, ist ja, dass man stirbt. Und dann geht es einem im Himmel sogar noch besser als vorher, wenn man nicht das Pech hat und in der Hölle landet.

Eigentlich müsste er vor seinem toten Vater gar keine Angst haben, weil er ja im Himmel ist, das ewige Pfeifen übt, mit Gott vierhändig spielt und frisch geräucherte Bücklinge isst. Aber das modrig Tote ist immer noch ein bisschen da, wie Knoblauch, der in einem Pullover festhängt. Ein paar Tage später hat Frank den furchtbarsten Traum seines Lebens.

Ein großer, dunkler Mann steigt durch das offene Klofenster. Er sieht ein bisschen aus wie Eduard, der Freund von Onkel Hermann, und ruft: »Elisabeth, komm!« Und als die Mutter kommt, packt er sie und trägt sie wie ein Paket nach draußen. Frank ist im Traum zunächst ahnungslos. Er sucht seine Mutter überall und ruft ihren Namen, obwohl er eigentlich weiß, dass sie gestohlen worden ist. Dann sieht er das offene Fenster, steigt auf einen Stuhl und blickt hinaus. Da ist der Mann, der seine Mutter gerade wegträgt. Frank fängt zu schreien an, bis er wach wird. Dann steht er auf, torkelt zum Bett seiner Mutter und sieht mit klopfendem Herzen nach, ob sie noch da ist. Da liegt sie friedlich unter ihrer Decke. Schnell schlüpft er zu ihr ins warme Bett und erzählt schluchzend von seinem Traum. Diesmal darf er ganz viele Berge und Täler aus dem Stoff ihres Nachthemds formen. Er ist noch nie so erleichtert gewesen wie in diesem Augenblick, als er ihren weichen Körper fühlt.

Am nächsten Morgen findet Frank hinter dem Wohnzimmerschrank die Schwalbe, die er vor ein paar Wochen gebastelt hat, nachdem ihm sein Vater gezeigt hat, wie's geht. Das war, bevor die Krankheit so schlimm wurde. Die Papierschwalbe ist zwischen Wand und Schrank eingeklemmt gewesen. Frank geht in das Treppenhaus und steigt einen Stock höher, wo das Fenster ist und lässt die Schwalbe fliegen. Sie fliegt sehr schön, aber ein Wind kommt plötzlich auf und weht sie weg.

2

STUTTGART, JANUAR 1957. Elisabeth Schering kann es nicht fassen, dass ihr Mann so krank sein soll. Vor einer Woche kam er nach Hause, fühlte sich nicht wohl, bekam Fieber, legte sich ins Bett. Eine Grippe, denkt sie. Mit Wadenwickeln, Schwitzen, mit Tee, Kraftbrühe und Schlafen wird das Fieber zurückgehen. Aber es geht nicht zurück. Schließlich ruft sie nach dem Arzt. Er verordnet fiebersenkende Mittel. Das Fieber steigt.

Ein anderer Arzt kommt. Es ist alles rätselhaft. Sie unterhalten sich in ihrer Fachsprache. Bis dahin war sie noch nicht besorgt, erst als sie sagen, er müsse ins Krankenhaus, macht sie sich Gedanken.

Arnold Schering liegt im Bett und glüht, er scheint immer kleiner zu werden. Kraftlos hängt er an ihr, als sie ihn in die Badewanne bugsiert. Aber es ist ihr egal, Hauptsache, er kommt wieder auf die Beine.

Und was für ein herrlicher Mann er war. Selbstbewusst, charmant. Seine Hände, schlank und groß, tanzten lässig über die Tasten des Klaviers.

Wie er auf einer Bahre hinausgetragen wird! Das Bild vergisst sie nicht. Der Krankenwagen. Neugierige Schatten hinter den Vorhängen der anderen Häuser.

Und Frank, der wie verloren allen im Weg steht. Wie gut, dass Britta da ist, die sich um ihn kümmert.

Aber Schluss mit den Gedanken, sie muss sich konzentrieren. Der Schnee draußen. Die Kehrwoche. Auch das noch! Und der Geruch von Königsberger Klopsen im Flur. Kapern! *Machen die Granuleits beim Kochen nie die Tür zu?*

Sie könnte kotzen.

Hartmut muss den Schnee wegmachen. Er ist kräftig, aber faul. Dauernd muss ich ihm sagen, was er mir abnehmen kann. Haben Jungen eigentlich keine Augen für das, was getan werden muss?

Sie fährt in jeder freien Minute ins Krankenhaus. Eine halbe Stunde mit der Straßenbahn. Aber es ist gut. In dieser halben Stunde ist sie ganz allein. Niemand will etwas von ihr. Sie blickt nach draußen in den Schnee, der ungerührt nach unten fällt. Tröstlich. Ganz gleich, wie sie sich fühlt, der Schnee kümmert sich nicht darum. Er macht seine Arbeit und fällt. Das ist alles, was er zu tun hat.

Und was wird, wenn Arnold nicht mehr … Daran will sie gar nicht denken. Sie muss das Nächstliegende tun: Arnold besuchen, ihn aufmuntern.

Wenn … ja wenn er überhaupt ansprechbar ist. Meine Zeit, diese Krankheit kann doch nicht so schlimm sein. Seit wann muss man denn bei einer Grippe ins Krankenhaus? Die Männer sind auch nicht mehr das, was sie mal waren. Dieser fürchterliche Krieg hat allen die Kraft geraubt.

Wenn sie daran denkt, dass Arnold vor dem Krieg kräftiges Haar gehabt hat und als er dann zurückkam: dünn und schütter. Furchtbar. Sie hatte ihn kaum wiedererkannt, so abgemagert wie er war.

Und alles musste man ihm aus der Nase ziehen, 1947. Erzähl doch mal, hat sie zu ihm gesagt.

Was soll ich denn erzählen? Von den Leichen, die wir zurückgelassen haben? Erst nach zwei Jahren hat er mehr erzählt. Zuerst stockend. Konnte es nicht mehr bei sich behalten. Eine Art Kriegsdurchfall.

Aber sie hat ihn wieder hingekriegt. Sie liebt ihn ja. Und sie ist eine gute Köchin. Ja, das ist sie. Sie kann aus wenigen Sachen Gerichte zaubern.

Hirnsuppe, zum Beispiel, oder Saure Kutteln. Und die Spätzle macht sie immer selbst. Den Teig am Vorabend schon ansetzen und rühren, bis er Blasen schlägt. Über Nacht zum idealen Spätzlesteig heranreifen lassen.

Als Arnold wieder zu Kräften kommt, kommt auch die Lust zurück. Zuerst die Zärtlichkeit, dann die Lust. Jede

Nacht. Als müsse man alles aufholen. Frank war einfach nicht zu verhindern.

Aber jetzt ist sie froh, dass sie noch so einen kleinen Jungen hat. Wenn ein Kind erst da ist, schafft man es irgendwie, hat sie gemerkt.

Das Krankenhaus! Beinahe hätte sie es verpasst. Sie steigt aus.

Dieser Blick der Diakonisse an der Pforte des Rosenberg-Krankenhauses. Mitleid mit einem Hauch Überlegenheit: Wieder so eine, die ihren kranken Mann besucht.

Ja, die hat ihr Herz an keinen Mann gehängt, nur an die Arbeit oder an Gott. Praktisch. Den muss man nicht im Krankenhaus besuchen. Ewige Ehe.

Erdgeschoss. Auf Intensiv. Ein weißer Kittel. Man kennt sie schon.

Da liegt er. Mit geschlossenen Augen.

Sie setzt sich neben ihn und hält seine heiße Hand, streichelt vorsichtig über seine kratzige Wange. Ach ja, sie könnte ihn rasieren.

Sie nimmt sich die gebogene Nierenschale, füllt sie mit lauwarmem Wasser, greift nach Pinsel und Rasierseife. Und da ist ein tiefer Teller, in dem man den Rasierschaum schlagen kann. Fast wie Teig herstellen.

Als sie ihm vorsichtig die Wangen einseift, schlägt er die Augen auf. Sie hält inne.

»Was machst du?«, murmelt er.

Das Schwäbische ist abgefallen, es war ja doch nur eine Fremdsprache für ihn.

Sie lächelt ihn zaghaft an. »Ich rasier dich.« Wie kann es nur sein, dass sie dieses Häufchen Elend immer noch liebt? Schmerzhaft liebt. Das gibt's doch nicht!

Er murmelt leise Unverständliches.

Sie hält die Nierenschale unters Kinn und gleitet mit dem Rasierer vorsichtig an seiner Wange entlang, lässt den Schaum mit den Bartstoppeln in das Metall tropfen, zusammen mit ein paar Tränen.

Die Tür geht auf, eine Schwester schaut herein. »Frau Schering«, sagt sie. »Nett, dass Sie Ihren Mann rasieren.«

Sie nickt.

»Kommen Sie doch nachher ins Stationszimmer, der Arzt möchte mit Ihnen reden.«

»Isch recht.«

Sie hat Herzklopfen, als sie ins Zimmer kommt, der Geruch von echtem Bohnenkaffee liegt in der Luft und kalter Rauch von Zigaretten.

Dr. Henner sitzt am Schreibtisch und blickt auf. Er nimmt seine Brille ab, steht auf und gibt ihr die Hand. »Bitte, setzen Sie sich doch, Frau Schering.« Er dreht den Schreibtischstuhl um und setzt sich auch.

»Er hat die Augen aufgemacht«, sagt sie, »und etwas geflüstert.«

Dr. Henner nickt professionell. »Ja«, sagt er, »wenigstens das.« Er macht eine Pause, dreht seine Brille in der Hand. »Frau Schering, ich möchte nicht groß herumreden. Um Ihren Mann steht es sehr ernst. Er scheint aus einem Grund, den wir noch nicht kennen, sehr hohes Fieber zu haben. Es gibt Bakterien im Blut, die für uns ein Rätsel sind. Wir haben alles Mögliche probiert. Auf Penicillin reagiert er nicht. Irgendwo muss ein Entzündungsherd sein. Das Herz ist stark angegriffen. Er fällt immer wieder in eine Ohnmacht, die Abstände, in denen er bei Bewusstsein ist, werden kürzer …«

»Ich … Ich versteh das nicht«, sagt sie. »Es war doch nur eine harmlose Grippe.«

»Wir vermuten einen unbekannten Bakterienherd.«

Sie senkt den Kopf und merkt, wie ihre Augen wieder feucht werden. »Gibt es denn … überhaupt noch Hoffnung?«

»Nur, wenn wir die Ursache herausgefunden haben.«

Sie nickt wortlos.

»Morgen können Sie zwar kommen, aber ich kann Ihnen nichts versprechen.« Er steht auf. »Tut mir leid, dass ich Ihnen nichts Genaueres sagen kann.«

Ein Händedruck. Es sieht so aus, als ob er flieht.

Wie betäubt fährt sie nach Hause, nachdem sie sich von Arnold verabschiedet hat.

Am nächsten Morgen klingelt das Telefon. Er sei gegen vier Uhr morgens gestorben. Sie könne leider noch nicht zu ihrem Mann. Ob sie mit einer Obduktion einverstanden sei?

Der Nachmittag wie Nebel. Britta und Hartmut kochen Kaffee und Tee. Freunde kommen vorbei. Alles weint, selbst Hartmut hat rote Augen. Nur Franks Gesicht bleibt trocken. Wahrscheinlich begreift er die ganze Tragweite noch nicht.

Nachts wird sie wach, weil Frank weinend in ihr Bett kriecht. Schlimmer Traum. Jetzt ist er der Einzige, der für die nächste Zeit ab und zu neben ihr im Bett liegen wird. Da kann er so viele Nachthemdlandschaften formen, wie er will, der arme Kerl.

Zwei Tage später bekommt sie einen Brief vom Krankenhaus. Sie haben die Ursache herausgefunden. Eine alte Kriegsverletzung am Kopf, eingekapselte Bakterien, die durch die Grippe freigesetzt wurden.

Aber das hilft ihr jetzt auch nicht weiter. Immerhin kann sie jetzt den Beerdigungstermin festlegen.

Achtzehn Jahre Liebe werden nächste Woche zu Grabe getragen.

3

Der letzte Sommer vor dem Krieg. Aber niemand weiß, dass es der letzte Sommer ist, bevor die Welt langsam auseinanderbricht. Im Juli 1939 ist es brütend heiß. Man sitzt draußen vor den Restaurants und trinkt Kaffee. In Polen klettert das Thermometer bis auf fünfunddreißig Grad. Die Kinder plantschen in den Springbrunnen oder in den Flüssen. Polen ist froh über den Korridor zur Ostsee. In Berlin wird am Fließband Eis verkauft.

Arnold Schering sitzt im Speisewagen, im D-Zug von Leipzig nach Berlin über Cottbus. Er hat die Ärmel seines weißen Hemds nach oben gekrempelt und den zweiten Knopf am Kragen geöffnet und starrt unauffällig zu Slowfox hinüber. Zur Tarnung hat er ein Buch aufgeschlagen und hält es hoch. Er nennt diesen älteren Herrn schräg gegenüber Slowfox, weil er noch nie einen Menschen gesehen hat, der so langsam isst.

Millimeter für Millimeter nähert sich die Gabel mit dem Rührei dem Mund. Jetzt schwebt sie einen Zentimeter vor Slowfox' Gesicht. Wird die Gabel es schaffen, den offenen Mund zu erreichen?

Nein. Der Zug bremst, und das Rührei fällt von der Gabel, landet auf dem Teller und auf dem Tischtuch.

Arnold lässt das Buch sinken, Versucht, sein Lachen zu unterdrücken, beißt in seinen Zeigefinger und atmet tief durch.

Herrlich, dieser Speisewagen. Unterhaltung pur. Wer kann es sich schon leisten, im Speisewagen zu sitzen? Zum Glück hat seine Mutter einen reichen Bruder und wird von ihm kräftig unterstützt, seit ihr Mann im Weltkrieg gefallen ist. Und bei ihm, dem einzigen Sohn, wird immer ein Auge zugedrückt. Der Junge muss etwas Gutes essen und braucht zum Lesen im Zug einen Tisch, weil er Worte unterstreichen muss. Oder sein eigenes Zugabteil. »Coupé«, wie seine Mutter es immer noch nennt. Lächerlich, diese französischen Worte. Völlig überflüssig. Auf jeden Fall ist Jura ein hartes Studium. Und wer im Speisewagen sitzt, muss auch etwas bestellen.

Arnold zündet sich eine Zigarre an, die er von seinem Onkel bekommen hat, lässt den Rauch genüsslich zur Decke schweben, vernebelt die rasende Landschaft vor ihm. Seine

Mutter weiß nicht, wie es ist, zu studieren. Für sie ein geheimnisvolles Wort. Eine höhere Weihe (mein Sohn studiert Jura!).

Man muss die anderen im Glauben lassen, dass das eigene Leben hart ist.

Arnold hat bei einer Schwester gelernt, für sich selbst zu sorgen und sich kleine Inseln zu schaffen, Inseln, auf denen er sich ausruhen kann.

Ja, man muss sich Räume schaffen, um zu überleben. Wer seinen Nächsten lieben will, muss auch für sich selbst sorgen können.

Sicher, man sollte auch an die Gemeinschaft denken, an die Volksgemeinschaft. Aber auch sie setzt sich schließlich aus Einzelnen zusammen und ...

»Noch einen Kaffee«, sagt Arnold, als der Kellner des Speisewagens vorbeikommt. »Und was haben Sie an Kuchen?«

»Einen gedeckten Apfelkuchen, Streuselkuchen, Obstschnitten.«

»Bringen Sie mir den Apfelkuchen. Mit Sahne!«

»Haben wir zurzeit nicht.«

Der Kellner kommt mit einer großen Metallkanne und schenkt nach.

Flache Wälder wie grüner Pelz. Schlafende Riesentiere zwischen den Hügeln. Und Slowfox, der entsetzt die gelben Rühreiflecken auf dem Tischtuch anstarrt. Sehr langsam. Ist das Langsame eine Krankheit?

Arnold genießt die Zugfahrt. Kaffee, Zigarre, Slowfox. Es könnte kaum besser sein. Student mit Mütze, eigenes Zimmer in Leipzig, die Tochter seiner Vermieterin lächelt ihn immer an.

Er wird Jurist, wird später seine eigene Kanzlei aufmachen oder als Richter in einem Gericht arbeiten. Bürgerliches Recht.

Und: Claudia. Das Mädchen mit den kurzen flotten Haaren aus Cottbus. Ungewöhnlich, intelligent, manchmal etwas frech. Und ihr Name klingt ausgefallen, irgendwie römisch. Die Verlobung steht an. Alle wollen es. Gleiches Niveau, gut situiert. Vielleicht etwas dünn. Aber sonst? Warum nicht? Wenn er wirklich will, wird er sich in sie verlieben. Er mag sie immerhin ein bisschen. Und es prickelt, wenn sie zusammen sind und sich küssen.

Das Küssen reicht erst mal. Er sieht es doch an den Ehen um ihn herum. Es ist viel Gewohnheit, Vertrautheit. Und das Verliebtsein, wenn es überhaupt kommt, geht sowieso bald zurück.

Aber er freut sich auf Claudia. Es ist nicht so, dass er von ihr träumt, es ist eine wachsende Vertrautheit, ein bisschen Frauenduft atmen, ein paar Küsse, Streicheln an gewagten Stellen. Mehr wird nicht drin sein. Natürlich übernachtet er im Gästezimmer. Man ist anständig, weiß, was sich gehört.

Und er nimmt gern den Umweg über Cottbus in Kauf. Morgen früh, wenn er von Cottbus aus weiterfährt, wird er in Lübbenau aussteigen. Die Spreekanäle! Eine kleine Fahrt im Stocherkahn. Man muss die Dinge genießen, die auf dem Weg liegen: Leipzig, Kaffee, Slowfox, Claudia, Spree, Berlin.

Arnold nimmt das kleine, schwere Silberkännchen und gießt Milch nach. Vom Milchstrahl zur Milchstraßenspirale. Das Große im Kleinen. Die Zukunft ist klar, schön, glänzend. Und der mögliche Krieg gegen Polen? Eine kurze Unterbrechung. Wenn es überhaupt dazu kommt. Es kann auch eine friedliche Übernahme werden wie bei der Tschechei. Der Führer will ja grundsätzlich den Frieden. Das betont er doch immer wieder.

»Ihr Kuchen!«

»Danke.«

Herrlich. Alles klappt. Es geht aufwärts. Apfelkuchen im Speisewagen, wenn auch ohne Sahne. Dem Führer sei Dank!

Hat ja Unglaubliches geleistet. Endlich muss man sich nicht mehr schämen, ein Deutscher zu sein. Die Olympischen Spiele in Berlin vor ein paar Jahren waren ein Traum.

Slowfox hat sehr langsam das Rührei wieder aufgesammelt und nimmt einen zweiten Anlauf.

Eine ältere Dame setzt sich an einen freien Tisch. Gut situiert, dunkelgrünes Kostüm, weiße Bluse mit Brosche. Prominente Nase. *Sieht irgendwie jüdisch aus,* denkt Arnold.

Der Kellner ist sofort da. Zackig.

»Haben Sie noch ein Déjeuner?«, fragt die Gutsituierte.

Der Kellner zögert, sagt mit einer Spur Ärger in der Stimme: »Eine Deeschönnee führen wir hier nicht, aber Sie können ein deutsches Frühstück bekommen!«

»Na gut. Dann nehme ich das deutsche Frühstück.«

Ist es Einbildung, dass Arnold einen sanften Spott heraushört? Warum Spott? Ist es nicht gut, die vielen Fremdwörter zu vermeiden? Die Überwelschung der deutschen Sprache treibt manchmal Blüten! Erst neulich wieder von jemandem merci gehört. Affig! Danke klingt doch viel besser, irgendwie voller. Déjeuner statt Frühstück. Gut, seine Mutter benutzt auch diese französischen Wörter. Ist halt Gewohnheit bei ihr.

Irgendwie ist ihm diese Dame unsympathisch. Diese Brosche sieht protzig aus.

Hinterher hört er, wie der Kellner sich halblaut mit seinem Kollegen über das »Deeschönnee« auslässt: » ... Die Franzosen sind doch wie die Juden. Die haben keine Liebe zum Tier!«

Arnold greift wieder zu seinem Buch, liest: »So glaube ich heute im Sinne des allmächtigen Schöpfers zu handeln: Indem ich mich des Juden erwehre, kämpfe ich für das Werk des Herrn.«

Arnold trinkt einen Schluck Kaffee und denkt nach. Hitlers Gedanken klingen brutal und scharf, das stimmt. Er sieht sich also als ein Knecht Gottes, der gegen die Juden für das

Werk des Herrn kämpft. So deutlich hat er es bisher nicht gewusst. Wunderbar, fast christlich. Und haben sich die Juden nicht selbst in den Abgrund getrieben? Ihren Messias nicht erkannt und ihn getötet? Musste nicht ein Fluch auf ihnen liegen. »Sein Blut komme über uns und unsere Kinder!«, sagt doch schon der Evangelist Matthäus. Und dann noch dieses internationale Gehabe ... das internationale Finanzjudentum.

Arnold denkt an Erwin Radowitz, seinen Klavierlehrer. Seinen persönlichen Juden. Sicher, er ist Jude, aber doch ein harmloser, netter Mann, der einen Schalk im Nacken und Musik im Blut hat. Wie er die »Mondscheinsonate« spielt! Großartig!

Was für einen Sinn sollte es haben, sich gegen diesen Mann zu wehren? Vielleicht gegen die jüdischen Blutsauger, die kriminellen Elemente, die jüdischen Marxisten. Aber Hitler würde doch niemals den Befehl geben, Erwin Radowitz umzubringen. Das wäre ein Witz. Jemand, der das Werk des Herrn vorantreibt, hat es nicht nötig, vor Erwin Radowitz Angst zu haben.

Arnold erinnert sich an sein letztes Gespräch mit Theo, seinem Kollegen. Beunruhigender Ton.

»Ich weiß nicht, wie das mit dem Studium weitergehen soll!«

»Warum denn, Theo?«

Theo blickte sich um. Sie saßen in einem Café.

»Der ganze Apparat verändert sich, Arnold. Unmerklich. Bei dir vielleicht nicht so stark, bürgerliches Gesetz hat seine Grenzen, aber sonst ...«

Er flüsterte: »Es geht nicht mehr nach herkömmlichen Werten, humanistischen Grundlagen, christlicher Ethik. Die höchste Autorität in Rechtsfragen ist das Führerprinzip und das ...«, er lachte bitter auf, »das gesunde Volksempfinden. Wenn das so weitergeht, bestimmt allein der Führer, wer verurteilt wird und wer nicht. Auch beim Beamtengesetz. Das baut nicht mehr auf der Weimarer Verfassung auf, sondern auf dem Treueverhältnis zum Führer. Es ist unglaublich, dass die Wehrmacht einen Eid auf Hitler ablegt. Im Grunde geht das juristisch gar nicht. Stell dir vor, der Führer wird krank! Ich weiß nicht, ob ich unter diesen Umständen …«

Arnold seufzt, während er daran denkt. Unvorstellbar, sich gegen das Führerprinzip zu stellen. Zwei Studienkollegen sind schon verschwunden. Man weiß nicht warum. Keiner getraut sich zu fragen. Die Praxis der Schutzhaft hat inzwischen Ausmaße erreicht, die an Willkür grenzen.

Und dann das hier: diese fast christliche Passage in »Mein Kampf«. Wenn der Führer von Gott geschickt wurde, dann wird er doch das Richtige tun. Gerecht sein. Die Demokratie war ja zu einem Debattierklub verkommen, es musste ein starker Mann her. Und der Erfolg …

Der Apfelkuchen schmeckt für einen Speisewagen gar nicht so schlecht.

Draußen ziehen Wälder vorbei. Ein Storch auf einem baufälligen Kaminschlot. Der Zug fährt langsamer. Finsterwalde.

Staunend liest Arnold, dass der Führer Gesangsunterricht genommen und sich an den kirchlichen Festen berauscht hat … Berauscht? Seltsames Wort … Den Abt im Chorherrenstift Lambach soll er sogar regelrecht bewundert haben.

Arnold greift zur Tasse, leert den lauwarmen Rest auf einen Schluck.

Schau an, der Führer! Abt wollte er mal werden. Interessant. Und er findet Gefallen an den prunkvollen kirchlichen Festen. Vielleicht steckt doch in ihm mehr Religion, als man so denkt. Er muss von Gott geschickt worden sein, um Deutschland wieder groß zu machen! Ganz sicher!

Und der Eid, den ich letztes Jahr bei meiner Einberufung abgelegt habe, ist doch eine gute Sache … Wie auch immer, jetzt muss ich zu meinem Eid stehen. Versprochen ist versprochen.

Slowfox hat eben sein Rührei verspeist. Großartige Leistung. Herzlichen Glückwunsch!

»Zahlen, bitte!«

4

Berlin, Sommer 1939. Wenn es im Schwarzwald regnet, scheint in Berlin die Sonne, das hat Elisabeth schon nach ein paar Tagen festgestellt, als sie einmal ganz kurz nach Freudenstadt telefonieren darf, weil ihre Freundin gerade dort ist und es ein Telefon im Wohnzimmer gibt. Während es von Freudenstadt aus durch das Telefon regnet, ist der Sommer in Berlin 1939 warm, staubig und laut.

Sie solle mal aus Wasseralfingen weg, hat ihre Mutter gemeint, damit sie einen Mann kennenlernt. Immerhin ist sie schon vierundzwanzig, sieht gut aus mit ihrem hellen Teint, den dunklen, schweren Haaren, ihren himmelblauen Augen. Und wenn sie Lippenstift aufträgt: wie Schneewittchen. Meine Güte, die Männer müssten sich doch um sie reißen!

In Berlin, in der Bäckerei ihres Onkels, wird sie unter Leute kommen. Vor allem draußen, im Cafégarten, wenn sie bedient und ihr blaues Sommerkleid mit den weißen Punkten anzieht. Und darüber eine weiße Schürze. Aber Elisabeth hat so etwas an sich, das die Männer auf Distanz hält.

»Musst du denn so … so kratzig sein?«, hat ihre Freundin gefragt.

Jetzt trägt Elisabeth ein einteiliges hellgraues Kleid ohne Ärmel. Darüber eine weiße Schürze. Die Ränder unter den Achseln vom Schweiß schon dunkel.

Bäckereien sind ja auch heimliche Wärmestuben. Elisabeths Haare fangen an, sich aus der Spange zu lösen. Ein Hauch von bezaubernder Verwahrlosung.

Die Klingel geht.

»Heil Hitler!«, sagt sie.

»Hei-tler!« Der Mann mit dem zackigen Gruß, die fettigen Haare mit Pomade straff nach hinten gebürstet, blickt Elisabeth kurz an.

»Aha, neue Bedienung, was?« Das Zackige scheint bei ihm eine Lebensauffassung zu sein.

Elisabeth lächelt nach Standard. »Ja, ich helf hier grad bei meiner Tante aus.« Sie bemüht sich, Hochdeutsch zu sprechen, aber hat sich schon verraten, durch die Melodie, durch das typisch breite au bei aus und durch das grad.

»Aus Süddeutschland, was? Womöglich aus dem Schwarzwald?«

»Nicht ganz, aber in der Nähe!« *Du geleckter Halbdackel!*, denkt sie.

»Ein rundes Bauernbrot und fünf Schrippen!« Es klingt wie ein Befehl.

Und überhaupt: Schrippen! Ein merkwürdiges Wort. Hört sich irgendwie brutal an. Da klingt doch Weckle viel netter.

Elisabeth streckt sich nach dem Regal, ihr Kleid rutscht ein paar Zentimeter höher, sie holt das vorletzte Brot herunter und spürt die Blicke des Mannes hinter sich. Packt die Brötchen ab.

»Sonst noch etwas, der Herr?«

»Danke, das wär's.«

Immerhin danke. War doch net so schwer, oder? Und dann laut: »Des sind ... achtunddreißig Pfennige fürs Brot und fünfundzwanzig für die Weckle ... ahm ... Schrippen, macht ... dreiundsechzig.«

Der Mann mit den straffen Haaren holt umständlich seine Geldbörse heraus und blickt Elisabeth dabei an. Er grinst. Sie senkt den Blick und ordnet die Mohnschnecken, obwohl sie schon ordentlich daliegen.

Ein aufdringlicher Kerl. Wenn er wenigstens nett wär.

Er legt das Geld in die Holzschale. Sie tippt die Zahlen ein, kurbelt an der Kasse, bis die Schublade klingelnd aufspringt, und legt das Geld sortiert in Reihen.

»Und?«

Elisabeth blickt auf. »Was und?«

»Wie wär's mit uns beiden? Hast du morgen Abend etwas vor?«

»Ob ich was vor hab?«

»Japp.«

Jetzt wird es Elisabeth zu bunt. Sie spürt Ärger. In ihrem Bauch brodelt es. Sie weiß, dass es eigentlich nicht gut ist, sich mit Leuten anzulegen. Kostbare Kunden. Aber egal.

»Höret Sie! Mit Leut, die mich mit Du anreden, obwohl wir uns gar net kennen, geh ich net aus. Suchet Sie sich jemand anders. Hei-tler!« Sie kann es nämlich auch so zackig sagen, wenn sie will.

Sie dreht sich um, geht zu einem anderen Regal und packt ein paar Brötchen ab für einen imaginären Kunden.

Der Mann steht noch ein paar Sekunden verblüfft da, dann hört sie seine Schritte. »Hei-tler!«

Die Ladentür knallt ins Schloss.

»Wer knallt denn so mit der Tür?« Elisabeths Tante Berta, groß, sehr rundlich, rotes Gesicht, aufgesteckte Haare, die in einer Art Zwiebel enden.

Elisabeth zuckt mit den Schultern.

»Der Kerl hat mich einladen wollen und redet mich gleich mit Du an. Dem hab ich's zeigt.«

Die Tante ist nicht sehr erbaut. »Meinst du nicht, Betti, dass man das auch höflicher sagen kann? Immerhin ist der Mann ein …«

»… ein koschtbarer Kunde, ich weiß.«

»Man muss trotzdem nicht ausfallend werden.«

Elisabeth sagt nichts, beißt sich auf die Unterlippe und quetscht schließlich den Satz heraus: »Meeglich isch elles.«

»Was?«

»Mööklich ist alles.«

»Das will ich doch meinen.«

Als Elisabeth völlig verschwitzt nach Ladenschluss in ihre kleine, stickige Kammer geht, die unter dem Dach die Hitze gespeichert hat, lässt sie sich auf ihr Bett fallen und nimmt sich vor, freundlich abweisend zu sein, wenn jemand wieder so plump daherkommt.

Ja, wenn er sie freundlich angelächelt hätte und gesagt hätte: »Fräulein Elisabeth, haben Sie morgen Abend vielleicht etwas vor?« Ja, dann wäre sie unter Umständen bereit gewesen, darüber nachzudenken. Aber dieser Kerl mit seinem zackigen Hei-tler hat so ein komisches, abstehendes Ohr. Affig. Und seine fettigen Haare! Der Fettfleck morgens auf dem Kopfkissen! Eklig!

»Betti!« Die Stimme ihrer Tante.

»Komm runter, Abendessen machen!«

»Ich komm gleich!«

Eine Hetze ist das! *Betti! Abendessen machen!* Beruf: Sklavin aus Schwaben. Den ganzen Tag in der warmen Bäckerei stehen und dann das Abendessen machen. Und wo kann man sich hier abkühlen? Mit der Wasserschüssel auf ihrem Zimmer?

Mechanisch richtet sie das Abendessen für die fünfköpfige Familie: Brot schneiden mit dem Brotlaib vor dem Bauch. Salami, Margarine, Schmalz und die Kartoffeln vom Mittagessen noch mal anbraten mit Zwiebeln und Speck und das Glas Spreewald-Gurken.

Onkel Hubert ist schweigsam wie immer, außer wenn es um den Krieg geht, der kommen soll. Die beiden Schwestern streiten sich, wer den neuen Kaugummiautomaten an der Ecke ausprobieren darf.

Plötzlich Onkel Hubert: »Der Doktor Neumann sagt, dass der Krieg gegen den Polen kommt. Aber das wird kurz sein: drei Tage oder eine Woche und dann ist Schluss. Der Engländer ist feige und wird sich nicht rühren.«

Kurzes Schweigen. Alle sind über den Wortschwall von Onkel Hubert verblüfft.

Tante Berta: »Ja, wir haben ja auch das beste und schnellste Heer der Welt. Das hat ein Kunde neulich gesagt und der Pole ist vom Juden durchsetzt und schwach.«

»Wie das klingt«, sagt Elisabeth und nimmt sich ein Stück Brot.

Max, der Dreizehnjährige: »Betti hat einen dunklen Rand unter der Achsel.«

Da wird sie wütend: »Ja, steh du mal den ganzen Tag in der warmen Bäckerei bei dem Wetter, und in der Kammer bloß a Krügle mit Wasser, da tät's du au schwitze!«

»Da tät's du au schwitze!« Max lacht.

Elisabeth zwickt ihn kräftig in die Seite.

»Au! Die Betti hat mich gekniffen.«

»Das geschieht dir ganz recht!«, sagt Tante Berta. »Du brauchst dich gar nicht über sie lustig machen. Sie kann ja nichts dafür, dass sie so seltsam spricht.«

Sie sieht ihre Nichte an und sagt: »Draußen im Hof ist eine Ecke mit einem Haken, da hängst du dir die Gießkanne an. Vorne ist ein Seil, an dem ziehst du und dann duscht es.«

»Aber ich kann mich doch da nicht einfach ausziehen!«

»Da steht eine spanische Wand davor.«

»Eine spanische ...?«

»Na ja, eine Stoffwand.«

Elisabeth kommt sich, je länger sie hier lebt, immer unbeholfener vor. *Sie kann ja nichts dafür, dass sie so seltsam spricht. Eine Frechheit!*

Und überhaupt: Der Mörike und der Schiller haben breitestes Schwäbisch zu Hause gesprochen! Brei-tes-tes! Und die gelten was in der Welt!

Sie schluckt ihren Ärger hinunter und beißt herzhaft in ihre Schmalzstulle. Stulle! Wieder so ein komisches Wort. Stulle, Mulle, Schrulle, Pulle. Klingt irgendwie abfällig.

»Ach Betti?«

Sie schreckt auf.

»Meine andere Nichte Klara hat mich heute gefragt, ob du nicht morgen Abend zu ihr kommen kannst, um auf die Kinder aufzupassen. Sie will mit ihrem Mann und ein paar Freunden ausgehen. Du hast doch nichts vor, oder?«

Sie tut so, als ob sie nachdenkt. Sie hätte morgen Abend mit dem Fetthaarheini ausgehen können.

»Ich hab nix vor.«

»Ich zeig dir, wie du mit der Elektrischen hinkommst.«

Da fällt ihr etwas ein: »Tante Berta, ich tät so gern mit der U-Bahn fahren. So was haben wir in Stuttgart nicht.«

Tante Berta überlegt. »Dass ihr jungen Leute immer mit unserer Tunnel-Eule fahren wollt. Na ja. Ich schreib dir alles auf. Aber zurück fährst du mit der Elektrischen! Die U-Bahn ist nachts nichts für junge Mädchen!«

»Isch guat!«

Max rührt sich wieder und will sich auf das *Isch guat* stürzen, aber Elisabeth blickt ihn mit ihren blauen Augen so funkelnd an, dass er es bleiben lässt.

Nachher im Hof probiert sie die Außendusche aus. Aber sich ganz ausziehen traut sie sich nicht. Diese spanische Wand ist an den Scharnieren nicht ganz dicht. Ihren Schlüpfer behält sie an und ihren Büstenhalter nimmt sie nur ganz kurz ab, seift sich ein, spült und zieht ihn gleich wieder an.

Irgendwie freut sie sich auf morgen Abend. Es ist eine Abwechslung. Allein mit der U-Bahn unterwegs in Berlin und abends zurück!

Ihr Vater hätte ihr das nicht erlaubt. Ihre Mutter vielleicht …

Dann muss sie irgendetwas Nettes anziehen. Vielleicht das weiße Leinenkleid mit der durchbrochenen Bordüre? Aber wenn es morgen auch so heiß wird, ist das Leinen zu dick. Etwas Duftiges ... Genau, das Sommerkleid mit dem großen Blumenmuster, die weißen Schuhe mit den halbhohen Absätzen und den Lippenstift.

Zum Glück ist sie in Stuttgart schon mit der Straßenbahn gefahren. Und die U-Bahn ist ja im Grunde eine Straßenbahn unter der Erde. Eine Elektrische, wie man hier sagt. *Komisches Wort!*

Wie hat der geleckte Halbdackel gesagt? *Aus Süddeutschland, was?* Klang irgendwie abfällig, als sei man dort nicht ganz dicht.

Von wegen! Sie wird den eingebildeten Berlinern schon zeigen, dass ein schwäbisches Mädchen aus Wasseralfingen problemlos mit der U-Bahn und der Elektrischen durch Berlin fahren kann und nachts zurück. Ganz allein. Und wenn so ein betrunkener Kerl daherkommt, dem wird sie ... Sie muss einen Regenschirm mitnehmen, auch wenn es nicht regnet. Ein Schlag von unten in den Schritt, lässt jedes Männerherz höher schlagen.

5

STUTTGART 1957. Franks Mutter kocht nicht mehr zu Hause, weil sie jetzt Witwe ist, in der Drogerie arbeitet und dort auch isst. Und Frank, Hartmut und Britta essen mittags auch bei Tante Hannah in der Drogerie. Tante Hannah hat ihre eigene Köchin, Emilie, die auch putzt. Das Putzen erledigt sie allerdings vor dem Essen. Deshalb müssen alle das Geschirr nach dem Essen selbst spülen. Frank trocknet am liebsten Teller ab.

Franks Mutter ist jetzt also Witwe. Ein merkwürdiges Wort, denkt Frank. Witwe klingt so unschwäbisch streng wie Brikett. Er findet es gut, dass seine Mutter nicht allein zu

Hause herumsitzt und Trübsal blasen muss. Sie braucht nicht ständig mit roten Augen an den toten Arnold denken, sondern kann in der Drogerie nette Kunden bedienen. Damit kennt sie sich aus. Sie hat halbtags auch schon in der Drogerie geschafft. Einmal hat sie auch ganz billig ein »Duftwässerle« eingekauft. Alle durften daran riechen. Nach Franks Meinung duftete es nach süßen Blumen und Spülmittel.

Gestern hat sie erzählt, dass sie als junges Mädchen in Berlin schon Kunden bedient hat, in der Bäckerei, bevor sie Arnold kennengelernt hat.

Es ist Februar. Die Zweige an den Platanen haben schon klebrige Knospen, und die Vögel singen lauter. Heute ist Mittwoch. Und das bedeutet: Waschtag im Keller für das ganze Haus. Da wälzen sich weiße Dampfwolken aus den Kellerfenstern nach draußen. Es riecht so lauwarmwässrigsüß nach Kochwäsche. Elisabeth kommt als Letzte von den Hausbewohnern dran, weil sie morgens in der Drogerie arbeitet und erst nachmittags frei hat.

Wenn die Wäsche durch ist, kommt sie mit roten Händen nach oben und ruft: »Frank, du bisch dran.«

Zuerst will er gar nicht, aber dann geht er doch mit ihr nach unten, zieht sich schnell aus, hofft, dass Jürgen oder dessen Schwester nicht kommen, und steigt in den Waschzuber. Das Wasser ist noch warm und muss ausgenutzt werden. Schnell wird er abgeseift und manchmal wächst dabei sein kleines Glied. Er weist seine Mutter stolz darauf hin. Aber die lacht nur und sagt: »Do gibt's no viel größere.«

Der Waschkeller ist der größte Raum und wird auch manchmal zum Hühnerschlachten benutzt. Das ist ziemlich spannend, wenn der Vater von Jürgen mit den Hühnern kommt. Ein dicker, runder Holzblock steht da. Ein Huhn wird gepackt, der Hals liegt auf dem Holz und dann holt Jürgens Vater aus und zack ist der Kopf ab. Aus dem Hals blutet es wie wild. Es ist schon öfters vorgekommen, dass ein Huhn ohne

Kopf durch den Keller geflattert ist. Das findet Frank interessant, dass man sich bewegen und fliegen kann, obwohl man doch tot ist. Also können manche Toten sich vielleicht doch durch die Erde bohren. Oder geht das nur bei den Märtyrern, denen man den Kopf abgehauen hat? Was haben Märtyrer und Hühner gemeinsam? Dass sie ohne Kopf fliegen können!

Oft spielen die Kinder im Haus Verstecken oder Fangen und der Keller ist dafür ideal. Man kann die dicken Holzläden von außen aufmachen und schon ist man in der Waschküche.

Aber an so einem Waschtag müssen sie sich etwas anderes ausdenken. Also klettern sie auf den riesigen Kirschbaum direkt vor dem Haus. Wenn man da hochklettert, kann man in die Wohnung von Granuleits sehen.

Franks Bruder Hartmut bastelt gerade im Keller an einer neuen Erfindung, an einem Spiegel, der so groß wie ein Buch ist und den er an einem beweglichen Metallarm befestigt hat.

»Was wird das?«, fragt Frank.

Sein Bruder schaut nach allen Seiten. »Das wird ein Spion«, flüstert er.

»Wofür brauchst du denn einen Spion?«

»Wart's ab.«

Die Gelegenheit ist günstig, und Frank fragt ihn, ob er sich schon mal Gedanken gemacht hat, wie das mit den Toten so weitergeht und wo sie dann sind. Ob sie noch im Grab liegen oder im Himmel herumhängen.

»Hm«, sagt er.

An dem beweglichen Arm des Spiegels hat er ringförmige Metallbänder befestigt, die man mit Schrauben und Muttern weiter und enger stellen kann.

»Also, ich denk mir das so«, sagt er und sucht nach einer Schraube, die durch das Loch passt. »Nehmen wir mal an, du liegst im Bett und träumst davon, dass du Ferien am Bodensee machst. Klar?«

»Klar.«

Und jetzt die Frage: Wo befindest du dich dann? Am See oder in deinem Bett?«

»Ich glaube, ich bin in meinem Bett. Das andere ist ja nur ein Traum.«

»Gut, du liegst also im Bett«, sagt Hartmut, »aber wenn ich zum Beispiel plötzlich in deinem Traum vorkomme und dich frage, wo du bist, was würdest du dann im Traum sagen?«

Frank überlegt und kneift die Augen zusammen. »Also, ich träume vom See und du kommst in meinem Traum gerade am Strand vorbei?«

»Ja.«

»Und ... und du fragst mich im Traum, wo ich bin?«

»Genau.«

»Ich glaube, dann sage ich: Am See.«

Hartmut wühlt in dem Kästchen mit alten Schrauben und Muttern. »Siehst du, du kannst also gleichzeitig im Bett liegen und am See sein. Und so ähnlich wird das wohl bei den Toten auch sein. Sie liegen da in ihrem Sarg herum und verfaulen allmählich, aber gleichzeitig können sie auch im Himmel sein.«

»Und wenn sie dann im Sarg ganz verwelkt sind?«, fragt Frank.

»Dann sind sie vielleicht noch stärker im Himmel drin und die Auferstehung ist perfekt. Vielleicht gibt es so eine Art schleichende Auferstehung«, meint Hartmut und sagt gleich hinterher: »Die Mutter passt.«

Frank geht mit großen, neuen Gedanken nach oben und stolpert über die letzte Stufe.

Zwei Tage später, es ist schon dunkel, sieht Frank zufällig in den Kirschbaum und entdeckt seinen Bruder, wie er darin herumklettert.

Komisch, denkt er, es gibt doch noch keine Kirschen. Was macht er da? Er sieht, wie Hartmut irgendwie an den Ästen herumfummelt, in der Nähe von Tamaras Zimmer. Irgendetwas blitzt auf.

Nachher steht Hartmut am Küchenfenster mit einem Fernglas und starrt in den dunklen Kirschbaum hinauf. In der Küche hat er das Licht ausgemacht. Da steht er also im Dunkeln und blickt in die dunkle Krone, obwohl überhaupt noch keine Kirschenzeit ist.

»Was machst du denn da?«, fragt Frank.

Hartmut zuckt zusammen: »Ich beobachte Sterne.«

»Aber es sieht so aus, als ob du die Sterne im Kirschbaum suchst.«

»Sieht das so aus?«, fragt er und starrt weiter nach oben. »Es klappt«, murmelt er, setzt das Fernglas ab und verschwindet damit in seinem Zimmer.

Frank starrt in den dunklen Baum und findet, dass es bescheuert ist, in den Kirschbaum zu glotzen, wenn man die Sterne sehen will.

6

Berlin 1939. Elisabeth streicht sich das Kleid glatt, prüft ihre Frisur im Spiegel, blickt kritisch auf ihre Lippen, ob der Stift auch nicht über die Ränder gefahren ist und schlüpft in ihre weißen, halbhohen Schuhe.

Als ob sie ausgeht. War da nicht noch irgendetwas, das sie mitnehmen wollte? Richtig, den Schirm, um sich gegen zudringliche Männer zu wehren.

Sie geht in die Küche, wo ihre Tante noch beschäftigt ist, und sagt leichthin: »Ich geh dann jetzt!«

Tante Berta dreht sich um und starrt ihre Nichte an. »Du liebe Zeit! Du hast dich aber rausgeputzt! Du siehst aus, als ob du ins Theater gehst. Pass bloß auf, dass dir die Männer nicht nachlaufen.«

»Dafür hab ich den Schirm.«

»Aber es regnet doch nicht.«

»Als Waffe.«

Tante Berta schüttelt den Kopf. »Ich geb dir noch schnell das Fahrgeld.«

Sie wischt sich die nassen Hände an der Schürze ab, öffnet den Küchenschrank, greift in eine Dose. »Du steigst also im Spittelmarkt ein und fährst mit der U-Bahn bis zur …«

»… Stadtmitte. Ich weiß, Tante Berta, das hast du mir schon dreimal erzählt. Ich bin ja kein kleines Kind mehr, und in Stuttgart bin ich immerhin auch schon oft mit der Straßenbahn, ich mein: mit der Elektrischen, gefahren.«

Tante Berta nickt. »Ja, dass du kein kleines Kind mehr bist, das merk ich immer mehr.«

Elisabeth nimmt das Geld, bedankt sich, fühlt nach dem Hausschlüssel in ihrer Umhängetasche und geht nach draußen.

Sie atmet auf. Endlich allein unterwegs. Niemand, der ihr sagt, was sie tun muss oder nicht tun muss.

Noch ist es hell, wenn man nicht unter dem Schatten der Alleebäume geht. Überhaupt diese breiten Straßen in Berlin. Da könnte man in der Mitte noch Häuser bauen.

Elisabeth hat eine alte Uhr ihrer Mutter dabei, die in ihrer Handtasche steckt. Aber es ist unnötig, nach der Zeit zu schauen. Die »Tunneleule« fährt in fünf Minuten und die Haltestelle ist um die Ecke.

Manche Leute betrachten die junge Frau kurz, wenn sie vorübergehen. Ein Mann dreht sich sogar nach Elisabeth um. Das hat sie gemerkt, weil sie neben einem Schaufenster vorbeikommt.

Sie kauft sich die Fahrkarte in dem Häuschen und steigt nach unten. Etwas unheimlich ist das schon, wenn man bedenkt, dass über einem die Autos und Busse fahren. Sie steht stumm auf dem Bahnsteig, begutachtet die Waren in dem Kiosk. Die Sarotti-Schokolade kostet fünfundvierzig Pfennig! Auf der Wand gegenüber steht mit riesigen Lettern: »Juden raus«.

In Wasseralfingen gab es nur wenig Juden. Sie kannte im Grunde nur Luisa aus ihrer Klasse. Nettes Mädchen. Man konnte mit ihr richtig gut schwätzen. Aber seit letztem Jahr, als überall der Volkszorn die jüdischen Geschäfte zerschlagen hat, weil ein Deutscher in Frankreich von einem Juden erschossen wurde, waren Luisa und ihre Familie plötzlich verschwunden. Schade. Vermutlich in England. Luisa hat doch so für Englisch geschwärmt und für König Dschordsch.

Die U-Bahn kommt. Elisabeth setzt sich auf die Holzbank einer Vierergruppe zu einem Paar. Das ist immer am Ungefährlichsten.

Die Augen des Mannes gleiten immer wieder zu ihr hin. Sie schaut nach draußen gegen eine dunkle Wand. Es ist ihr peinlich, so angestarrt zu werden.

Zehn Minuten Fahrt. Hoffentlich steigt das Paar bald aus.

Jetzt grinst sie der Mann sogar direkt an. Unglaublich! Und dabei sitzt seine Frau oder Freundin direkt neben ihm. Dreist! Es fehlt nur noch, dass er sagt: »Und? Wie wär's mit uns beiden? Hast du heute Abend etwas vor?«

»Ja«, würde sie sagen. »Ich besuche meine vier Kinder, die ich von vier verschiedenen Männern habe und von dir will ich auch noch ein Kind!«

Man müsste wirklich einmal so etwas sagen. Aber das würde sie sich nie trauen.

Endlich! Die Frau steht auf. Und der Mann bleibt sitzen. Sie sind also gar kein Paar. Wenn sie jetzt sitzen bleibt, wird sie bestimmt von diesem Kerl angemacht. Sie beschließt, ebenfalls aufzustehen und weiter nach vorne zu gehen.

Warum hat sie sich nur so auffällig angezogen? Im Grunde ist sie selbst schuld. Einmal hat ihre Mutter zu ihr gesagt: Man soll die Männer nicht unnötig reizen. Aber Elisabeth denkt, die Männer sind doch keine Automaten, bei denen man oben einen Reiz einwirft und unten kommt automatisch irgendwas raus.

Sie lehnt den Kopf an das Fenster und schließt die Augen, spürt die Vibrationen der Bahn wie einen Summton.

»Ihren Fahrschein, Fräulein!«

Sie schreckt auf. Der Schaffner steht vor ihr, in Uniform, mit umgehängter Kasse.

Mit fahrigen Händen öffnet sie ihre Handtasche.

»Nu mal nich so hektisch, junge Dame. Wir haben's nich eilig.«

Sie wird rot, holt den Fahrschein heraus.

Er wirft einen kurzen Blick darauf. »In Ordnung!« Militärisch tippt er sich mit der rechten Hand an die Stirn und geht weiter.

Bei der nächsten Station muss sie aussteigen. Die lange U-Bahn-Treppe wieder hinauf und dann in die Wilhelmstraße abbiegen. Sie staunt über die gewaltigen Häuser aus der Jugendstilzeit. Obwohl es die in Stuttgart auch gibt, sind die Straßen dort viel schmaler und deswegen wirken die Häuser irgendwie kleiner.

Nummer dreiundvierzig.

Sie klingelt. Schweigen. Sie klingelt noch einmal. Nichts rührt sich. Irgendwann öffnet jemand die Tür.

»Hallo. Du musst die Elisabeth sein«, sagt eine junge Frau und reicht ihr die Hand. »Ich bin Klara. Die Tür zum Hof ist meistens offen.«

Sie bleibt kurz stehen und sieht Elisabeth an. »Toll siehst du aus!«

»Ehrlich?«

Über einen riesigen Innenhof in ein zweites Haus. Drei Stockwerke geht es hinauf. Je weiter man hinaufsteigt, desto schlichter wird das Treppenhaus. Unten die Wände ganz in

Marmor und im zweiten Stock alles nur noch aus Holz, aber immerhin mit geschnitzten Treppenknäufen.

Während sie hinaufsteigen, erzählt Klara, Tante Bertas Nichte, was auf Elisabeth alles wartet: Conrad und Gerlind, sechs und acht. Sie sind schon in ihrem Nachtzeug, sind gewaschen, haben Zähne geputzt und erwarten eine Gutenachtgeschichte und ein Gebet. »Du kannst doch beten?«

Elisabeth nickt. Klara kann nicht wissen: Wenn man im Schwäbischen aufgewachsen ist, ist man fast automatisch fromm.

»Sie werden es natürlich hinauszögern, werden dich in Gespräche verwickeln, aber um acht ist Ruhe! Sie schlafen beide in Gerlinds Bett ein. Wenn wir kommen, trage ich Conrad in sein Bett. Auf dem Flur bleibt das Licht brennen und die Tür leicht angelehnt lassen. Ich werde dich als Tante einführen, auch wenn du meine … meine Cousine zweiten Grades bist.«

Oben steht schon Klaras Mann, Dieter, im Anzug. Verbeugt sich leicht spöttisch vor Elisabeth: »Hübsch!«

Elisabeth weiß nicht, was sie sagen soll.

»Dieter! Bring doch das Mädchen nicht in Verlegenheit! Wir müssen los!« Sie nimmt Elisabeth an der Hand und zeigt ihr das Zimmer, in dem die Kinder schon warten.

»Das ist also Tante Elisabeth! Sie passt auf euch auf. Und dass ihr euch anständig benehmt! Dass mir keine Klagen kommen!«

Elisabeth geht auf die Kinder zu, die auf dem Holzboden sitzen und ein Bilderbuch anschauen. »Hallo Conrad und Gerlind.«

Die Kinder geben Elisabeth halbherzig die Hand.

Klara beugt sich zu ihnen herab, gibt ihnen zwei Küsse und verschwindet.

Elisabeth steht da, mitten im Zimmer, und überlegt, was sie machen soll.

»Du kannst dich auf mein Bett setzen!«, sagt Gerlind.

Sobald sie auf dem Bett sitzt, klappt Gerlind das Buch zu, greift nach einem Stofftier und springt mit einem Satz auf Elisabeths Schoß.

»Hm, du riechst aber gut«, sagt sie. »Erzählst du uns noch eine Geschichte?«

»Ja, natürlich. Aber erscht, wenn ihr beide unter der Bettdecke liegt.«

Conrad klettert jetzt auch auf Gerlinds Bett, im Arm trägt er einen Stoffhund und verschwindet unter der Bettdecke.

»Du sprichst aber komisch«, sagt Gerlind. »So wellig.«

»Ich komm eben von ganz weit her. Da muss man einen ganzen Tag mit dem Zug fahren. Und da sprechen die Leut halt so ... so wellig.«

Elisabeth findet es direkt rührend, wie die beiden nun unter der Bettdecke liegen und sie mit großen Augen erwartungsvoll anschauen. Irgendwie süß.

Später will sie auch Kinder haben. Am besten drei oder vier. Auch der Führer hat ja gesagt, dass es für eine Frau gut ist, für Deutschland viele Kinder zu bekommen. Vielleicht auch fünf? Aber mehr als fünf auf keinen Fall! Im Grunde ist das Bedienen in einer Bäckerei ja gegen das Wesen einer Frau, deren Kraft doch in erster Linie der Schaffung und Erhaltung einer Familie dient. *Ich werde nur für meine Kinder und für meinen Mann sorgen und ihnen ...*

»Tante Elisabeth!« Klara zupft sie am Ärmel. »Die Geschichte!«

Sie schiebt die Gedanken zur Seite. Auf dem Weg zur Wohnung hat sie sich schon überlegt, was sie erzählen soll. Am besten ein Märchen, das sie noch nicht kennen.

»Kennt ihr das Märchen vom Hans im Glück?«

»Nö.«

Sie erzählt das Märchen und versucht, ihrer Stimme einen beruhigenden Klang zu geben. Als sie fertig ist, merkt sie, dass Conrad schon schläft.

»Ein Gebet!«, flüstert Gerlind.

»Lieber Gott, schick deine Engel, damit Gerlind und Conrad behütet sind. Behüte auch Mama und Papa und alle im Haus und schenke einen guten Schlaf. Amen.«

»Du musst auch für Brummi und Schnaufi beten.«

»Wer ist das?«

»Unsere Kuscheltiere.«

»Ach so. Und behüte auch Brummi und Schnaufi. Amen.«

»Tante Elisabeth?«

»Ja?«

»Hast du auch schon einen Mann?«

»Nein.«

»Oder einen Freund, mit dem du ins Kino gehst?«

»Nein, aber ich hab mal einen gehabt. Aber der hat mir mit der Zeit net mehr g'falle.«

»Warum nicht?«

»Der war so grob zu mir und ... und hat kaum was g'sagt. Und gerochen hat der nach Fisch, wenn er g'schwitzt hat. Hast du denn einen Freund, Gerlind?«

Gerlind nickt. »Ja«, flüstert sie. »Aber ... aber er weiß es noch nicht!«

»Und? Willst du es ihm sagen?«

»Das getrau ich mich nicht. Dann lacht er mich aus.«

»Du kannst ihm aber einen Brief schreiben.«

Gerlind überlegt. »Mal sehen.«

»Na gut, also schlaf süß.«

Sie beugt sich zu Gerlind und gibt ihr einen Kuss auf die Wange. Gerlind legt ihren Arm um Elisabeths Hals und drückt sie. »Kommst du morgen auch zum Gutenachtsagen?«

»Ich glaub nicht.«

»Schade.«

Elisabeth steht auf. »Also, gute Nacht.«

Sie geht leise aus dem Zimmer und lässt die Tür angelehnt.

Was soll sie nur die ganze Zeit tun, bis die Eltern kommen? Sie hat nicht daran gedacht, ein Buch mitzunehmen. Aber hier gibt es bestimmt eine Menge Bücher.

Das Wohnzimmer: hoch, mit weißer Stuckdecke. Perserteppich. Geraffte Gardinen und Sitzecken. An der fensterlosen Seite steht ein dunkel gebeizter Bücherschrank mit Schiebetüren aus Glas. Sie legt ihren Kopf schief und studiert die Buchrücken.

Goethe, Schiller, »Meyers Konversationslexikon«, »Mein Kampf«, »Führer und Völker«, »Bibel«, Thomas Mann »Der Zauberberg«, Herman Hesse »Erzählungen«.

Sie lächelt. Den Hesse kennt sie, hat zwar noch nichts von ihm gelesen, aber sie weiß, dass er in der Nähe von Calw aufgewachsen ist, dass der Name unter anständigen Menschen aber einen zwielichtigen Klang hat, fast ein bisschen verrucht, er soll ja liberal sein, aber immerhin ein Schwabe.

Sie öffnet leise die Schiebetür und zieht den »Zauberberg« heraus. Der Titel gefällt ihr.

Sie streift ihre Schuhe ab, setzt sich in eine der Sitzecken und fängt an zu lesen.

Es gefällt ihr, dass der erste Satz gleich klarmacht, worum es geht: »Ein einfacher, junger Mensch reiste im Hochsommer von Hamburg, seiner Heimatstadt, nach Davos-Platz, im Graubündischen. Er fuhr auf Besuch für drei Wochen.«

Der Sessel ist ihr zu unbequem, sie geht zu der Chaiselongue und lümmelt sich in die Kissen. Fängt an, aus der Sicht von Hans Castorp das große Lungensanatorium zu betrachten, lernt Joachim, den Vetter kennen, der bei Wind und Wetter in Decken gehüllt auf dem Balkon liegen muss.

Plötzlich schreckt Elisabeth auf. Sie hat ein Geräusch gehört. Wieso ist alles um sie herum dunkel?

»Heiligs Blechle! I han die Zeit verschlafe!«

Sie steht erschrocken auf, schwankt etwas, der »Zauberberg« gleitet mit einem Kissen zu Boden. Sie hat nur einen Gedanken: Hoffentlich geht es den Kindern gut! Mit Herzklopfen rennt sie auf den erleuchteten Flur und drückt die Tür zum Kinderzimmer leise nach innen. Vorsichtig schleicht sie zu Gerlinds Bett. Da liegen die beiden. Sie hält den Atem an. Gott sei Dank! Sie atmen.

Erleichtert geht sie ins Wohnzimmer zurück, hebt das Buch und das Kissen auf, da hört sie schon den Schlüssel und bevor sie den »Zauberberg« an den richtigen Platz legen kann, kommt Klara ins Wohnzimmer.

»Na, Elisabeth – hat alles gut geklappt?«

Elisabeth steht da wie ertappt mit dem Buch in der Hand. Ihr Gesicht glüht. Sie weiß gar nicht, was sie sagen soll.

»Das ist aber vernünftig, Elisabeth, dass du dir ein Buch zum Lesen genommen hast«, sagt Klara. »Lass mal sehn. Ah, der ›Zauberberg‹. Beachtlich!«

Männerstimmen auf dem Flur.

»Ich leg mal Conrad in sein Bett.«

Zwei Männer kommen herein und bringen wie eine bunte Fahne eine aufgeräumte Stimmung mit. Dieter, Klaras Mann, mit lockerem Schlips und ein anderer Mann, groß, mit Nickelbrille.

»Und das ist die schöne Elisabeth«, sagt Dieter zu dem Mann, »Klaras Cousine zweiten oder dritten Grades, die auf unsere Kinder aufgepasst hat.«

Er macht eine vage Geste zu dem Fremden hin und ruft spöttisch aus: »Und hier haben wir den unvergleichlichen Arnold. Ein Herr über zweihundertundzwei Witze und einer unserer Freunde.«

Elisabeth, für die alles noch etwas verwirrend ist, reicht Arnold schüchtern die Hand. Sie blicken sich kurz an. »Guten Abend«, sagt Arnold und lächelt.

»Ah!«, sagt Dieter und nimmt den »Zauberberg« vom Beistelltisch. »Unsere zweitgradige Cousine hat sich mit hoher Literatur beschäftigt.«

»Na ja«, sagt sie leise. »Ich bin dabei a bissle eig'schlafe.«

»Und wie du hörst, Arnold, kommt unsere Elisabeth aus dem bezaubernden Schwabenland.«

»Ja.« Arnold nickt. »Das Schwabenland kenn ich gut. War mal eine Zeitlang in Bad Cannstatt. Und ko au a bissle schwäbisch schwätze.«

Er lächelt Elisabeth an. Sie lächelt zurück. »Gar net so schlecht, Herr ...«

»Arnold Schering.«

»Herr Schering.«

»Mensch Arnold, ich wusste gar nicht, dass du ein Sprachgenie bist!«

Elisabeth schlüpft in ihre Schuhe. »Ja, ich muss dann wohl los. Können Sie mir die Nummer von der Elektrischen sagen? Meine Tante hat mir nämlich nicht erlaubt, mit der U-Bahn zurückzufahren.«

»Sag mal, Dieter«, sagt Arnold. »Meinst du wirklich, es ist gut, wenn wir Elisabeth um diese Zeit allein nach Hause fahren lassen? Wenn du mir dein Auto leihst, fahr ich sie schnell hin.«

Er wendet sich an die verblüffte Elisabeth: »Wo wohnt denn Ihre Tante?«

»In der Seydelstraße beim Spittelmarkt.«

»Zehn Minuten mit dem Auto. Und um diese Zeit kommt man schnell durch. Außerdem, Dieter, hab ich nicht ganz so viel Alkohol intus wie du.«

»Wo du recht hast, hast du recht.« Dieter kramt nach dem Schlüssel, wirft ihn Arnold zu und sagt zu Elisabeth. »Danke fürs Aufpassen.«

Sie verabschiedet sich von Klara, die es auch besser findet, dass Arnold sie nach Hause fährt, nimmt eine Schachtel Katzenzungen von Waldbaur mit, ihren Lohn, und folgt Arnold nach unten.

»Dass die Klara meine Lieblingsschokolade kennt«, sagt sie beim Hinuntergehen, »und dass es die überhaupt noch gibt, des isch a Wunder!«

Es ist eigenartig: Sie folgt einem fremden Mann, der sie mit Sie anredet, etwas schwäbisch spricht und eine angenehme Stimme hat. Sie wird ganz allein mit ihm in einem dunklen Auto fahren. Aber sie hat kein bisschen Angst.

7

Arnold ist verblüfft, als er völlig unvorbereitet auf diese Schönheit trifft, die ohne Schuhe, mit aufgelösten Haaren und gerötetem Gesicht in Dieters und Klaras Wohnzimmer steht und beim »Zauberberg« eingenickt ist.

Er hat in diesem Augenblick nur einen Gedanken: Diese Frau muss ich näher kennenlernen. Er denkt nicht an Claudia, seine beinahe Verlobte, auch nicht an die Tochter seiner Vermieterin in Leipzig und noch weniger an zwei Mädchen, mit denen er früher lose verbunden war. Alle Frauen – wie weggewischt, bis auf Elisabeth. Und dann noch ihr Akzent! Ihre leichte Unbeholfenheit. Zauberhaft!

Als sie davon redet, dass sie jetzt mit der Elektrischen fahren muss, wittert er seine Chance und bietet die Autofahrt an. Ein Glück, dass er seinen Führerschein gemacht hat. Es geht alles traumhaft schnell.

Nur fünf Minuten später sitzt er mit dieser Frau, die nach Mandeln und Rosen duftet, allein im Auto.

Es ist, als sei er in glühendes Eis getaucht. Seine rechte Hand zittert leicht, so dass er nicht gleich das Schloss findet.

Ruhig, Arnold. Reiß dich zusammen, durchatmen, sonst baust du noch einen Unfall, lass dir nichts anmerken, bring das Mädchen nicht durcheinander. Blamier dich nicht.

Zum Glück kennt er sich in dieser Gegend einigermaßen aus. Endlich! Der Wagen springt an. Sie fahren los.

»Ganz schön dunkel«, sagt Elisabeth.

»Was haben Sie gesagt?«

»Ganz schön dunkel um diese Zeit. Jetzt versteh ich auch meine Tante, dass sie mir abgeraten hat, mit der U-Bahn zu fahren. Ich finde es ... nett, dass Sie mich fahren. Ich hoffe, dass ich Sie nicht von irgendwas Wichtigem abhalte.«

»Nein, nein, ganz und gar nicht. Wissen Sie, so zwinge ich Klara und Dieter, zusammen auf mich zu warten. So oft haben sie nicht Gelegenheit miteinander zu sprechen.«

»Also zwei Fliegen mit einer Klappe.«

»Ja.«

»Und? Was machen Sie so?« Elisabeths Stimme von Neugier geplagt.

»Ich studiere Jura in Halle.«

»Oh, dann werden Sie eines Tages ein strenger Richter oder Notar sein?«

»Wenn es sein muss, werde ich streng sein, aber nicht grundsätzlich.«

»Das gefällt mir.«

»Und Sie? Was verschlägt eine Frau aus Schwaben nach Berlin?«

»Meine Mutter meinte, ich soll mal die Verwandten in Berlin kennenlernen. Ich bin fertige Schneiderin und helfe in der Bäckerei aus, Kunden bedienen ...«

»... und nebenbei auf Kinder aufpassen.«

»So viel Aufpassen war gar nicht nötig. Die sind ja richtig süß. Ich hab den beiden den Hans im Glück erzählt, gebetet und das war's.«

»Ach, beten können Sie auch?«

Sie lacht auf. »Beten kann doch jeder.«

»Aber nicht jeder macht's.«

»Beten Sie denn auch?«

»Wie kann man denn leben, ohne zu beten?«

Arnold registriert, dass seine Antwort sie überrascht.

Die Ampel vor ihnen wird rot. Arnold bremst. Er tut so, als ob er die Handbremse kontrolliert und wirft dabei einen Blick auf Elisabeths Profil.

Mein Gott, was für eine Frau!

Es wird grün, Arnold fährt an und überlegt, wie er die für ihn wichtigste Frage so stellen kann, dass sie nicht nach Ausfragen klingt. »Sie haben sicher eine große Familie zu Hause?«

»Wie man's nimmt. Zwei Schwestern, einen Bruder.«

»Und ... ahm ... Ihr Freund lässt Sie so ganz allein nach Berlin fahren?«

Elisabeth schweigt, dann räuspert sie sich und sagt: »Er hat nichts dagegen.«

Arnold spürt einen Stich.

Er hört, wie sie unruhig hin und her ruckt, schließlich sagt sie: »Er hat nichts dagegen, weil es ihn gar nicht gibt.«

»Wirklich? Eine so schöne Frau und ohne Mann?«

»Oh, ich hab schon einen Freund g'habt, der war mir aber zu grob. Und in der Bäckerei und im Café werd ich oft ang'sproche. Erst gestern wollte ein Kunde mit mir ausgehn. Den hab ich aber abblitzen lassen.«

»So? Hat er Ihnen denn nicht gefallen?«

»Der hat seine Haar mit Pomade nach hinten gekämmt und hat mich gleich geduzt, als ob ich so ein ... Dienstmädchen bin, das man leicht haben kann. Und dann hat er sich auch noch über mein Schwäbisch luschtig g'macht.«

»So ein Heini. Ich finde es gut, Fräulein Elisabeth, dass Sie nicht gleich mit jedem mitgehen, obwohl – mich kennen Sie ja auch nicht und haben sich zu mir ins dunkle Auto gesetzt. Zu einem völlig Fremden.«

Er merkt, dass sie ihn von der Seite ansieht. Dann sagt sie mit leiser Stimme: »Bei Ihnen ist das anders, Herr Schering. Sie machen sich nicht über mich lustig und ... und zu Ihnen hab ich Vertrauen.«

»Aha.«

Er beugt sich nach vorn, um die Straßennamen zu lesen. »Welche Nummer hat denn das Haus Ihrer Tante?«

»Zwölf. Da, wo unten die Bäckerei ist.«

»Ich seh schon.«

Er hält am Straßenrand, schaltet den Motor ab, steigt aus, geht um das Auto herum und öffnet die Beifahrertür. Es bleibt Elisabeth nichts anderes übrig, als die ausgestreckte Hand von Arnold zu ergreifen. Sie tut es nicht ungern. Eine große, kräftige Männerhand. Keine Handwerkerhand, dafür ist sie zu schmal. Aber durchaus männlich.

Er begleitet sie zur Tür.

Sie dreht sich um und sagt: »Vielen, vielen Dank, Herr Schering, das war sehr nett. Auf Wiedersehen.«

Sie geben sich wieder die Hand. »Ich fand's auch sehr nett mit Ihnen«, sagt er. »Es war kein wirklich großes Opfer.«

Sie greift nach ihrer Tasche, kramt nach dem Schlüssel und schließt auf.

Er ist inzwischen schon zum Auto gegangen, bleibt stehen, um ihr nachzusehen. Aber sie geht, ohne sich umzudrehen, durch die Hofeinfahrt.

Arnold steigt in das Auto und fährt zurück. Mechanisch schaltet er, hält an der roten Ampel, fährt weiter, aber er fährt nicht wirklich. Seine Hände, Arme und Füße fahren, seine Augen auch noch, aber alles Übrige ist in der Seydelstraße geblieben: sein Herz, sein Bauch, vor allem seine Seele. Und mit dieser Seele geht er jetzt neben Elisabeth her, geht mit ihr ins Zimmer, sieht, wie sie sich auszieht, vielleicht summt sie eine Melodie. Ihre Haare lösen sich ganz auf und fallen wie ein Wasserfall auf die Schultern. Sie kämmt sie durch. Sie streift ihr Nachthemd über und legt sich ins Bett. Sie betet. Halt, vorher putzt sie die Zähne. *Lieber Gott, danke, dass ich Arnold kennengelernt habe* – und schläft ein. Arnolds Herz, Bauch und die zweiten Augen, es müssen die Seelenaugen sein, bleiben immer noch in Elisabeths Zimmer. Plötzlich werden sie weggerissen und landen im Auto.

»Mist! Ich hab mich verfahren. Wo bin ich hier?« Arnold versucht, sich zu orientieren, aber die Gegend kommt ihm fremd vor. Zum Glück ist Berlin um diese Zeit nicht ausgestorben. Er kurbelt die Fensterscheibe herunter. Ein Paar ist unterwegs. »Entschuldigung – wo bin ich hier?«

»In der Nähe vom Alexanderplatz.«

»Ach so. Und in welcher Richtung geht's zur Stadtmitte?«

Der Mann zeigt in eine Richtung.

»Danke.«

Als er endlich wieder bei Dieter und Klara ist, findet er sie im Wohnzimmer bei einem Glas Wein.

»Hat ja ein bisschen lange gedauert, mein Lieber!«, sagt Dieter belustigt. »Ich will gar nicht wissen, was du mit unserer Cousine zweiten Grades alles angestellt hast.«

Arnold lässt sich in einen der Sessel fallen und greift zu dem Glas Wein, das seine Freunde ihm eingeschenkt haben.

»Was du immer gleich denkst. Ich habe sie ordnungsgemäß abgeliefert, aber hab mich auf der Rückfahrt verfahren.«

»Mit den Gedanken vielleicht woanders?«, lässt sich Klara vernehmen.

»Jetzt fängst du auch noch an«, sagt Arnold, kann aber nicht richtig ärgerlich werden und grinst. »Ich geb's ja zu. Ich fand sie ganz nett.«

»Ganz nett?«, sagt Dieter. Er dreht sich zu seiner Frau um. »Du hättest ihn mal sehen sollen, wie er sie angelächelt hat, wie er seine schwäbischen Sprachkenntnisse ausgekramt hat. Wenn er ein Kater wäre, hätte er noch geschnurrt.«

»Meine Güte, was seid ihr verklemmt! Ich finde, sie ist eine tolle Frau, und ich hab mich wunderbar mit ihr unterhalten. Na und?«

»Nichts. Wir teilen dir nur unsere Beobachtungen mit. Was hat sie, was Claudia nicht hat?«

Arnold trinkt einen Schluck und denkt nach.

»Ich weiß nicht genau. Außer, dass sie aussieht wie Schneewittchen, hat sie so etwas Berührendes, vielleicht auch der Akzent, und trotzdem denkt man, dass sie beherzt zupacken kann. Dann greift sie gleich zu Thomas Mann ... Gut, sie ist keine Intellektuelle wie Claudia und nicht so frech, aber das bedeutet nicht, dass man sich nicht geistreich mit ihr unterhalten könnte. Und ihre Figur! Fantastisch. Sie hält sich sehr gerade, anmutig.«

»Oh, oh!«, ruft Klara aus. »Das kann gefährlich werden. Vorsicht, Arnold, verdirb mir nicht das Mädchen und setz ihr keine Flausen in den Kopf!«

»Ach was!« Arnold macht eine wegwerfende Bewegung. »Ich finde sie toll, das ja, aber das legt sich vermutlich nach ein paar Tagen. Eine kleine Verliebtheit, weiter nichts.«

»Du musst es ja wissen.«

»Übrigens«, sagt Klara. »Sie hat ihren Schirm vergessen.«

8

STUTTGART 1957. Frank findet im Küchenschrank seine alte Milchflasche. Jetzt ist er ja sieben und braucht sie nicht mehr, aber es ist gar nicht so lange her, da hat er noch ganz gern daran genuckelt.

Als sein Vater noch lebte, ist er furchtbar eifersüchtig auf ihn gewesen. Einmal hat er gesehen, wie sich seine Eltern umarmt haben, einfach so, und sich lange geküsst haben. Dabei hat sein Vater seine Mutter am Rücken gestreichelt und auch noch etwas tiefer.

Da hat es Frank nicht mehr ausgehalten und seine Milchflasche auf die beiden geworfen und hat geweint.

Seitdem durfte er, wenn sich seine Eltern umarmten und küssten, zwischen sie stellen, dann ist es nicht ganz so schlimm für ihn gewesen.

Aber das ist jetzt vorbei. Frank hat seine Mutter ganz für sich allein. Inzwischen ist es März, und Frank braucht nur noch die Jacke anzuziehen und kann Schal und Mütze zu Hause lassen. Die Luft riecht irgendwie pflanzig frisch, und der blaue Himmel sieht aus, als ob er ein Stück höher gerückt sei. Ein dunkelbrauner Acker neben dem Schulweg, der mit einem grünen Flaum überzogen ist, so weich wie der Bart von seinem Bruder.

Das Erste, was ihm im Unterricht auffällt, hat mit Martina zu tun. Sie hat sich nämlich ihre roten Zöpfe abschneiden lassen.

»Immer dieses ewige Durchkämmen morgens«, sagt sie.

Er denkt daran, wie schön es wäre, ihre Zöpfe zu Hause zu haben, ganz für sich allein, dann könnte er immer an ihnen riechen, ob Martina da ist oder nicht. Oder riechen sie nur so gut, solange sie an Martinas Kopf hängen?

Als er sie fragt, ob sie die Zöpfe noch zu Hause liegen hat, blickt sie ihn so merkwürdig an, als ob sie seine Gedanken lesen könnte, dann sagt sie: »Meine Mutter hat sie an den Friseurladen verkauft. Zum Perückenmachen brauchen die immer Haare. Spielst du auch mit mir ohne Zöpfe?«

»Klar«, sagt er etwas zu laut und zu forsch. Er findet es abstoßend, dass man seine Haare verkaufen kann.

»Außerdem wachsen sie ja nach«, sagt sie.

Auf seinem Lieblingsplatz, einer alten Weide am Hummelbach, unterhält er sich mit seinem Freund Bernhard über Frauen. Bernhard gibt wie üblich furchtbar an.

Zuerst stellen sie sich vor, dass die Weide ein Schiff ist und mit ihnen über das Meer fährt. Bernhard will unbedingt der Kapitän sein, obwohl Frank eigentlich den Baum entdeckt hat, und die Idee mit dem Schiff kam auch von ihm. Er wird das nächste Mal wieder allein auf die Weide klettern.

Auf jeden Fall kommen sie plötzlich auf Frauen zu sprechen, und Bernhard erzählt die Sache mit seinen Cousinen. »Stell dir vor«, sagt er, »ich habe sie neulich dazu gebracht, dass sie ihre Schlüpfer ausgezogen haben, und dann haben sie mir alles gezeigt.«

»Hast du dann auch alles von dir gezeigt?«, fragt ihn Frank, obwohl er kein Wort von dem glaubt, was Bernhard sagt, denn, erstens hat er ihm bisher noch nie etwas von seinen Cousinen erzählt und zweitens: Wenn es die Cousinen gar nicht gibt, wie können sie dann ihre Schlüpfer ausziehen?

»Hast du schon mal eine nackte Frau gesehen?«, fragt Bernhard ihn. Frank überlegt. »Klar. Meine Mutter sehe ich immer nackt, wenn sie samstags badet.«

»Ach, du liebe Zeit«, stöhnt Bernhard, »meine Mutter würde sich eher umbringen, als sich nackt zu zeigen.«

Er steht auf und wippt auf einem Ast auf und ab. »Wenn wir den Baum umsägen«, ruft er, »dann können wir ihn als Brücke über den Hummelbach nehmen.«

Das geht Frank dann doch zu weit. »Bist du verrückt?«, schreit er. »Das ist meine Weide!«

»Wenn du mitmachst, zeige ich dir meine Cousinen ohne Schlüpfer«, trumpft er auf.

Da aber Frank nun seine Mutter schon nackt gesehen hat, sind die nackten Cousinen nichts Neues.

»Keine Lust. Du kannst ja einen anderen Baum umsägen.«

»Nein, ich will diesen.«

»Das machst du nicht!«

»Mach ich doch!«

»Wenn du das machst, erzähle ich überall herum, was du mit deinen Cousinen machst.«

»Und ich erzähle überall herum, dass sich deine Mutter zu Hause nackt zeigt.«

Frank zuckt die Schultern und tut ganz unbeteiligt, obwohl es ihm furchtbar peinlich wäre. »Na und? Tu's doch.«

Bernhard murmelt etwas, aber gibt sich dann doch zufrieden und sagt schließlich: »Aber im Wald könnten wir doch einen kleinen Baum fällen.«

Erleichtert stimmt Frank zu.

Abends, als die Familie zu viert beim Abendessen sitzt, fragt Hartmut mit vollem Mund: »Sag mal, Mama, willst du eigentlich mal wieder heiraten?«

»Mensch, Hartmut«, sagt Britta. »Papa ist gerade erst gestorben und du …«

»Ich mein doch nur, ob sie sich das irgendwann vorstellen kann.«

Er zwinkert seiner Schwester zu und sagt: »Ich glaube, der Eduard hat einen Blick auf unsere Mutter geworfen!«

»Der Eduard!«, sagt Elisabeth und schüttelt den Kopf, »hat auf der Beerdigung mir schon schöne Augen g'macht. Pietätlos isch des!«

»Pietät hin oder her. Und?«

Frank spürt schon die ganze Zeit, wie es in seinem Bauch ganz komisch wird.

»I woiß net«, sagt seine Mutter nach einer Weile. »Der isch mir irgendwie zu glatt.«

Frank merkt, wie seine Heulschlange in seinem Bauch langsam nach oben kriecht, seine Augen brennen lässt und dabei einen dicken Kloß vor sich herschiebt.

»Guck mol! Der Frank heult!«, ruft Britta.

Alle schauen ihn an. Dadurch wird es nur noch schlimmer, und jetzt wird er auch noch von der Schlange gepackt und geschüttelt, und das Wasser läuft ihm nur so das Gesicht herunter.

»Was isch denn los, Frank?«, fragt Elisabeth mit ihrer weichsten Mutterstimme. Aber er kann nicht sprechen, weil die Heulschlange ihm die Kehle abdrückt.

Schließlich nimmt ihn seine Mutter in den Arm und streichelt ihn. Er beruhigt sich, reißt sich los und rennt aufs Klo.

Erst nachdem er den Schlüssel herumgedreht hat, kann er wieder durchatmen. Hier ist er sicher.

Und als das Klopfen an der Klotür allmählich nachlässt, schleicht er sich leise hinaus und schlüpft unauffällig in sein Bett.

Irgendwann wird er in der Nacht wach und spürt die Hand seiner Mutter. Er hört sie sagen: »Brauchsch net heule, Frank, i heirat net.«

Beruhigt schläft er wieder ein.

9

Berlin 1939. Elisabeth will sich im Zimmer hinter dem Laden gerade ihre Schürze umbinden, da geht die Klingel in Tante Bertas Bäckerei. Zum Glück ist ihre Tante schon im Verkaufsraum und wird den Kunden bedienen.

Elisabeth ist müde. Der Abend war lang und sie konnte nicht gleich einschlafen. Immerzu musste sie an Arnold Schering denken. Dass so einer sogar ein bisschen schwäbisch schwätzen kann, ihr die Autotür aufgemacht hat, das war einfach unbeschreiblich und: *Kann man denn leben ohne zu beten?* Das hat sie umgehauen: fromm, ohne schmierig zu sein.

So einen möchte sie einmal haben, aber für ihn ist sie wahrscheinlich nur eine Abwechslung, vielleicht eine kleine Affäre, weiter nichts. Oder vielleicht doch mehr?

Draußen singen die Vögel, zwitschern sich wach. Gerade will Elisabeth in den Verkaufsraum gehen, da merkt sie, dass die Stimmen irgendwie anders als üblich klingen. Sie sieht Tante Berta mit einem Mann im Anzug.

»Heil Hitler!«, sagt der Mann und hebt seine Rechte.

»Heil Hitler!«, antwortet Elisabeth und ahnt nichts Gutes.

»Du, sag mal, Elisabeth«, fängt Tante Berta an, »du hast doch vorgestern einen Mann bedient …«

Elisabeths Herz schlägt bis zum Hals. *Der fettige Halbdackel hat gepetzt!*

»Ja, kann schon sein. Ich bedien ja jeden Tag Männer!«

»Jedenfalls, da hat sich einer beim Ortsgruppenleiter beschwert. Du hättest ihn etwas patzig abgefertigt. Und der Herr ...«

»Ranke!«

»Der Herr Ranke will nun nachprüfen, was da eigentlich los war.«

Elisabeth wird es heiß und ihre Hände zittern, aber sie reißt sich zusammen. »Der ... der Herr hat mich so komisch ang'starrt und mich gleich mit Du an'gredet und wollt mit mir ausgeh'n. Und dann ... dann hab ich g'sagt, dass ich mit einem fremden Mann, der mich mit Du anredet, nicht mitgehen will.«

Die Hitze steigt ihr in den Kopf, die Augen brennen. Nur nicht losheulen!

»Also, da hören Sie es, Herr Ranke. Ihr ... Kollege wollte mit der Elisabeth eine kleine Affäre anfangen, aber bei einem anständigen deutschen Mädchen läuft das so nicht. Sie kommt ja aus Stuttgart und muss sich erst an Berlin gewöhnen, da ist man verwirrt und es rutscht schon mal ein ... ein hartes Wort heraus ...«

Der Mann verzieht keine Miene. »Sie brauchen Ihre Nichte nicht zu verteidigen, sie ist alt genug. Und ich weiß selbst, wie sich deutsche Mädchen zu benehmen haben. Vor allen Dingen sollte Ihre Nichte mehr Respekt vor einem Mitglied der Ortsgruppenleitung haben.«

»Entschuldigung, Herr Ranke«, sagt Elisabeth leise. Sie hat sich inzwischen gefasst und probiert einen züchtigen Augenaufschlag mit ihren himmelblauen Augen, »aber so direkt hat mich ein Mann noch nicht angesprochen. Wenn er sich wenigstens vorgestellt hätt. Das bin ich net g'wöhnt und man muss sich als Frau ja auch ...«

»Gut, gut, Fräulein Elisabeth. Ich habe verstanden.« Der Augenaufschlag hat Wirkung gezeigt. »Aber das kommt mir nicht noch einmal vor. Ist das klar?«

»Jawoll!« Elisabeth hat ohne es zu wollen, etwas zackig geantwortet.

»Ach, Herr Ranke«, sagt Tante Berta unvermittelt, »und bestellen Sie Ihrem Kollegen doch einen schönen Gruß. Ich verbitte mir in Zukunft diese aufdringliche Art meiner Nichte gegenüber.«

Herrn Rankes Augenbrauen ziehen sich drohend zusammen.

»Ich könnte mich sonst vergessen«, fährt Tante Berta mit einer Unschuldsmiene fort, »und könnte Herrn Brandt, den ich persönlich kenne, einen kleinen Hinweis geben.«

Die Ladenklingel geht.

»Entschuldigen Sie uns, wir müssen bedienen. Heil Hitler, Herr Ranke.«

Herr Ranke brummt ein »Heil Hitler«, öffnet die Tür und ist verschwunden.

Noch immer mit erhöhtem Puls bedient Elisabeth eine alte Frau und zwei Handwerker. Als der Laden wieder leer ist, fragt sie: »Wer ist denn Herr Brandt?«

Tante Berta grinst. »Karl Brandt ist ein hohes Tier, einer von den engen Vertrauten unseres Führers.«

»Und den kennst du persönlich?«

»Er hat letztes Jahr hier mal Schrippen gekauft. Wir haben uns kurz unterhalten.«

»Ach so.«

»Das muss ja Herr Ranke nicht wissen. Aber glaub mir, diese Herren kann man nur einschüchtern, wenn man Leute kennt, die über ihnen stehen.«

In diesem Augenblick bewundert Elisabeth ihre Tante restlos. Diese Kaltblütigkeit! Das könnte sie nicht.

»Und jetzt will ich dir mal was sagen!« Die Tante blickt sie forschend an. »Reiß dich gefälligst zusammen. Man kann höflich zu allen Kunden sein. Und diese Herren verstehen keinen Spaß. Wenn du so weitermachst, wirst du irgendwann abgeholt. Schutzhaft und dann ab in ein Arbeitslager. So läuft das nämlich jetzt. Hast du mich verstanden?«

»Ja, ja. Isch recht. Also, ich bin noch ganz fahrig«, sagt Elisabeth. »Meine Händ zittern. Aber eins weiß ich: Der Führer weiß bestimmt nicht immer, was für trottelige Leute hier herumlaufen. Er hätt mich bestimmt sehr freundlich behandelt. Und wahrscheinlich hat man ihn auch zu dem Hitlergruß überredet.«

»Bestimmt.« Tante Berta nickt. »Und letztes Jahr, bei der Kristallnacht, da ist ja auch nicht alles mit rechten Dingen zugegangen. Wenn der Führer das gewusst hätte. Immerhin haben sie die neue Synagoge nicht abbrennen können.«

»Aber die in Stuttgart, in der Hospitalstraß, die isch ganz abbrennt. Grad schad um des schene Haus.«

Obwohl Elisabeth sich ganz sachlich unterhält, ist sie immer noch unruhig. Sie spürt eine leise Angst vor allem, was offiziell ist, und nimmt sich vor, in Zukunft nicht aufzufallen. Grau sein, innerlich grau sein. Man weiß nie.

Berta holt von hinten einen großen Korb mit frischen Brötchen und schüttet sie in das leere Fach. Übrigens«, sagt sie, »es war wohl sehr spät gestern Abend?«

»Ja, schon«, sagt Elisabeth und bindet ihre Schürze neu um, obwohl sie gar nicht locker sitzt, »aber ich bin mit dem Auto bis vor die Tür gebracht worden.«

»Das war ja nett von Dieter.«

»Nein, der Dieter hat mich gar net g'fahrn, sondern ein Freund von ihm, Arnold Schering. Ein ganz netter Mann, ein richtiger Tschendelmän.«

Die Tante blickt auf. »So, so, der Arnold war da.«

Sie sieht Elisabeth lauernd von der Seite an. »Der gefällt dir wohl, was?«

Elisabeth spürt, wie ihr die Hitze wieder in den Kopf steigt und wendet sich ab. »Ja, der tät mir schon g'fallen. Er kann sogar Schwäbisch und ist sehr höflich und …«

» … und charmant?«

»Ja, charmant, das ist er.«

Tante Berta packt vorbestellte Brötchen ab. »Pass bloß auf, Elisabeth«, sagt sie.

»Warum denn?«

»Der Arnold ist nichts für dich. Ein Studierter ist der, hat reiche Verwandte, ein bisschen verwöhnt, ein kleiner Charmeur und: Er ist beinahe verlobt mit einer Claudia, Fabrikantentochter. Die ist intelligent, sieht gut aus und sitzt auf Geld. Also, schlag dir den Arnold gleich aus dem Kopf, bevor du dich verrennst.«

Die Ladenklingel geht. Zwei Frauen mit Einkaufskörben.

Elisabeth, leicht geschockt über die Beinahe-Verlobung mit Claudia, sagt: »Hei-tler!«

»Heil Hitler. Ich habe gestern zehn Schrippen reserviert, drei Milchhörnchen und ein Halbpfünder.«

Elisabeth bedient und versucht gleichzeitig, den Aufruhr in ihrem Inneren zu beruhigen.

Er ist beinahe verlobt, verlobt, verlobt mit der stinkreichen, langweiligen, hässlichen Claudia mit ihrem idiotischen Namen. Und mit mir ist es nur eine kleine Verliebtheit gewesen, weiter nichts. Bild dir nichts ein. Was hat er gestern gesagt? Ich fand's auch sehr nett mit Ihnen. Es war kein großes Opfer oder so ähnlich. Alles nur Worte.

Sie hält inne und rechnet: »Zehn Schrippen: fünfzig, drei Milch: achtzehn, ein Halbpfünder: vierzig. Macht zusammen: eine Mark und acht.«

Sie tippt und kurbelt, lässt die Kasse klingeln, alles läuft von selbst, während sie denkt: *Und trotzdem – ich bleib dran. Beinah verlobt ist nicht ganz verlobt und schon gar nicht verheiratet.*

Die Sonne kommt an diesem Tag nicht so richtig durch. Gegen zehn regnet es, und da fällt Elisabeth ein, dass sie den Schirm bei Klara und Dieter vergessen hat. Einerseits schlecht, andererseits gut, das ergibt einen neuen Kontakt. Vielleicht mit Arnold, wenn er überhaupt noch in Berlin ist.

Nach der Mittagspause, in der sie vor dem Öffnen schnell noch den Boden nass wischt, steht sie wieder bereit.

Die Klingel geht, und eine blonde Frau in ihrem Alter betritt die Bäckerei. Elisabeth stutzt. Das Gesicht kennt sie von irgendwoher.

»Heil Hitler!«

Das Mädchen murmelt einen Gruß, der sich so ähnlich wie Heil Hitler anhört, aber sehr undeutlich gesprochen ist.

»Sie wünschen?«

Als die junge Frau Elisabeth jetzt direkt anblickt, stutzt sie auch. Dann lächelt sie und sagt: »Betti! Was machst du denn hier?«

»Luisa! Ich hab dich a Ewigkeit net g'sehn. Bisch du net in England?«

Elisabeth klappt dabei die bewegliche Holzplatte nach oben, kommt hinter dem Ladentisch hervor, stürzt auf Luisa zu und umarmt sie.

Sie spürt Luisas Überraschung und dann übergangslos, wie Luisa sie stark an sich drückt, als wollte sie sie nicht mehr loslassen.

Aber dann lösen sie sich und Elisabeth sieht rote Augen. Luisa zieht ihre Nase hoch, öffnet ihre Handtasche und sucht nach einem Taschentuch.

»Entschuldige, dass ich … ich hab damit einfach nicht gerechnet.«

Sie schnäuzt sich die Nase und fragt: »Bist du nach Berlin umgezogen?«

»Nein, nein. Ich bin nur ein paar Wochen hier und helfe bei meiner Tante aus.«

Die Tür geht wieder.

»Komm doch um acht vorbei!«, sagt Elisabeth schnell. »Ich hab ein kleines Zimmer unterm Dach, dann können wir in Ruhe schwätzen, gell?«

Luisa nickt und sagt: »Ein großes Bauernbrot, bitte.«

Nach einem anstrengenden Tag und nach dem Abendessen nimmt Elisabeth eine Karaffe mit verdünntem Apfelsaft und zwei Becher nach oben, sagt ihrer Tante, dass eine Schulfreundin sie besuchen wird.

»Wirklich eine Schulfreundin?«

»Ja, ich stell sie dir nachher vor: Luisa.«

Sie kommt tatsächlich um acht, sagt überall höflich guten Tag und verschwindet mit Elisabeth in das kleine, stickige Zimmer.

Elisabeth hat kräftig gelüftet, hat das Dachfenster in Kippstellung gebracht und noch einen zweiten Stuhl besorgt. Nach dem Regentag ist es unter dem Dach ganz angenehm. Kuchen von gestern liegt auf einem Teller. Marmorkuchen. Ganz umsonst.

»Luisa! Lass dich anschauen! Hm, etwas blass siehst du aus und für meine Verhältnisse zu dünn.«

»Und du siehst aus wie das blühende Leben.«

»Ja, ich hab mich gerade unsterblich und aussichtslos verliebt.«

»Bist du nicht mehr mit Heinrich befreundet?«

»Längst vorbei. Auf Dauer war das nichts. Der Kerl war mir zu ungehobelt. Aber – wie geht's dir denn? Ihr wart plötzlich verschwunden und keiner wusste, wo ihr wart. Hab mir Sorgen gemacht, mich erkundigt, aber hab nichts erfahren.«

»Aber Betti, du kannst dir doch denken, dass für uns Juden alles schwierig geworden ist. Und nach der Kristallnacht erst recht.«

»Ja, aber dein Vater ist doch Arzt, ein guter Arzt. Ärzte werden immer gebraucht. Die Kristallnacht hat sich doch nur gegen betrügerische Geschäftsleute gerichtet und deine Mutter ist arisch.«

Luisa sitzt inzwischen auf dem Stuhl und trinkt den Apfelsaft.

»Betti, so einfach ist das nicht. Allen Juden geht es jetzt an den Kragen, egal ob du Arzt bist oder Geschäftsmann. Gut, durch meine Mutter haben wir immer noch ein paar Vorteile. Aber trotzdem haben sie meinem Vater die Approbation entzogen. Er hat heimlich praktiziert. Vater und ich müssen in unserem Pass ein Jot eintragen lassen und haben einen zweiten jüdischen Namen, damit jeder weiß, dass wir Juden sind. Jetzt heiß ich Luisa Sara.Wir ... müssen hier weg. Aber die Ausreise ist nicht einfach.«

Elisabeth senkt den Kopf, dann sieht sie ihre Freundin an. »Ich hab gehört, dass manche Juden in Arbeitslager gebracht werden sollen ...«

Luisa schweigt, beißt von dem Marmorkuchen ab, kaut und sagt schließlich: »Man kann nur hoffen, dass es wirklich Arbeitslager sind.«

Diesen letzten Satz versteht Elisabeth nicht gleich. »Gibt es noch etwas Schlimmeres als ein Arbeitslager?«

Luisa nestelt an ihrem Kleid herum und sagt leise: »Man will doch die Juden ganz loswerden und am sichersten ist es, wenn man alle ...«

Elisabeth starrt ihre Freundin an. »Luisa! Du willst doch nicht im Ernst behaupten, dass unser Führer die Juden im Arbeitslager umbringen will!« Sie muss fast lachen, weil es so ein unsinniger Gedanke ist. So, als ob man alle Bäume in Deutschland abholzen würde.

Luisa flüstert jetzt: »Ich weiß, es klingt unsinnig, Betti, aber wir rechnen mit dem Schlimmsten. Mein Vater hat gehört, dass Hitler Ende Januar vor dem deutschen Reichstag gesagt hat, dass die jüdische Rasse in Europa vernichtet werden soll. Außerdem ist das Reich völlig verschuldet und seit ein paar Jahren wird jüdisches Vermögen eingezogen.« Sie presst ihre Lippen zusammen, weil sie zittern. Dann flüstert sie mit großen Augen weiter: »Betti, ich habe schon viel zu viel gesagt. Wenn uns jemand hört!«

Sie geht zur Tür und macht sie auf. Niemand ist zu sehen.

»Wir ... wir warten nur noch auf unsere Papiere. Zum Glück haben wir Verwandte in England. Und wir haben alle einen zweiten Pass. Falls wir in der Stadt kontrolliert werden, soll niemand merken, dass wir Juden sind. Es sind schon viele kurz vor der Ausreise verschwunden. Und wir dürfen nicht zusammen ausreisen, erst nach und nach. Mein Vater sagt, dass es vielleicht Krieg geben wird. Hitler hat doch schon Böhmen und Mähren ...«

»Aber die sind doch freiwillig ins Reich ...«

»Freiwillig? Das war nicht freiwillig, Betti!«

Elisabeth weiß nicht, was sie sagen soll. Das alles ist eine Nummer zu groß für sie. Und es fällt ihr nur der Satz ein: »Jüdisch siehst du ja nicht gerade aus mit deinen blonden Haaren. Außerdem bist du doch eine Halbjüdin.«

»Siehst du«, sagt Luisa. »Du bist auch schon auf die Nazis reingefallen. Juden sind nämlich keine besondere Rasse mit bestimmten Merkmalen ... Das ist Quatsch!«

»Aber ...«, fängt Elisabeth an.

Luisa beugt sich vor. »Soll ich dir einen Witz erzählen?«

Elisabeth hebt die Schultern »Ja.« Und sie denkt an Arnold, den Mann mit den zweihundertundzwei Witzen.

»Abendgebet«, flüstert Luisa. »Lieber Gott, mach mich blind, dass ich Goebbels arisch find.«

Elisabeth hält sich die Hand vor den Mund und prustet los. »Der ist aber richtig gemein.«

»Aber es stimmt doch«, flüstert Luisa zurück. »Die, die am meisten diese Rassengesetze predigen, sehen am wenigsten nach einer reinen Rasse aus. Oder nimm den Hitler ...«

Aber da wird Elisabeth patzig. »Schluss jetzt, Luisa. Auf unseren Führer lass ich nichts kommen. Wenn der alles wissen tät, was in seinem Namen für Blödsinn gemacht wird ... Du, ich hab unseren Führer vor drei Jahren in Nürnberg g'sehe. Ganz dicht isch er an mir vorbeig'fahre und hat mich ang'schaut. Des isch mir durch und durch gange. Der wird schon alles richtig machen.«

Luisa schließt kurz die Augen, atmet durch und sagt nichts.

Dann nimmt sie Elisabeths Hände und drückt sie. »Betti! Wahrscheinlich sehen wir uns nie wieder.«

»Ach, komm, so dunkle Gedanken. Es wird alles nicht so heiß gegessen, wie es gekocht ist. Des wird sich alles beruhigen.«

Luisas Blick wird hart und sie schnaubt die Worte heraus: »Dass ... dass ihr alle so gutgläubig seid. Der Hitler hat euch verhext!« Dann murmelt sie etwas vor sich hin.

»Was hast du da gemurmelt?«, fragt Elisabeth.

»Ach nichts.«

»Sag schon!«

Luisa atmet tief ein und aus. »Ich habe gesagt: Du mit deinen blauen Augen.«

»Und was ... was willsch damit sagen?«

Luisa schweigt.

Sie essen wieder ein bisschen von dem alten Kuchen und spülen mit einem Schluck nach. Sie wissen nach Luisas Worten nicht, was sie sagen sollen. Draußen fallen Tropfen auf das schräge Fenster. Elisabeth steht auf und schließt es.

»Und Betti«, sagt Luisa plötzlich. »Ich fleh dich an: Kein Wort von dem, was wir geredet haben!«

»Klar.«

»Schwör es! Bei Gott!«

»Ich schwöre bei Gott!«

»Gut. Und jetzt erzähl mal von deiner unsterblichen und aussichtslosen Liebe.«

Elisabeth ist froh, dass Luisa das Thema gewechselt hat. Diese letzten Minuten sind richtig unangenehm gewesen.

»Ich bin noch ganz durcheinander, gestern habe ich auf die Kinder von meiner Cousine aufgepasst und dann hab ich den Arnold getroffen. Er hat mich nach Haus bracht. Ein toller Mann, er kann sogar a bissle schwäbisch, studiert Jura, ist charmant ...«

»Das hört sich doch gut an.«

»Ja, aber meine Tante Berta sagt, er sei beinah verlobt mit einem reichen, gut aussehenden Mädchen, und ich soll mich nicht in irgendwas verrennen.«

Jetzt lächelt Luisa ein bisschen und die Angst in ihren Augen wird weniger.

»Betti! Abwarten, was passiert. Wenn es bei ihm eingeschlagen hat, dann kann sich vielleicht alles ändern. Dräng dich nicht auf, sei zurückhaltend. Sag ihm, du hättest von seiner Beinahe-Verlobung gehört, tu ein bisschen verschnupft.«

»Luisa, du klingst, als ob du eine erfahrene Frau bist.«

»Alles aus Büchern. Ob es stimmt, weiß ich auch nicht.«

»Hast du denn einen ...?«

»Ich hab doch immer für den Rudi geschwärmt, aber nach der Kristallnacht hat er nichts mehr von mir wissen wollen, und wir sind ja dann auch weggezogen. Und jetzt – möcht ich nichts anfangen.«

Elisabeth schweigt, dann sagt sie etwas, was ihr zwischendurch eingefallen ist. Sie kann diese Vorwürfe gegen ihren Führer nicht so stehen lassen: »Du, ich hab mir überlegt, wegen dem, was du g'sagt hasch mit dem Arbeitslager und dass alle Juden .... Das kann gar nicht gehen, dass ihr alle umgebracht werden sollt, das wird doch Gott nicht zulassen. Ihr seid doch das auserwählte Volk.«

Luisa hebt die Schultern in einer hilflosen Geste. »Ich kann nur hoffen, dass Gott sich auch daran erinnert, wenn es so weit ist.«

Dazu fällt Elisabeth nichts ein, so hoffnungslos hat noch nie jemand über Gott geredet.

Allmählich wird es draußen dunkel. Elisabeth zündet eine Kerze an und dann werden alle Bekannten und Freunde durchgenommen. In welcher Familie Kinder geboren wurden, wer mit wem geht, Bücher, die neueste Mode und Musik.

Luisa bekommt ein Glitzern in die Augen und fragt: »Kennst du den neuesten Schlager? Im Februar hab ich ihn zum ersten Mal gehört.« Und sie fängt leise an zu singen: »Man kann sein Herz nur einmal verschenken, man darf nicht glauben, es ist ein Spiel ...«

Und Elisabeth singt mit: »Denn wenn zwei Menschen einmal im Leben alles sich geben, das ist soo viel.«

Luisa steht auf, hebt den Zeigefinger und singt mit rollendem »R«: »Vielleicht kann man sich öfterr värrlieben, doch eines Tages sieht man dann ein: Man kann sein Herrrz nurrr einmal värrschenken ...«

Elisabeth prustet los und zu zweit singen sie sehr gedehnt: » ... und dann gehörrt's nurr einem allein!«

Sie lassen sich auf das Bett plumpsen, sinken zurück. Den Blick in das Halbdunkel gerichtet. Ein paar Augenblicke ist es still, dann fragt Elisabeth: »Rauchst du?«

»Ab und zu, wenn mir jemand etwas anbietet.«

Elisabeth steht auf, holt hinter dem Spiegel zwei Zigaretten heraus und hält sie Luisa hin, die sich wieder aufgerichtet hat.

»Betti! Ich werd verrückt! Eine Eckstein und eine Astra. Wie kommst du denn zu denen?«

»Mein Bruder hat mir ein paar besorgt. Für beste Freunde. Welche willst du?«

»Ich nehm die Ägyptische.«

Elisabeth gibt ihr die Astra, drückt das Fenster nach draußen. Es tröpfelt nur noch.

»Wir müssen direkt am Fenster rauchen, damit Tante Berta nichts merkt!«

Von der Kerze holen sie sich Feuer und stellen sich direkt unter das Fenster. Zwei Frauenköpfe vor einem dunkelgrauen

Himmel, über ihnen Rauchwolken. Sie sagen nichts, schauen über die Dächer.

10

STUTTGART 1957. In der nächsten Woche ist etwas ganz Fürchterliches passiert. Es war so richtig schaurig. Ein Mädchen aus Franks Parallelklasse ist von einem Auto überfahren worden und ist nun tot.

Zufällig hat Frank gehört, dass es in der Leichenhalle auf dem Friedhof im Sarg liegt, bis zur Beerdigung. Da hat er eine Idee.

Am nächsten Tag geht er bei Bernhard vorbei und fragt ihn: »Na? Hast du Mut?«

»Klar. Was hast du vor?«

»In der Leichenhalle liegt das tote Mädchen, das neulich überfahren worden ist. Das könnten wir uns anschauen …«

»Ist doch bestimmt abgeschlossen«, sagt Bernhard und Frank merkt, dass seine Stimme nach Angst klingt. Endlich ist er ihm mal überlegen. Denn Frank ist vom Tod schon abgebrüht durch seinen Vater.

»Vielleicht ist die Tür ja offen. Wir könnten es probieren. Oder hast du Angst?«

»Quatsch. Ich hab doch vor Mädchen keine Angst und außerdem ist es ja tot.«

»Na gut. Also, bis nachher. Ich hol dich ab. Um drei.«

Beim Mittagessen ist Frank ziemlich übermütig und fröhlich. Und seine Mutter und Tante Hannah wundern sich. Von seiner Schwester bekommt er einen Tritt unter dem Tisch.

Frank holt Bernhard ab, und sie gehen zum Friedhof, der im anderen Teil des Ortes liegt, neben der Kirche.

Kein Mensch ist um die Zeit zu sehen. Sie öffnen das große Eisentor und schauen sich um. Links liegen ganz kleine Gräber. Das sind Kindergräber und Frank kann nur hoffen, dass die Kinder rechtzeitig aus dem Sarg gekrabbelt sind, um in den Himmel zu fliegen, bevor sie verfaulen. Aber nein, sein Bruder hat ihm ja erklärt, dass man gleichzeitig im Sarg liegen und am Bodensee sein kann.

Bei einem Grab steht sogar ein kleiner Engel aus Stein und blickt traurig geradeaus.

Jedenfalls, die Sonne scheint und auf dem Friedhof ist es richtig friedlich und gemütlich. Es gibt Bänke und große Bäume und überall Blumen.

Frank glaubt, dass der Friedhof seiner Tante Ilse guttun würde, die immer so hektisch ist. Hier würde sie bestimmt ganz friedlich werden. Das Leichenhaus liegt neben der Friedhofskapelle. Vorsichtig blicken sie sich um, dann drückt Frank langsam die Klinke herunter und ist selbst erstaunt, dass nicht abgeschlossen ist.

Jetzt bekommt er aber auch Herzklopfen. Aber zurück kann er nun nicht mehr, weil Bernhard dabei ist. Sein Mund ist ganz trocken, und als er sich umwendet und zu Bernhard sagen will, dass er kommen soll, kriegt er nur ein Krächzen heraus.

Er betet in Gedanken schnell zu Gott, dass er ihm hilft, falls das tote Mädchen sie verfolgt.

In Gedanken zu beten, hat er erst vor Kurzem gelernt. Das ist praktisch, weil dann niemand merkt, dass man betet. Vorher hat er zu Hause oft laut gebetet und sich nicht viel dabei gedacht, bis seine Schwester ihn neulich gefragt hat: »Mit wem redest du denn die ganze Zeit?«

Er ist ganz erstaunt gewesen und hat ihr gesagt: »Es ist niemand da.«

Aber seine Schwester hat behauptet, dass er ganz laut gesagt hat: »Kannst du nicht mal Reinhard von der Eins b eine Krankheit schicken, weil der mich immer stolpern lässt?«

Da hat er gemerkt, dass er laut gebetet hat und seine Schwester hat ihm dann gesagt, man könnte auch in Gedanken beten, weil Gott auch die Gedanken versteht. Außerdem sei sein Gebet großer Mist gewesen.

Ganz langsam haben Bernhard und er sich in den Raum geschlichen und haben die Tür vorsichtshalber offen gelassen. Es riecht so ein bisschen süßlich nach irgendwelchen Blumen.

Und dann sind sie beide regelrecht geplättet, denn was sie da entdecken, ist das Schönste, was sie bisher gesehen haben: Den Sarg haben sie überhaupt nicht erkennen können, der ist mit hunderten von Blumensträußen und Kränzen umgeben. Und mitten zwischen all diesen bunten Blumen und Girlanden liegt das Mädchen, von dem sie nur den Kopf und den Hals sehen. Es sieht so freundlich und irgendwie so niedlich aus, als ob es schläft. Wie Schneewittchen im Glassarg.

Sie schleichen sich näher, und der süße Geruch wird immer stärker. Sie sagen kein Wort.

Am liebsten würde Frank dem Mädchen über die Haare streichen, aber er getraut sich nicht, weil Herr Binder, ihr Sportlehrer, ihnen mal erzählt hat, dass Leichen so ein Leichengift absondern und wenn man sie berührt, kann man selbst sterben.

Wenn Frank nicht wüsste, dass das Mädchen mausetot ist, würde er glatt denken, es würde im nächsten Augenblick aufwachen, sich die Augen reiben, gähnen und sagen: »Wo kommen denn die vielen Blumen her?«

Plötzlich gibt es einen Knall. Frank zuckt zusammen und dreht sich um. Aber das ist nur die offene Tür, die gegen den Türrahmen gefallen ist.

Bernhard ist schon draußen. Er sieht ganz bleich aus, obwohl er nicht so dicht an dem toten Mädchen dran war wie Frank.

Sie wollen schon den Friedhof verlassen, da sagt Bernhard: »Mensch, die Tür von der Leichenhalle ist noch offen.«

Frank rennt schnell zurück, macht die Tür zu und prallt gegen einen Mann, der wie aus dem Boden gewachsen vor ihm steht.

»Was machst du denn hier?«, fragt der ärgerlich.

Aber das ist Frank zu viel. Wortlos rast er los, durch das offene Eisentor und hinter Bernhard her.

Er hört hinter sich eine Stimme, die lachend ruft, aber das Lachen klingt nicht witzig: »Lasst euch bloß hier nicht mehr blicken, sonst hetze ich die Toten auf euch!«

Sie rennen, bis sie Seitenstechen haben, und nehmen Kurs auf ihr »Weidenbaumschiff«, klettern hoch und verstecken sich zwischen den Zweigen. Zum Glück ist ihnen niemand gefolgt.

»Das war knapp«, keucht Bernhard. »So schnell kriegt mich keiner mehr auf den Friedhof.«

»Ich hab auch keine Lust, da wieder reinzugehen«, meint Frank.

Abends, als Frank über den Friedhofsbesuch nachdenkt, ist es gar nicht mehr so schlimm. Er glaubt fast, der Mann hat nur einen Scherz gemacht, und er sieht immer noch die vielen Blumen und das Gesicht von Schneewittchen, wie es friedlich schläft.

11

Berlin 1939. Mittwoch, halb zwölf. Grauweißes Licht. Nieselregen. Manchmal blitzt ein Sonnenstrahl durch und legt sich auf den Teppich. Arnold kommt vom Einkaufen zurück, Dinge, die man in Leipzig oder Halle nicht bekommt. Sein Hut ist feucht, nicht nass. Die Ledertasche steht im Flur. Arnold ist unruhig, geht im Wohnzimmer seiner Freunde auf und ab.

Nach vier Tagen ist er immer noch verliebt. Elisabeth geht ihm nicht aus dem Sinn. Die blauen Augen, das schwäbisch Gemütliche, wie sie sich bewegt, ihre Stimme, dieses Gesicht mit den Kontrasten ... Er muss sie unbedingt noch einmal sehen, bevor er nach Leipzig zurückfährt. Auch um sein inneres Bild mit der Wirklichkeit abzugleichen. Er braucht dazu Tageslicht. Am besten nüchternes Mittagslicht. Wie jetzt. Denn neulich war alles etwas dunkel verklärt. Abendlicht, Straßenlaternen, das halbdunkle Auto. Da sieht man Geheimnisvolles, was mittags ganz banal aussehen könnte. Elisabeths Blick: durchschnittlich weiblich, vielleicht. Ihre Bewegungen wie die eines normalen deutschen Mädchens. Das Schwäbische, das vielleicht nach Provinz klingt …

Er wird Elisabeth den Schirm zurückbringen, in den Laden gehen, ein Kunde unter anderen. Das Romantische ist dann ja ausgeblendet, hartes Alltagslicht, Schweiß mit Brotgeruch. Das ist der Test. Dann wird er weitersehen.

Meine Güte, es kann doch nicht sein, dass ihn diese kleine Bäckerin nicht loslässt. Was hat sie, was Claudia nicht hat? Claudia: sicheres Auftreten, gepflegte Aussprache, biegsame Figur, ein bisschen bissiger Spott, aber gerade noch zum Aushalten, vielleicht anregend. Warum überwiegt Elisabeth? Nicht zu begreifen.

Er geht über den Flur, steckt seinen Kopf in die Küche.

»Mm. Duftet gut.«

»Dauert aber noch«, sagt Klara.

»Ich weiß. Du, ich muss noch mal kurz los.«

»Aber du bist doch gerade gekommen.«

»Ja, schon. Hab einen Brief vergessen einzuwerfen, der muss noch weg.«

Er zieht seinen Kopf zurück, dann tut er so, als ob ihm noch etwas einfällt.

»Ach, da fällt mir ein: Deine Cousine, die neulich hier war – wie hieß sie noch mal gleich …?«

»Meinst du Elisabeth?«

»Richtig.«

»Die hat doch ihren Schirm vergessen. Ich geb ihn bei der Bäckerei ab.«

»Ist doch ein ziemlicher Umweg. Wie kommst du denn da hin?«

»Mit der U-Bahn. Geht doch am schnellsten.«

»Also, bis gleich!«

Bevor Klara irgendwelche Einwände vorbringen kann, ist er schon bei der Tür, greift nach dem Schirm, seinem Hut und zieht die Tür ins Schloss.

Hinter der Glastür sieht er verschwommen Klaras verzerrten Umriss stehen.

Sie wird sich wundern, denkt er. Soll sie doch.

Der Nieselregen hat aufgehört, aber die Wolkendecke steht noch über der Stadt.

Gut, denkt Arnold. *Sehr gut. Ich brauch dich jetzt, du nüchternes Licht. Du Licht der Wahrheit, das meine Zweifel durchbricht. Alltagslyrik, nicht schlecht, aber auch nicht überwältigend. Überschrift: Mittagslicht.*

Als er einen Briefkasten sieht, bleibt er stehen und wirft einen alten Fahrschein hinein. Irgendwie albern, aber er braucht das für sich.

Fünf Minuten Warten auf dem Bahnsteig. Sieben Minuten Fahrt. Er sprintet die Stufen hinauf. Nach seiner Erinnerung müsste die Seydelstraße da vorne beginnen. Richtig, da ist sie. Und er sieht schon das Schild von der Bäckerei.

Jetzt wirkt alles kleiner als neulich bei Dunkelheit.

Er spürt, wie sein Herz klopft. Gleich wird er sie sehen. Irgendwie albern.

Herzklopfen wie ein Halbwüchsiger. Er ist Jurastudent, lebt sein Leben in Leipzig und Halle, ist praktisch schon mit Claudia verlobt und hat Herzklopfen bei einer kleinen Verkäuferin! Jedenfalls, bei Claudia hielt sich das klopfende Herz stark zurück. Nur einmal, als er bei ihr zu Hause beim Küssen ihre Brust streichelte und zusammenzuckte, als er Schritte hörte.

Aber das war ein anderes Herzklopfen, mehr sinnlich. Das hier, das Bäckerherzklopfen liegt weiter oben oder weiter innen. Geographie der Gefühle. Man müsste Gefühlskarten zeichnen können ... Gefühlskartenzeichner – ein neuer Beruf.

Er versucht, durch die Schaufensterscheibe in den Laden zu blicken, aber die Brote und Kuchen versperren die Sicht.

Einfach reingehen und fertig. Wenn Kunden da sind, umso besser, dann hat er mehr Zeit, sie zu beobachten.

Als er die Tür aufmacht, schlägt ihm der Bäckereidunst entgegen, aber nicht unangenehm: frischer Brotgeruch, etwas Trockenes, Mehliges und ein Hauch Kaffee.

Zwei Frauen stehen im Laden, gerade bedient die Tante – wie heißt sie noch? Richtig, Berta. Da hat sie ihn schon gesehen, sagt aber nichts und nickt nur in seine Richtung.

Plötzlich wird eine seitliche Tür aufgemacht und Elisabeth kommt herein. Sie bemerkt ihn nicht gleich, weil er sich im Hintergrund hält. Er hat ein paar Sekunden, um sie sich anzuschauen und ist hingerissen. Ihre schweren, dunklen Haare, die sie hochgesteckt hat, glänzen. Sie bewegt sich anmutig und leicht. Ihre Bemühungen, hochdeutsch zu reden! Wunderbar stümperhaft.

Jetzt hat sie ihn gesehen und wird rosarot im Gesicht.

Berta wendet sich der anderen Kundin zu und sagt: »Du kannst ja Arnold bedienen.«

»Ja, isch gut.«

»Heil Hitler, Herr Schering. Das ist ja eine Überraschung.« Sie hat sich wieder halbwegs gefangen.

Er räuspert sich. »Ich wollte eigentlich nichts kaufen, ich bin nur gerade in der Gegend und bringe Ihnen den Schirm vorbei.« Er hält ihn hoch wie ein Beweisstück.

»Ach so, der Schirm. Stimmt, den hab ich vergessen.«

Er reicht ihn ihr über den Ladentisch. Sie hängt ihn an ein Regalbrett.

»Ach ...«, beginnt Arnold, »wenn ich schon mal hier bin, dann könnte ich auch gleich ein Stück Kuchen mitnehmen.«

Er lässt seine Augen über die Auslage schweifen, streift das, was an Kuchen daliegt, und nimmt, im Vorübergehen, Elisabeths Gesicht mit. Ganz umsonst. Echte Schönheit kostet nichts.

»Dann nehm ich noch einen Streuselkuchen.«

»Wie viel?«

»Na, so einen halben Streifen.«

Sie sagt nichts und Arnold beobachtet ihre Arme und Hände. Die wohlgeformten, weißen Arme, die sich flink und sicher bewegen. Ihre Hände sind nicht gerade klein und dünn. Sie können zupacken, ohne plump zu sein.

»Macht achtundzwanzig Pfennig, Herr Schering.«

Es ist schön, seinen Namen aus ihrem Mund zu hören. Wär ja eigentlich nicht nötig gewesen. Oder hat sie es vielleicht genossen, dieses *Herr Schering*?

Er bezahlt, sie bedankt sich und beim Hinausgehen ruft sie ihm hinterher: »Und danke für den Schirm.«

Er dreht sich nochmals um, eine Sekunde lang schauen sie sich an. Dann reißt er etwas zu heftig die Tür auf und stürmt nach draußen. Dort bleibt er stehen, atmet kurz durch und geht langsam zur U-Bahn.

Jetzt erst fällt ihm der Lichttest wieder ein. Elisabeth im nüchternen Tageslicht. Das grauweiße Licht soll es an den Tag bringen. Und das hat es getan.

12

Stuttgart, März 1957. Elisabeth hat rote Hände und hustet. Sie kommt aus der Dunkelkammer und hat Bilder entwickelt. Eigentlich sollte sie Gummihandschuhe anziehen, aber das ist ihr zu umständlich.

Bilder entwickeln ist wie Zauberei. Sie legt die belichteten Fotopapiere in die chemische Lösung, langsam bilden sich

Umrisse, Konturen, Farben. Obwohl alles in rotes Licht getaucht ist, kann man die Bilder gut erkennen.

Eigentlich ist sie ganz gern bei ihrer Schwester in der Drogerie. Wohltuende Ablenkung. Sonst würde sie dauernd an Arnold denken. Arnold im Krankenbett, Arnold in der Badewanne, aber auch Arnold in Uniform, mit ihr zusammen auf dem Rad. Heimaturlaub. Arnold beim Frühstück und wie er mit dem kleinen Frank eine Schwalbe aus Papier bastelt, als er schon so krank ist. Und Arnold als Liebhaber. Als sie sich in Stuttgart näher kennenlernen, sein Antrag nachts. Oder ihre erste Nacht. Rührend hilflos, obwohl er immer den Casanova gespielt hat.

Die Dunkelkammer lenkt ab. Elisabeth würde sonst wahnsinnig werden. Und wie kann es sein, dass sie jeden Tag, seit er tot ist, in jeder freien Minute an Arnold denkt?

Auf dem Weg zur Drogerie, zehn Minuten zu Fuß: Arnold. Auf dem Klo: Arnold. Beim Abendessen machen: Arnold. Und dann wieder, wenn sie im Bett liegt und das Licht gelöscht hat. Dunkelkammer. Wo sich die Liebe entwickelt. Erst verschwommen, dann immer deutlicher.

Manchmal, wenn es gut geht, lächelt sie sogar, wenn sie an ihn denkt. Er kannte so viele Witze, und es machte ihm Spaß, Freunde zu erschrecken. Plötzlich stand er hinter ihr und küsste sie auf den Nacken.

Ist das normal, dass man an einen Menschen so oft denkt?

Sie reibt sich die roten Hände mit Nivea ein. Dann tauchen wieder Szenen auf, die sie längst vergessen hat, wie Enten in einem Teich, die auf dem Grund waren und nach oben kommen. Lächerliche Kleinigkeiten. Aber in der Erinnerung groß aufgebläht. Wie Fritz mit Ilse Auto fährt. Arnold und sie hinten. Die Kinder bei Freunden. Schwäbische Landschaft: Streuobstwiesen. Fritz hat immer ein Auto. Manchmal ärgert sie sich, dass Arnold knapp bei Kasse ist und zu wenig verdient. An ein Auto ist natürlich nicht zu denken. Juni 1955 war das. Verwandtenbesuch auf der Alb.

Fritz, der eine Zigarette nach der anderen raucht, Sonne von vorne, es ist Spätnachmittag. Eine Landstraße mit ausgebleichtem Mittelstreifen, wenig Verkehr. Aus dem Autoradio irgendeine lustige Musik. Fritz hat natürlich in seinem Käfer ein Autoradio und eine Blumenvase.

Plötzlich hält Fritz an. Ilse mit erschrockenen Augen: »Ist was mit dem Auto?«

»Nein, nein. Schaut euch dieses Tal an!« Er kurbelt die Scheibe herunter.

Die Wiese in diesem milden Licht. Das Grün leuchtet wie Seide. Ein Bach, ein paar Erlen, Büsche. Im Hintergrund eine Scheune.

Fritz ruft übermütig aus dem offenen Fenster: »Achtung! Die Deutschen kommen! Wiesenüberfall!«

Ilse: »Fritz, wenn uns jemand hört!«

Sie krabbeln wie Käfer aus der Erde, strecken sich. Plötzlich greift Arnold nach seiner Frau und tanzt mit ihr auf der grünen Seide zu den gepressten Klängen des Radios.

»Ich kann doch nicht tanzen«, flüstert Elisabeth.

»Ist doch egal«, flüstert er ihr ins Ohr. »Einfach ein bisschen bewegen. Weißt du, dass du immer noch toll aussiehst, auch nach drei Kindern?«

Sie sagt nichts und versucht, irgendwie Schritt zu halten, sich anzupassen.

Fritz hat eine Decke auf die Wiese gelegt, seine Jacke ausgezogen und versucht, Ilse zu einem Kuss zu überreden. »Aber Fritz!« Schließlich macht sie halb verschämt mit und kreischt auf, als sich seine Hand unter ihr Kleid schiebt.

Und dann die Spinne, die über Ilses Arm krabbelt. Wieder ein Schrei. Alle drehen sich nach ihr um.

»Eine Spinne!«

Fritz greift nach seiner Jacke und will mit dem Ärmel die Sache beenden, aber Arnold hält ihn zurück, greift die Spinne mit der Hand und wirft sie weiter hinten ins Gras.

»Ich mag Spinnen«, sagt er schlicht.

Eigentlich ist nichts Besonderes passiert, nur eine halbe Stunde. Seidenwiese mit Bach. Tanz bei plärrender Musik. Schräge Sonnenstrahlen, die alles vergolden und Arnolds seltsame Zuneigung für Spinnen, die sie nie verstanden hat. Der Rauch von Fritz' Zigarette hängt noch im Auto, als sie weiterfahren.

Überirdisch schön, denkt Elisabeth. Damals – eine belanglose halbe Stunde. Warum kommt das jetzt hoch? Die ganze Zeit hat sie nicht mehr daran gedacht. Und jetzt ist alles wieder da, als ob es gestern gewesen sei.

»Elisabeth! Kundschaft!« Die Stimme ihrer Schwester. Seidenwiesen und Obstbäume lösen sich auf. Aber es ist, als ob sie noch die Hände von Arnold um ihre Taille fühlt.

Sie geht in den Verkaufsraum. Es kommt ihr eine Sekunde lang seltsam vor, dass sie Verkäuferin ist wie damals in Berlin. Deo statt Schrippen. Es wiederholt sich alles.

»Griss Gott, was hättet Sie denn gern?«

»Die Handtücher im Angebot. Gibt's die noch?«

»Ja.«

»Und zwei Golgade. Händ Sie die neue Wäscheklammern aus Blaschdik?«

»Ja.«

»Und a neue Speick-Seif, die riecht so gut.«

Sicher, es ist manchmal mühevoll. Und manche Kundinnen sind anstrengend. Neulich hat sie nicht verstanden, dass die Frau Kondome wollte. Sie hat so leise geflüstert. Dabei sah sie aus wie siebzig. Es war sicher für ihren Sohn oder Enkel.

Aber alles in allem steht sie gern hinter dem Ladentisch. Gestern wollte eine Kundin nur von ihr bedient werden.

Halb eins. Der Laden wird für die Mittagspause zugemacht. Elisabeth geht nach hinten, zieht ihren weißen Kittel aus und ihre Jacke an. Vorhin hat es an der Haustür geklingelt.

Das wird Frank gewesen sein. Britta und Hartmut kommen später.

Als sie die Treppe hinaufgeht, hört sie den Hund bellen und Franks Stimme. Er kommt auf sie zu und umarmt sie. Irgendwie rührend. Sie ist froh, dass sie noch so einen kleinen Jungen hat. Sie streicht ihm über seine Haare.

»Wie war die Schule?«

»Geht so.«

Aus der Küche duftet es nach Brühe. Sie sieht nach, ob sie helfen kann. Mit rotem Gesicht stehen ihre Schwester und Emilie über dem Tisch gebeugt da. Jede mit einem Teller in der Hand, rollen ihn über eine Teiglandschaft und es entstehen kleine Taschen mit Füllung.

»Hm, Maultaschen!«, sagt Elisabeth.

»Kannst du den Salat weitermachen?«

Wortlos holt Elisabeth die größte Schüssel, nimmt die gewaschenen Salatblätter heraus und rupft sie in Stücke.

Emilie lässt die ersten Maultaschen in die Brühe gleiten. Die Füllung ist intensiv grün. Mehr Spinat als Fleisch.

Während Elisabeth aus Essig, Öl und Kräutern eine Salatsoße anrührt, denkt sie an Arnold. Er mochte Maultaschen. Überhaupt die schwäbische Küche. Ihre Spätzle, ihren Kartoffelsalat, ihre Soßen.

»Davon hab ich vierundvierzig geträumt!«, hat er gesagt, als er siebenundvierzig zurückkam.

Die erste Mahlzeit: Leuchtende Augen. Langsam, fast feierlich, saß er da und kaute mit geschlossenen Augen.

»Dass Essen einen so … ich weiß kein Wort dafür.«

Den Nachtisch hat er abgelehnt.

»Den ess ich später, sonst wird mir schlecht.«

»Kannsch für sieben decken!« Schwester Hannahs Befehle. Sie ist die mittlere von den Schwestern, Elisabeth die jüngste. Und ein bisschen hat sie immer noch Respekt vor Hannah. Ihre Schwester ist stämmiger, hat die gleiche Haarfülle, aber ein breiteres Gesicht und ist es gewohnt, dass die »kleine« Schwester ihr gehorcht, obwohl die kleine Schwester inzwischen Mutter von drei Kindern ist. Aber was soll sie sich aufregen? Sie ist froh, dass sie und die Kinder wenigstens jetzt hier essen können und dass sie neben der kleinen Rente Geld verdienen kann. Hannah meint es ja gut. Aber manchmal kommt sie sich neben Hannah immer noch wie die dumme Schwester vor. Bei Arnold nie. Obwohl er viel gebildeter war als Hannah, hat er es nie raushängen lassen.

Die ersten Maultaschen schwimmen nach oben. Emilie füllt sie mit Brühe in eine Schüssel und stellt sie in den vorgeheizten Backofen, während Elisabeth in einer Pfanne Butter schmelzen lässt, um Zwiebeln zu rösten. Hannah schwört auf Butter. Jetzt, wo es wieder Butter gibt. Sie hat einen Widerwillen gegen Margarine. Kriegsbutter sagt sie verächtlich dazu.

Die Zwiebelringe biegen sich, werden braun und, bevor sie verbrennen, schüttet sie Elisabeth in eine kleine Schüssel und stellt sie zu den Maultaschen.

»Mir könnet esse!«, ruft sie.

Elisabeth verteilt noch Gläser, eine Karaffe mit Wasser und den Himbeersirup, den es jetzt billig im Konsum gibt.

Frank sitzt schon. Maultaschen sind sein Leibgericht, aber ohne Röstzwiebeln. »Bei Zwiebeln könnt i grad kotze.«

Hannah holt einen Bund frischen Schnittlauch, schneidet ihn und streut ihn über die schwimmenden Maultaschen.

Unten klingelt es. Wahrscheinlich Britta und Christel oder genauer: Grischtl, Hannahs jüngste Tochter.

Emilie springt auf und drückt auf den modernen Summer.

Als die beiden Mädchen sitzen, spricht Hannah ein Tischgebet und füllt auf.

Elisabeth tauscht mit Hannah einen verschwörerischen Blick. Hannah nickt. Elisabeth räuspert sich und sagt: »Du, Britta?«

Sie blickt auf, kauend. »Ja?«

»Du bisch ja jetzt in der zehnten Klasse, gell?«

»Ja und?«

»Und wenn die fertig isch, dann hasch die mittlere Reife?«

Britta nickt.

»Hannah und ich meinen, es isch besser, wenn du von der Schul gehsch und Drogischtin lernsch. Dann kannsch bald selber Geld verdiene und a bissle abgebe. Das wird sonsch alles knapp ...«

Britta blickt ihre Mutter mit großen Augen an. Und dann ihre Tante.

»Ja, und kein Abitur?«

Elisabeth schüttelt den Kopf.

Stumm isst Britta weiter. Hat ihren Kopf gesenkt, ab und zu schnieft sie. Wortlos schiebt Elisabeth ihr ein Taschentuch zu.

13

LEIPZIG 1939. ANFANG AUGUST. Arnold sitzt bei seinem Klavierlehrer Erwin Radowitz im Wohnzimmer. Überall stehen offene Kisten und Kartons. Familie Radowitz zieht um. Es geht nach Holland. »Für Juden ist Leipzig nicht mehr sicher«, sagt Radowitz, als Arnold nachfragt.

»Leider kann ich mein Klavier nicht mitnehmen. Willst du es kaufen, Arnold?« In Radowitz' Augen blitzt Angst auf.

»Ich kann mal rumfragen«, sagt Arnold.

»Ach, mein Junge«, jammert Erwin. »Die Zeiten sind schlecht für uns Juden. Jetzt gibt es inzwischen ein Ausgehverbot für uns. Kein Jude darf abends um acht noch auf der Straße sein. Er hebt resignierend die Hände. »Willst du Kaffee?«

»Wenn es keine Umstände macht ...«

»Soll das ein Witz sein?« Radowitz zeigt seine gelben Zähne. »Ich freue mich, dass du da bist. Nicht alle meine Schüler kommen bei mir vorbei. Einer kam neulich heimlich, als es schon dunkel war.«

Er steht auf. »Bin gleich wieder da. Irgendwo wird Rahel stecken.« Er dreht sich aber nochmal um. »Und nachher spielen wir noch etwas Vierhändiges!«

Er schlurft zur Tür hinaus. Durch das Fenster – rechts und links auf den Wänden daneben sind helle Flecken, weil die Vorhänge fehlen – fällt ein Sonnenstreifen auf einen halb offenen Karton.

Arnold steht auf, geht zum Klavier und blättert die Noten durch. Alte Bekannte: die Kinderszenen von Schumann, die ungarischen Tänze von Brahms für das Klavier umgeschrieben, natürlich Bach und der Klavierauszug der »Zauberflöte«. Arnold blättert die Seiten durch und bleibt bei dem Rezitativ zwischen Pamino und dem Chor hängen, der mit Bleistift dick unterstrichen ist:

»Oh ew'ge Nacht, wann wirst du schwinden?
Wann wird das Licht mein Auge finden?
Bald, bald, Jüngling, oder nie.«

Als Arnold die Noten zurücklegt, stutzt er. Mitten aus dem Stapel zieht er eine Zeitung heraus, den »Daily Telegraph«. Verbotene Schriften in Erwin Radowitz' Zimmer!

Hastig überfliegt Arnold ein paar Zeilen: »The fuehrer said: Germans in Poland are suffering under Polish pressure … The aim is then to destroy Polish military strength …«

Als Arnold ein Geräusch hört, schiebt er die Zeitung schnell wieder unter die Noten und blättert durch eine Etüdensammlung.

Woher hat Radowitz eine britische Zeitung? Das kann gefährlich für ihn werden. Auf die Verbreitung ausländischer Propaganda steht Zuchthaus.

Und überhaupt: Wer weiß, ob das Führerzitat überhaupt stimmt. Gibt es nicht sogar einen Freundschaftsvertrag mit Polen? Nein, das war Russland. Man kann es doch nicht hinnehmen, wenn Deutsche auf offener Straße in Warschau verprügelt werden! Das stand erst neulich in der Zeitung. Ob er mit Erwin darüber reden soll oder ob er ...?

Die Tür geht auf und Rahel erscheint mit einem Tablett.

»Das ist schön, dass du uns besuchst, Arnold. So oft kommt hier keiner vorbei. Wenn ich daran denke, dass Erwin einmal siebzig Schüler hatte ...«

Sie stellt das Tablett ab und gibt Arnold die Hand. »Entschuldige, aber es sieht hier nicht mehr gemütlich aus.«

»Ja, ich weiß. Ihr zieht um.«

Sie stellt drei Gedecke auf den Tisch. »Das Geschirr packen wir erst ganz zum Schluss ein. Setz dich doch.«

Arnold setzt sich auf das Sofa und legt seinen Arm auf die bestickte Schutzdecke. Biedermeiergemütlichkeit.

»Und ... ihr meint, es ist für euch wirklich sicherer, wenn ihr geht?«

Rahel seufzt und steckt eine graue Haarsträhne hinter ihr Ohr. »Ich wollte lange nicht, aber seit letztem Jahr, seit sie überall die Schaufenster eingeschlagen haben und ihre Parolen ... war mir klar, es wird Zeit.«

»Meinst du nicht, dass sich das alles wieder beruhigt? Ihr seid die freundlichsten Leute, die ich kenne. Gegen euch kann doch niemand etwas haben.«

Rahel lächelt und ihr bekümmertes Gesicht bekommt Glanz. »Danke, dass du das sagst, aber unser Verbrechen besteht offensichtlich darin, Juden zu sein. Und weißt du, wenn du nur noch zur Synagoge schleichst und nicht mehr laut dein Schabbesgebet singen kannst, dann ... dann ... das macht mich ganz kaputt.«

Am Türrahmen erscheint Erwin und trägt eine Schale mit Keksen herein.

»Leider haben wir keinen Kuchen. Du musst mit Bahlsen vorliebnehmen.«

Er setzt sich. Rahel gießt ein und stülpt danach die Wärmehaube über die Kanne. Sie trinken nachdenklich. Erwin räuspert sich und sagt: »Jetzt haben wir die ganze Zeit gejammert und gar nicht gefragt, wie es dir geht, mein Junge. Spielst du noch Klavier?«

Arnold lacht: »Natürlich. Du hast gute Grundlagen gelegt. Ich nehme mir immer mal wieder ein neues Stück vor, das ich mir erarbeite.«

»So? Was denn für eins?«

»Die Arabesque von Debussy.«

Radowitz schnalzt mit der Zunge. »Nicht schlecht. Raffiniertes Stück. Klingt traumhaft schön ...«

»Besonders die Stelle, wo ich rechts Triolen spiele und links normale Achtel.«

Rahel reicht die Kekse herum. »Und?«, fragt sie. »Wie geht es der Liebe?«

»Also Rahel«, sagt ihr Mann. »Was für eine Frage?«

»Na, das ist doch das Wichtigste, und das möchte man eben wissen.«

Arnold trinkt einen Schluck. »Na ja, ich bin mit Claudia fast verlobt.«

»Müssten wir die kennen? War das vielleicht das Mädchen, mit dem ich dich vor einem Jahr kurz in der Stadt gesehen habe?«

Arnold lächelt. »Nein, nein, das war Veronika. War nichts Ernstes ...«

»Aha«, nickt Rahel. »Und diese Claudia ist also etwas Ernstes?«

»Ja, ich denke schon.«

Rahel schüttelt den Kopf. »Das klingt aber nicht überzeugend.«

»Meinst du?«

»Ja. Begeistert scheinst du jedenfalls nicht zu sein.«

Arnold überlegt. Soll er den beiden Alten etwa von Elisabeth erzählen? Während er noch darüber nachdenkt, sagt Rahel: »Vielleicht gibt es eine Dame, die dich vielleicht noch mehr als Claudia beeindruckt hat?«

»Du bist unglaublich, Rahel. Bist du eine Hellseherin?«

»Nein, aber ich kann in Gesichtern lesen.«

Plötzlich kommt es Arnold ganz selbstverständlich vor, dass er von Elisabeth erzählt. Und während er von dem Mädchen mit dem schwäbischen Akzent, den dunklen Haaren und blauen Augen schwärmt, das ihn verwirrt hat und das auch bei nüchternem Tageslicht nicht aus seinem Kopf verschwunden ist, merkt er, dass er so noch nie von Claudia erzählt hat. Er hat auch nie das Bedürfnis gehabt, anderen von Claudia zu erzählen, und er spürt, dass er stundenlang so dasitzen und Elisabeth beschreiben könnte, wie elegant sie geht, wie sie lacht, wie hilflos reizend sie manchmal wirkt.

Er schweigt und leert die Tasse. Rahel gießt nach.

»Na«, sagt sie. »Das Mädchen würde ich wohl gerne kennenlernen. Es hat dich ja mächtig beeindruckt, und ich fürchte, dass Claudia schlechte Karten hat.«

»Na ja«, seufzt Arnold. »Erst mal abwarten. So eine Verliebtheit kann sich nach ein paar Wochen auch wieder legen.«

»Wie lange kennst du sie denn schon?«

Arnold überlegt: »Das ist jetzt einen Monat her.«

»Also dann geht es nicht um Wochen, sondern um Monate.«

Dazu sagt Arnold nichts und Erwin ruft: »Schluss mit diesem Liebesgesäusel. Machen wir Musik. Am besten was Fröhliches. Wie wär's mit dem Diabelli?«

»Diabelli – Liebesfreuden?«

Erwin lacht und hustet gleichzeitig. »Nein. Diabelli – Jugendfreuden.«

Arnold steht auf und denkt: *Gut, es geht jetzt also tatsächlich um Monate.*

Rahel steht ebenfalls auf. »Dann lass ich mal die Herren Musiker allein.«

Arnold holt sich einen zweiten Klavierhocker, während Erwin die Noten aufschlägt. Es klingt heiter, beschwingt nach italienischer Oper. Nach dem ersten Stück sagt Arnold: »Erwin, ich … ich hab zufällig den ›Daily Telegraph‹ unter deinen Noten gesehen.«

Radowitz erschrickt. »Mein Gott, du wirst mich doch nicht verraten?«

»Bist du verrückt? Aber so eine Zeitung zu Hause zu haben, ist gefährlich, das weißt du. Und England beurteilt das alles doch viel zu einseitig.«

»Kann sein.« Erwin flüstert jetzt. »Aber das Ausland wittert Krieg gegen Polen. England lässt aufrüsten.«

»Ja«, sagt Arnold bitter. »Vielleicht sucht England einen Vorwand, um einen Krieg zu beginnen.«

»Glaub mir«, flüstert Erwin weiter. »Hitler will Polen aus dem Weg schaffen. Böhmen und Mähren genügen ihm nicht, er will Lebensraum, egal wie. Und er verlässt sich darauf, dass Russland und England stillhalten. Er nimmt sich alles, was er kriegen kann, letztes Jahr Österreich.«

»Was heißt Österreich? Hast du die Bilder gesehen, wie sie den Führer bejubelt haben? Das sah nicht nach Zwang aus.«

»Lass uns nicht darüber streiten, Arnold. Wir müssen sehen, dass wir noch vor einem Krieg nach Holland kommen, danach wird alles schwerer.«

Mit lauter Stimme, die ein leichtes Zittern hat. »Spielen wir noch ein Stück!«

14

Stuttgart, März 1957. Im Wohnzimmer sitzen Britta und Elisabeth. Britta macht Hausaufgaben und ihre Mutter stopft Strümpfe.

Britta ist manchmal traurig oder wütend und ärgert ihren kleinen Bruder. Vielleicht hängt es damit zusammen, dass sie die Schule verlassen muss.

Aber dann kümmert sie sich auch wieder rührend um Frank und fragt, wie es ihm in der Schule geht und ob er die Hausaufgaben versteht. Er will ihr nicht noch mehr Sorgen machen und sagt, dass er die Sachen verstanden hat, auch wenn er nicht alles versteht.

Eigentlich müsste er ins Bett gehen, aber er bettelt noch um Aufschub. In der Ecke steht die große Singer-Nähmaschine und er möchte so gerne noch ein bisschen spielen.

Das breite Fußpedal, mit dem man oben die Nadel hin und her bewegt, verwandelt sich für ihn in ein großes Boot und die Maschine darüber ist eine Burg, die umkämpft wird. Auf dem Stück Teppich, auf dem die Nähmaschine steht, ist ein breiter blauer Streifen eingewebt, der zu einem tiefen Fluss wird.

Leise nähert sich das Boot der Burg. Keiner ahnt, dass bald ein Überfall bevorsteht. Das Boot hat genau unterhalb der Burg festgemacht und schaukelt hin und her. Langsam bewegt Frank das gusseiserne Pedal.

Jetzt klettern einige mutige Männer, die wie Mensch-ärgere-dich-nicht-Figuren aussehen, die verschnörkelten Seitenteile der Nähmaschine nach oben. Frank klemmt sie fest, steht auf und ist oben bei der Singerburg. Dort verteilt er weitere Holzmänner. Es wird gerade ein Burgfest gefeiert.

»Unsere Burg ist die sicherste Burg weit und breit«, sagt der König, der um seinen Kopf eine winzige Krone aus Sarotti Silberpapier gewickelt hat, und hebt seinen Becher.

»Die sicherste Burg weit und breit«, sagen die anderen und heben ebenfalls ihre Becher.

»Hoch oben thront sie, vom Fluss umspült, unerreichbar!«, brüllt der König.

Die Männer singen ihr Lieblingslied: »Wir sind unbesiegbar!« auf die Melodie von »Wir lieben die Stürme ...«.

»Wir haben einen großen Drachen, der uns beschützt!«, ruft der König. Frank geht zum großen Bücherschrank und holt das rote Dalarnapferd aus Schweden, das sein Vater letztes Jahr mitgebracht hat. Es verwandelt sich plötzlich in einen gefährlichen roten Drachen, der in der Burgküche sitzt und mit seinem Feuer den Wildschweinbraten röstet.

»Wir sind unbesiegbar!«, singen die Holzmänner. »Ein Hoch auf Kurt, unseren Drachen.«

»Was murmelst und singst du denn die ganze Zeit?«

Frank blickt auf und sieht, wie seine Schwester ihn fragend anschaut.

»Das ist meine Burg und es wird gerade ein Burgfest gefeiert«, erklärt er.

»Ach so, ich dachte, du wolltest der Singermaschine das Singen beibringen.«

Frank findet das nicht witzig und lässt seine Leute weiterfeiern. Das geröstete Wildschwein, als Streichholzschachtel verkleidet, wird auf den unsichtbaren Tisch gelegt. Alle klatschen und fangen nach einem Tischgebet an zu essen oder eher zu fressen.

Plötzlich stolpert der Hofnarr in den Raum und ruft: »Gleich wird die Burg erstürmt!«

Alle lachen und prosten ihm zu.

Frank lässt den König und seine Leute weiterfeiern, bückt sich zu den mutigen Kletterern. Sie sind ohne ihn kein Stück weitergekommen. Jetzt geht es aber im Eiltempo nach oben.

Vorsichtig ziehen sie sich an der Kante hoch, an Stoffbüschen und einem Nadelkissen-Felsen vorbei auf die Singerburg zu. Aber das schwere Eingangstor ist verriegelt. Wie sollen sie es öffnen?

Ein Holzmann klettert mutig über die riesige Metallmauer, vorbei an einer Stahlnadel und öffnet jetzt von innen das unsichtbare Tor. Quietschend geht es auf.

Frank lässt die Feinde draußen und geht in den Festsaal.

»Hat da nicht eben etwas gequietscht?«, fragt ein Ritter.

»Ich habe nichts gehört«, sagt der König und stimmt sein Lieblingslied an: »Wir sind unbesiegbar.« Alle stimmen ein, manche mit vollem Mund.

Das Fest ist richtig im Gang. Plötzlich werden unsichtbare Türen aufgerissen, die mutigen Kletterer stürmen herein und kämpfen.

Entsetzt ist der König aufgesprungen. Schon sind die Ersten tot. Aber sein Entsetzen hilft ihm nicht. Ein Schwert saust nieder und haut ihm den Arm ab. »Hau du ju du!«

»Sänk ju«, sagt der König und sinkt nieder, aber mit letzter Kraft ruft er nach Kurt, dem Hausdrachen.

Der lässt sich nicht lange bitten, denn das Streichholzschachtel-Wildschwein ist ja fertig und er hat gerade nichts zu tun.

Frank nimmt das Schwedenpferd und lässt es über der Nähmaschine schweben und Feuer speien. Aber es nützt nichts. Ein feindlicher Holzmann hat von unten mit seinem Bogen in den weißen empfindlichen Bauch geschossen. Kurt stürzt ab. Und die ganze Unbesiegbarkeit ist im Eimer.

Jetzt kommen immer mehr Männer aus dem Boot nach oben und schlachten alle ab.

Schnell holt Frank seinen Tuschkasten und schmiert rote Farbe überall hin. Ströme von Blut.

Die Burg ist erobert, und der neue König setzt sich auf den Thron, der aussieht wie ein Holzklotz. Schnell raubt er dem toten König die Sarotti- Krone und wickelt sie mit Franks Hilfe um seinen winzigen glatten Kopf. Alle jubeln ihm zu.

»Ja, was machsch denn mit meiner Nähmaschin?«

Franks Mutter ist entsetzt und versteht nicht, dass bei so einem Kampf Blut fließen muss.

Frank wischt die Farbe mit einem feuchten Lappen weg, sammelt seine Figuren ein und geht ins Bett. Morgen wird er eine große Beerdigung durchführen. Feinde bringt man zwar um, aber man weiß auch, dass man feindliche Könige feierlich beerdigen muss.

In der Nacht schneit es wieder, obwohl es schon bald April ist, und morgens, als Frank aus dem Fenster blickt, ist alles zugeschneit. Nur die Flecken an der Platanenrinde sind noch zu sehen

»Vielleicht fällt die Schule aus?«, fragt er beim Frühstück. Aber Elisabeth lässt das nicht gelten. Das sei ein Pappschnee, der mittags geschmolzen ist.

Als Frank seinen Kakao trinkt, hört er ein schweres Motorengeräusch. Er rennt zum Fenster, weil er hofft, dass die Amilaster wieder fahren und Schokolade werfen.

Tatsächlich, sie sind es. Schnell wirft Frank seine Jacke über und hastet über den Plattenweg zum Tor. Steht halb auf der Straße und winkt. Aber als wieder einer vorbeipoltert und Frank hau du ju du ruft, fliegt keine Schokolade mehr durch die Luft.

Auch bei den anderen nicht. Enttäuscht geht der Junge wieder in die Wohnung zurück. Wahrscheinlich haben die Amis das Schokoladewerfen für die armen schwäbischen Kinder endgültig eingestellt, weil es bei Frau Gerle im Milchlädle inzwischen auch Schokolade zu kaufen gibt.

15

Berlin, 5. September 1939. Im halbdunklen Flur bei Tante Berta. Irgendwo quietschen Dielen von eiligen Schritten. Draußen regnet es. Das Prasseln auf dem Schuppendach im Hof dringt bis in den Flur. Es ist Mittagspause. Elisabeth hat gefragt, ob sie kurz mit ihrer Mutter telefonieren darf. Die schwarze Telefonschnur im Stoffmantel ringelt sich. Man ist immer auf dem Sprung, wenn man telefoniert. Hektik, die sich durch den Hörer presst. Elisabeth fragt, wie es Hermann, ihrem Bruder, geht und ob Ida schon schwanger ist. Versucht, ihrer Mutter klarzumachen, dass Berlin nicht gefährlich ist. Der Krieg gegen Polen sei doch sowieso in ein paar Wochen vorbei, beruhigt sie ihre Mutter, die im Wohnzimmer der Nachbarin steht. Die Engländer seien Schlappschwänze, die Russen halten still. Hier in Berlin sei man besser informiert. Keine Gefahr.

»Stell dir vor, wen ich getroffen habe?«

»Mit mir brauchsch net hochdeutsch schwätze, Betti.«

»I hab die …«, erschrocken hält sie inne. Wenn sie den Namen sagt, bekommen Luisa und ihre Familie womöglich Schwierigkeiten. Wer weiß, wer das Telefon abhört? Hat es nicht vorhin so seltsam im Hörer geknackt?

»Wen hasch troffe?«, fragt ihre Mutter.

»Eine Klassenkameradin. Die kennsch du net. Du, i muss jetz Schluss mache. Gell, i bleib no a paar Woche und schreib euch, wie's mir geht.«

Sie hängt auf. Nochmal gut gegangen.

Dass die Eltern sich immer so große Sorgen machen, denkt sie und streicht ihre Schürze glatt. Dabei hat der Führer doch das beste Heer, die schlagkräftigste Armee der Welt, und wenn die Polen die Deutschen so drangsalieren, da muss man doch ein Ende machen. Man kann sich nicht alles gefallen lassen.

Sie blickt in der Küche auf die Uhr. Eine Dreiviertelstunde hat sie noch Pause. Das reicht. Sie läuft die Treppen zu ihrem Zimmer hinauf.

Der Regen gegen das schräge Dachfenster klingt beruhigend gleichmäßig. Sie zieht die Schuhe aus und legt sich mit dem Rücken auf die Tagesdecke, die auf ihrem Bett liegt.

Von oben zieht es. Das Fenster schließt nicht richtig. Aber Regen kommt nicht durch. Die Zickzackbahnen der Regentropfen.

Wie bei ihr und Arnold. Sie seufzt. Es geht hin und her. Mal denkt sie, es ist bei ihm mehr als Sympathie, dann wieder schimpft sie mit sich selbst, dass sie sich einbildet, sie würde ihm irgendetwas bedeuten. Was ist schon eine kleine Verkäuferin, wenn man mit einer reichen Fabrikantentochter fast verlobt ist?

Aber sie hat gemerkt, dass sie ihm nicht gleichgültig ist. Er erfindet Vorwände, um sie zu sehen.

Trotzdem. Tante Berta sagt, Arnold würde schnell den Mädels den Kopf verdrehen und sich nicht viel dabei denken. Eine kleine Affäre sei immer bei ihm drin. Da solle man sich keine großen Hoffnungen machen.

Jetzt ist er in Halle oder Leipzig und weit weg. Vielleicht ist er schon eingezogen worden und sie sieht ihn nie wieder?

Sie schließt die Augen und denkt an die Szene, wo er ihr einen kleinen Rosenstrauß in die Hand gedrückt hat, als er Berlin verlassen musste. Den hat sie immer noch. Inzwischen natürlich vertrocknet. Hängt umgekehrt an der Wand.

Mein Gott, diese Sehnsucht! Das pocht und klopft, als ob die Seele nach draußen will. Ihn einmal so richtig umarmen. Fünf Minuten lang. Es reichen auch zwei. Zwei Minuten können lang sein. Und sich von ihm küssen lassen.

Seinen Namen flüstern.

Es ist im Grunde unglaublich, dass niemand sie richtig geküsst hat. Ja, der Heinrich schon, aber das waren schnelle Küsse, weil er immer gleich ihre Bluse öffnen wollte. Aber sich richtig in einen Kuss hineinlegen und ihn genießen, das wäre was!

Sie presst die Lippen zusammen. Dass man als Frau so wenig machen kann! Immer nur warten, hoffen, Blüten abreißen. Wenn sie ihm nur einen Brief schreiben könnte: »Lieber Arnold, ich vermisse dich.« Aber das macht man als Frau nicht.

Das geht nur, wenn man sich schon geeinigt hat. Und warum sollte er sich von der tollen Claudia trennen?

Sie schreckt hoch. Der Regen hat nachgelassen.

Auf ihrem Nachttisch steht der Wecker.

Kurz vor drei. Sie rappelt sich hoch. Schuhe an und runter in die Tretmühle. Aber wenigstens ist es dort warm.

Heute Abend wird sie wieder bei ihrer Cousine Klara sein. Auf die Kinder aufpassen. Die spöttischen Blicke von Dieter ertragen. Aber es ist irgendwie nett. Die riesige Wohnung, die nach Reichtum stinkt. Das Herumstöbern, wenn die Kinder schlafen.

Vielleicht liest sie dann im »Zauberberg« weiter. Obwohl, das Buch hat Längen und diese elend langen Sätze. Aber es muss schön sein, hoch oben in einem Sanatorium. Man hat nichts anderes zu tun, als krank zu sein oder besser: gesund zu werden. Aber ein richtiger Beruf ist das nicht. Man wird nicht bezahlt, sondern verliert sein ganzes Geld. Wenn sie nur einmal nach Leipzig fahren könnte. Von Berlin aus ist es ja gar nicht so weit weg.

Und dann plötzlich bei Arnold auftauchen! Ob ihm das recht wäre?

Sie greift in der Kammer hinter dem Laden nach ihrem Kittel und hört schon die Klingel. Kunden!

16

STUTTGART, 11. OKTOBER 1939. Ein goldener Herbst hängt über der Innenstadt. Es ist so warm in dem Stuttgarter Kessel, dass Arnold seinen dünnen Pullover auszieht und ihn in seiner Aktentasche verstaut. Die Ahornbäume im Schlosspark haben ihre Blätter von gelb bis orange gefärbt und über die Straße wehen lassen. Der Himmel: blassblau. Manchmal wirbelt eine Windböe Staub in die Luft.

Trotz Mobilmachung fühlt es sich nach Ferien an, wenn nicht so eine seltene Mischung von Aufgeregtheit, Dumpfheit und Euphorie in der Luft hängen würde. Arnold schnappt Sätze im Vorübergehen auf: »Jetzet sent die Pole dran!« Und: »Emmer di blöde Läbensmittelkarde!«

Ein Mann mit einem Schild lehnt an einer Straßenecke. »Brauche dringend Schraubenzieher!«

Ein Junge und ein Mädchen tanzen ausgelassen auf dem Pflaster an der Straßenbahnhaltestelle. Auf einer Litfaßsäule klebt ein übergroßes Plakat. Ein Mann im Anzug mit einer Gasmaske. Darunter: »Die deutsche Volksgasmaske schützt gegen sämtliche chemischen Kampfstoffe – nur 40 Mark.«

Unter den Arkaden des Königsbaus auf der anderen Seite stehen alte Männer und trinken Bier. *Immerhin, Bier gibt es noch!*

Arnold muss an einen Ausspruch denken, den ein Kollege ihm entgegenschmetterte, als es darum ging, wie lange dieser Krieg dauern würde: »An den bevorstehenden Krieg glauben nur Juden und Kommunisten. Denn Polen wird so rasch und unblutig eingesteckt wie Böhmen und Mähren.«

Und doch gibt es nach acht Uhr abends ein Ausgehverbot und das Verdunkeln wird peinlich befolgt. Wie passt das zusammen?

Er ist ja eigentlich schon Soldat, sein Jahrgang ist im Frühjahr letztes Jahr erfasst worden. Und normalerweise wäre er vielleicht schon in Polen dabei gewesen, wenn er nicht zurückgestellt worden wäre, um die nächste Prüfung zu machen. Aber dann hätte er Elisabeth nie getroffen. Vielleicht hätte er sich mit Claudia offiziell verlobt, wer weiß? Aber egal, jetzt ist er auf dem Weg zu Elisabeth. Hoffentlich ist sie da.

Arnold fragt sich zu einem Seitengässchen durch, wo man vielleicht noch die Katzenzungen aus Schokolade auftreiben könnte. In den großen Geschäften sind solche Luxusartikel inzwischen beschlagnahmt worden. Es geht alles an die Front.

An einer Hauswand klebt ein Plakat: »Erlass des Führers und Reichskanzlers zur Festigung deutschen Volkstums vom 7. Oktober 1939.«

Arnold überfliegt die Zeilen, die davon handeln, dass Volksdeutsche, die im Ausland leben, ins Deutsche Reich aufgenommen werden sollen.

Jetzt hat er den Laden entdeckt. Ein Emailleschild hängt an einer Kette über dem Eingang, schwingt hin und her, quietscht im Wind. »Süßigkeiten« in altdeutscher Schrift. Der Laden: wie eingequetscht zwischen zwei behäbigen Häusern aus der Jahrhundertwende. Als Arnold den Raum betritt und die Ladenklingel geht, findet er kaum noch Platz. Es riecht nach Karamell, frischen Brötchen und Schweiß.

Arnold blickt auf die Uhr: halb fünf. Er hat Zeit. Elisabeth ahnt nichts von seinem Besuch. Sie denkt, er sei in Halle oder Leipzig oder wäre schon eingezogen worden. Ob sie seinen Rosenstrauß noch hat? Liebe in trockenem Zustand.

Die abrupt beendete Reichsgartenschau auf dem Killesberg ist halblautes Gesprächsthema im Süßigkeitenladen. »Ond älles bloß, weil die Pole uns net in Ruh lasset. I wär so gern mit dem Bähnle g'fahre und hätt die Wasserspiel g'säh.«

»Ha, dann gang halt in d'Wilhelma, die isch offe.«

»Des isch doch bloß a Zoo.«

Während Arnold wartet und auf Katzenzungen aus Schokolade hofft, Elisabeths Lieblingssorte, denkt er über die Frage nach, die ihn seit Wochen beschäftigt. Soll er Nägel mit Köpfen machen und Elisabeth die entscheidende Frage stellen oder nach seiner Prüfung nur als Elisabeths Freund nach Polen gehen, unverheiratet …?

Ob sie sich dann je wiedersehen? Und wenn er nach dem endgültigen Sieg zurückkommt, müsste er dann womöglich mit ansehen, wie Elisabeth mit einem Idioten verheiratet ist? Das könnte er nicht ertragen.

Überall wird jetzt noch schnell geheiratet, damit man eine Ehefrau in der Heimat hat, die auf einen wartet.

Grüß Gott, Elisabeth, willst du mich heiraten? Er stellt sich ihr Gesicht vor, wenn er bei ihr klingeln und sie das fragen würde. Sie würde sofort rot werden und sagen: »Also, des kommt jetz a bissle blötzlich, Herr Schering.«

Er lächelt. Was für ein Unsinn! Er weiß zwar, dass sie ihn mag, aus tausend kleinen Zeichen. Wie sie ihn zum Beispiel anblickt, wie sie seinen Namen ausspricht. Aber sie ist kein Spontanmensch in diesen Dingen. Sie hat so einen schwäbischen Realitätssinn und würde vor einer schnellen Entscheidung zurückschrecken. Außerdem ist Claudia da. Das müsste geregelt werden, aber wie? Und dann haben sie sich ja noch nicht einmal geküsst! Es war fast unmöglich, Elisabeth allein in Berlin zu treffen. Ihre Tante hat das zu verhindern gewusst. Sicher hat sie gedacht, dass seine Absichten nicht ganz ehrenhaft sind. Außerdem weiß die Tante von Claudia. Womöglich weiß es auch Elisabeth.

»Heil Hitler, der Herr! Und was wollet Sie?«

Arnold schreckt auf. »Heil Hitler. Haben Sie Schokolade? Vielleicht die Katzenzungen von Waldbaur?«

Die Frau hinter dem Ladentisch schüttelt den Kopf über diese für sie unsinnige Frage. »Des sent Luxusartiggel. Mir machet grad eigene Karamellbonbons ...«

»Aber die Waldbaur wird doch in Stuttgart hergestellt, da müsste es doch noch etwas geben.« Und mit leiser Stimme: »Ich zahle gut.« Zum Glück überdeckt die laute Unterhaltung der Kunden über den Killesberg seinen Vorschlag.

Die Frau scheint zu überlegen, aber dann schüttelt sie wieder den Kopf und sagt laut: »Was net do isch, kann i au net verkaufe.« Sie zwinkert und lässt ihre Augen dann nach links wandern, gefolgt von einer unmerklichen Bewegung ihres Kopfes.

»Der Nägschde!« Sie zögert und sagt: »Augablick, i muss no kurz ins Lager.« Sie verschwindet nach hinten.

Arnold löst sich zögernd vom Ladentisch, geht zum Ausgang und tritt auf die Straße. Er bleibt unschlüssig stehen, wartet ein bisschen und macht dann ein paar Schritte nach links. Irgendetwas hat die Frau doch mit ihren Augen andeuten wollen. Aber was?

Da kommt aus dem Nebeneingang des großen Hauses ein junger Mann, sieht ihn und geht auf ihn zu.

»Sind Sie der Herr mit der Schokolade?«

»Ja, ich hätte gern Katzenzungen, aber es scheint ja keine mehr zu geben.«

»Kommt drauf an, was Sie zahlen.« Der junge Mann winkt ihn in den Hauseingang des Nachbarhauses.

»Ich zahle Ihnen für eine Packung Katzenzungen eine Mark fünfzig«, sagt Arnold.

Der Mann bleibt stumm und scheint auf etwas zu warten.

»Hören Sie, eine Mark fünfzig ist der dreifache Preis!«

»Früher vielleicht mal.«

»Gut. Also zwei Mark.«

»Geben Sie mir acht Mark.«

»Was? Acht Mark?«

»Die Chefin hat gesagt, dass Sie sehr gut zahlen!«

»Mit acht Mark kann ich mit drei Leuten mittagessen!«

Der Mann zuckt mit den Schultern und wartet.

»Fünf. Das ist mein letztes Angebot«, sagt Arnold. »Sonst lassen wir es bleiben.« Arnold tut so, als ob er geht.

»Gut. Also fünf.« Der Schokoladenverkäufer nickt.

Der Mann öffnet seine Tasche, holte eine kleine Packung Katzenzungen heraus und reicht sie Arnold. Der nimmt sie entgegen, schüttelt sie, zählt das Geld ab und gibt es dem Schokoladenverkäufer. Dann verstaut er die Zungen in seiner Mappe, neben dem zusammengerollten Pullover, nickt mit dem Kopf und geht.

Nach ein paar Minuten ist er wieder auf der Königstraße, ist noch immer geschockt von den fünf Mark, holt den zerknitterten Zettel aus seiner Hose, auf dem er die Adresse aufgeschrieben hat, zusammen mit einer groben Bleistiftskizze.

»Sophienstraße zweiundzwanzig B«, murmelt er. »Also die Königstraße weiter in die Marienstraße und dann links.«

Eigentlich hat er zu dieser Reise keine Zeit. Auf dem Gericht gärt es, leise Gespräche hinter Säulen. Die Prüfungsordnungen werden umgearbeitet, er müsste eigentlich lernen. Und stattdessen fährt er nach Stuttgart, meldet sich krank, ja, fälscht sogar seine Krankmeldung. Und das alles nur, um eine dunkelhaarige Verkäuferin zu treffen, die aussieht wie Schneewittchen, und ihr Katzenzungen zu schenken. Völlig verrückt!

Aber jetzt kann er nicht mehr zurück.

Die Leute, die ihm entgegenkommen, wirken irgendwie konzentriert, fiebrig. Manche mit starrem Blick. Andere lachen, aber es ist ein heiseres Lachen. Ein Volk macht mobil. Nein, nicht das ganze Volk, es gibt auch Feiglinge und Verräter. Jemand hat in Leipzig auf eine Mauer geschrieben: »Lieber einen Kaiser aus Gottes Gnaden als einen Anstreicher aus Berchtesgaden.«

Widerlich! Wie kann man nur so verdorben denken! Ausgerechnet gegenüber dem Führer, der Deutschland wieder groß machen wird!

Er sucht nach dem Straßenschild und liest Marienstraße. Ein paar Minuten später biegt er in die Sophienstraße ein. Er merkt, dass er etwas nervös wird. Was soll er denn sagen, wenn Elisabeth aufmacht? *Grüß Gott, Elisabeth. Gell, da staunen Sie! Ich bin zufällig in Stuttgart und da hab ich gedacht, ich schau mal bei Ihnen vorbei.*

Das müsste ganz locker und selbstverständlich kommen.

Ja, und woher wisset Sie, dass i hier bin? Würde sie nach der ersten Überraschung fragen.

Ihre Cousine hat's mir verraten. Darf ich reinkommen?

Ja, so müsste es eigentlich laufen.

Arnold bleibt stehen. Hier ist es. Nummer zweiundzwanzig B: Hermann Gaiser. So heißt Elisabeths Bruder. Dort soll sie ein paar Wochen unterkommen, weil Berlin für die Mutter nicht sicher ist. Sie glaubt nicht an einen schnellen Sieg und muss sich gegen die ganze Verwandtschaft wehren, dass sie so misstrauisch gegenüber dem Führer ist.

Ein großer, mehrstöckiger Altbau mit verschnörkelter Fassade. Über dem Eingang ist das Baujahr 1865 eingemeißelt. Die Haustür unten ist angelehnt. Er betritt den breiten, hohen Flur. Es soll der dritte Stock sein. Als er oben angekommen ist, bleibt er vor der mächtigen Holztür stehen. Geräusche dahinter. Also ist jemand da. Arnolds Mund wird trocken. Er klingelt.

Die Tür geht auf. Ein unbekanntes Frauengesicht, wahrscheinlich Elisabeths Schwägerin. »Oh«, sagt sie überrascht. »War die Tür unten auf?«

Arnold nickt. »Ja. Heil Hitler.«

Der deutsche Gruß wird erwidert, aber mit fragendem Unterton. Arnold setzt sein charmantestes Lächeln auf. »Ich bin ein Bekannter der Familie in Berlin und wollte gerne die Elisabeth besuchen.«

»Das tut mir aber leid«, sagt die Schwägerin in perfektem Hochdeutsch. »Die Betti ist zu den Eltern nach Wasseralfingen gereist und kommt erst morgen zurück.«

Nichts anmerken lassen, Arnold!

Er grinst. »Das ist Pech. Ich war gerade auf der Durchreise und hab gedacht, ich probier's mal. Na, dann sagen Sie ihr herzliche Grüße von mir, wenn sie zurückkommt.«

Die Schwägerin lächelt leicht versonnen vor sich hin. »Und von wem soll ich ihr Grüße bestellen?«

»Ach so, Entschuldigung. Mein Name ist Arnold Schering aus Leipzig. Wir haben uns bei Elisabeths Verwandten in Berlin kennengelernt. Also, nichts für ungut. Auf wieder… Heil Hitler.«

Er dreht sich um und geht. Er hört, wie die Tür ins Schloss fällt. Nur schnell weg und die Stufen hinunter. Dann ist er wieder unten auf dem Gehweg und atmet durch.

Mist! Mist! Mist! Alles umsonst! Die teuren Katzenzungen, die Bahnfahrt, die Zeit! Meine falsche Krankmeldung. Wie kann man auch nur so dumm sein und auf gut Glück nach Stuttgart reisen?

Er geht langsam wieder die Marienstraße zurück. Wenigstens hätte er die Katzenzungen dalassen sollen. Das hätte sie morgen beeindruckt!

Oder soll er nach Wasseralfingen weiterfahren? Dann würde er die Eltern gleich kennenlernen? Er weiß es nicht, ist hin- und hergerissen.

Arnold – was ist aus dir geworden? Wo bleibt deine Weltgewandtheit? Deine Souveränität gegenüber Frauen?

Langsam geht er zurück und überlegt halbherzig verschiedene Möglichkeiten, doch die Enttäuschung sitzt wie ein Klumpen in seinem Magen und verfinstert sein Gesicht. Je größer seine Schritte ausfallen, desto mehr steigert er sich in seinen Unmut hinein. Er muss mit dieser Bettigeschichte jetzt aufhören. So geht das nicht weiter! Er ist ja nicht mehr er selbst! Claudia ist doch nicht schlecht, oder? Alles passt bei ihnen zusammen: Bildungsgrad, Interessen ... Dass er sich von einer Frau so aus dem Tritt bringen lässt! Was ist zu tun? Ganz einfach: Er wird die Prüfung machen, den Kontakt zu Elisabeth wird er abbrechen. Dann nach Polen. Er lässt sich doch nicht von einer Frau seine Lebenspläne durcheinanderbringen! Er ist schließlich bald Gerichtsreferendar und ausgebildeter Funker.

Katzenzungen! Idiotisch!

Erleichtert atmet er aus. Warum hat er das nicht schon viel früher getan? Seit er Elisabeth gesehen hat, lebt er wie in einem Nebel. Von wegen nüchternes Mittagslicht in der Bäckerei! Wie man sich täuschen kann. Man muss als Mann Entscheidungen fällen, auch wenn sie unbequem sind. Verliebtheit ist die dümmste Form einer Beziehung!

Schon ist er wieder auf der Königstraße, Richtung Bahnhof. Die Gesichter strömen an ihm vorbei wie ausdruckslose Masken. Da stockt er plötzlich, bleibt stehen. Aber das war doch ...

Er dreht um, hastet zurück, überholt weitläufig die junge Frau mit dem Koffer, dreht wieder um, damit er sie von schräg vorne sehen kann. Sie kommt näher, ist in Gedanken weit weg und sieht die Entgegenkommenden nicht richtig an.

Mein Gott, sie ist es! Elisabeth! Schneewittchen mit den blauen Augen!

Alle heroischen Entscheidungen, die er noch vor ein paar Minuten getroffen hat, alle missmutigen Gedanken sind wie weggewischt. Sein Herz klopft, als er sie von der Seite vorbeigehen sieht. Sie hat Lippenstift aufgetragen, wahrscheinlich erst, als sie im Zug saß, ihre Mutter wäre bestimmt dagegen gewesen. Eine rote Baskenmütze sitzt leicht schräg auf ihren dunklen Locken. Das marineblaue Kleid mit dem weißen Gürtel steht ihr wunderbar. Meine Güte! Alles sitzt bei ihr am richtigen Platz. Schmale Taille, runde Hüften. Aber das ist nicht das Einzige. Es ist ihre ganze Art ... Er sieht, wie ein Mann sich nach ihr umdreht.

Mit einem Stoßgebet auf den Lippen geht er zu ihr und sagt: »Hallo Elisabeth!« Sie dreht den Kopf zu ihm, braucht eine Sekunde, bis sie ihn erkennt, und bleibt abrupt stehen, so dass eine Frau hinter ihr knapp ausweichen muss. Elisabeths Gesicht wird leicht rosa. Sie geht zur Seite, bleibt wieder stehen.

»Was ... was machet Sie denn in Stuttgart?«, fragt sie, immer noch ganz rosa.

Er lächelt sie an. Sie bleibt ernst.

»Ich war in der Nähe«, sagt er, leicht unsicher geworden, »und da hab ich gedacht, dass ich Sie mal besuche.«

»Ja, müsset Sie net zum Heer?«

»Ich bin bis zur Prüfung noch freigestellt, aber dann geht's gleich los.«

»Und woher wisset Sie, dass i hier bin?«

»Ihre Cousine in Berlin hat es mir verraten. Und ich war ziemlich enttäuscht, als ich vorhin geklingelt hab und Ihre Schwägerin mir erklärte, dass Sie in Wasseralfingen sind und erst morgen wiederkommen, übrigens hat sie keinen Hauch von Schwäbisch in der Stimme.«

Sie blickt ihn nicht mehr ganz so ernst an, während sie sagt: »Ja, Ida kommt aus Detmold. Und Sie waren also enttäuscht ...«

Arnold sieht sich um. »Kommen Sie, wir suchen uns irgendwo einen Platz, wo wir uns in Ruhe unterhalten können. Sie haben Zeit, das weiß ich, denn Ihre Schwägerin erwartet Sie erst morgen.«

Er nimmt wie selbstverständlich ihren Koffer und steuert auf den Wilhelmsbau zu.

»Was? In dem teuren Café?«, fragt sie.

»Warum nicht?«

Sie betreten den Gastraum. Ein Tisch an der Ecke ist noch frei.

Als sie sich setzen, sagt er: »Sie sehen bezaubernd aus.«

Auf seine Bemerkung geht sie nicht ein. Komplimente anzunehmen, hat sie noch nicht gelernt.

»Tja!«, seufzt sie und antwortet auf eine unausgesprochene Frage: »Ursprünglich wollt ich morgen kommen, aber i hab's net ausg'halte auf der Alb. Des war so ... so anstrengend.«

»Wieso anstrengend?«

Sie druckst ein wenig herum: »Des, was einem wichtig isch, kann man net erzähle.«

Er grinst. »Sehen Sie! Man sollte auf seine Gefühle achten, auch auf die weniger schönen. Dadurch haben wir uns jetzt getroffen.«

Die Bedienung kommt, und sie bestellen sich zwei Tassen Kaffee.

Immer, wenn Elisabeth den Kopf dreht, muss er sie anschauen und kann sich nicht sattsehen.

Als die Kellnerin gegangen ist, sagt Arnold: »Meinen Sie nicht, wir ... sollten Du zueinander sagen?«

Sie scheint zu überlegen, dann hat sie einen Entschluss gefasst: »Des könnet mir gern machen, aber ... ich muss au wisse, wo ich bei ... dir dran bin. Du kommsch einfach daher und Tante Berta sagt, dass du eigentlich halb verlobt bisch. Des isch irgendwie verwirrend für mich.« Sie stockt und blickt starr auf den Tisch.

Der Kaffee kommt, sie sehen schweigend der Bedienung zu, bis sie gegangen ist.

»Ah ja, die Tante Berta.« Er nickt. »Ich hab mir's fast gedacht. Es stimmt, ich bin mit Claudia befreundet und alle erwarten, dass wir uns verloben, und sie auch. Aber ...«, er rührt in seiner Tasse. »Ich habe bis jetzt nicht gewusst, dass man eine Frau wirklich so stark lieben kann wie ... dich.«

Inzwischen hat sich Elisabeth gefasst und gewinnt ihre alte Selbstsicherheit zurück. »Und des soll i glauben? Woher weiß ich, dass du net in ein paar Monat eine andere siehst und sagst: In die bin ich noch mehr verliebt? Tante Berta hat mich vor dir gewarnt und hat g'sagt: ›Der Schering, der hat schon viele Freundinnen gehabt, sei vorsichtig. Das ist kein Mann für dich.‹«

Arnold schweigt. Was soll er darauf antworten? Sich verteidigen und beschwören, dass es bei ihr ganz anders sei? Er öffnet seine Tasche und holt die Katzenzungen heraus. »Aber bisher habe ich keiner Frau Katzenzungen geschenkt!«

Elisabeth ist verblüfft und nimmt die Packung entgegen: »Woher weisch du, dass i ...«

»In Berlin hat dir Klara eine Packung geschenkt als Betreuungslohn, und du hast gesagt, es sei deine Lieblingsschokolade. Es war übrigens gar nicht einfach, die zu bekommen! Die sind jetzt sündhaft teuer!«

»Und des hasch du dir gemerkt?«

»Genau. Gleich beim ersten Mal, als ich dich gesehen hab, hat's bei mir gefunkt. Ich bin nämlich ausgebildeter Funker und kenn mich aus.«

»So, so, gefunkt.« Elisabeth nimmt die Kaffeetasse, aber Arnold sieht, dass dabei ein kurzes Lächeln über ihr Gesicht gleitet und gleich wieder verschwunden ist. Schnell wie ein Blitz.

»Und was isch jetzt mit der Claudia?«, fragt sie.

»Was soll sein?«

»Bei uns zu Haus«, beginnt sie und gibt sich Mühe hochdeutsch zu reden, »wenn man ein Mädchen liebt, dann liebt man nur sie und hat niemand anders im Hintergrund. Ich bin halt ... ich hab da meine Grundsätz.«

»So, so, Grundsätze. Und was heißt das jetzt praktisch?«

Sie blickt ihn verwundert an. »Ha – entweder die Claudia oder ich. Ein kleines Geplänkel isch bei mir net drin.«

Arnold kommt es vor, als ob eine Feuerwand zwischen ihm und Elisabeth hochfährt, bei der er sich die Finger verbrennen könnte. Meine Güte, die kleine Verkäuferin hat Grundsätze! Warum kann sie ihn nicht einfach lieben? Warum diese harten Entscheidungen? Mit Claudia, das wird sich dann von selbst erledigen.

»Wie stellst du dir das vor, Elisabeth?«, fragt er. »Soll ich in eine Telefonzelle gehen, bei Claudia anrufen und sagen: Hör mal, ich hab da ein anderes Mädchen kennengelernt, und das mit uns ist erst mal auf Eis gelegt?«

Elisabeths Lippen werden etwas dünner, als sie sagt: »Auf Eis gelegt? Wie das klingt! Und wenn du dann mit mir fertig bist, dann holsch du die Claudia aus dem Eisschrank und taust sie wieder auf?«

Arnold ist leicht verwirrt. So hat noch keine Frau zu ihm geredet.

Elisabeth kommt jetzt richtig in Fahrt. »Ich bin keine Vorspeise oder ein Nachtisch oder so was, sondern entweder das Hauptgericht oder mir lasset's glei bleibe. I hab koi Luscht, nachts im Bett zu liegen und zu denken: Vielleicht gefällt ihm die Claudia am End doch besser. Oder: Vielleicht trifft er sich mit der Claudia, wenn i grad net da bin. Des geht net mit mir.«

Sie schließt kurz die Augen und sagt dann: »Versteh mich bitte net falsch. I hab dich sehr gern, aber ich kann dich net mit einer anderen teilen. Des schaff i net. Vielleicht gibt's ja Frauen, die des könnet, aber i kann's net.«

Sie rückt mit dem Stuhl zurück und will aufstehen. Aber Arnold ist schneller und hält ihre Hand fest. Er spürt, wie es in ihm kocht.

»Halt mal, nicht so schnell!« Seine Stimme klingt schärfer, als sie sein sollte. »Ich komme extra hier nach Stuttgart, um dich zu treffen, nehme eine Menge Unannehmlichkeiten auf mich, fälsche eine Krankmeldung, zahle viel Geld, besorge dir deine Lieblingsschokolade, weil ich dich gerne zur Freundin hätte, aber das gnädige Fräulein hat so seine Eigenarten und denkt, sie sei was Bessres ...«

»Ich denk, du warst sowieso in der Nähe?«

»Stimmt nicht, hab ich nur so gesagt. Ich bin extra wegen dir hierhergefahren.«

»Aha.«

»Aha? Ist das alles, was dir einfällt? Was soll ich denn noch machen, dass du kapierst, ich meine es ernst? Soll ich vor dir auf die Knie fallen?«

»Des isch net nötig.«

»Ich weiß, dass ich dich liebe, und dann müssen wir halt sehen, wie sich das entwickelt und ...«

»... und zur Not«, unterbricht sie ihn, »hast du ja die Claudia, wenn es bei mir nicht klappt.«

»Jetzt lass doch diese blöde Claudia aus dem Spiel! Die Frau bedeutet mir nicht so viel, wie du denkst!«

»Aber eine kleine Hintertür, das ist nicht schlecht, wenn man die noch offen hat, oder?«

»Meine Zeit, ich bin doch kein Übermensch. Ich weiß doch gar nicht, wie du dich … und wie ich … jedenfalls – zurzeit bedeutet mir die Claudia nicht viel.«

»Ja, des hasch du schon mal g'sagt. Und wenn das so ist, dann ruf sie an oder schreib an Brief und kündige die Verlobung oder die Fast-Verlobung auf.«

»Also eingebildet bist du überhaupt nicht, oder?«

»Koi Ahnung. Ich will bloß klare Verhältnisse. Des isch alles. Und als Chrischt soll man sowieso net zwei Frauen gleichzeitig den Kopf verdrehn!«

Wieder versucht sie aufzustehen.

»Ja, ich werde schon nicht zwei Frauen gleichzeitig heiraten, aber … das mit der Claudia braucht eben Zeit, und ich kann nicht in die Zukunft sehen. Mit uns, das muss sich ja auch entwickeln. Und wenn das in dein schwäbisches Gehirn nicht reinpasst, dann geh doch! Ich halte dich nicht zurück! Vielleicht findest du ja in zehn Jahren einen Mann, der auf deine hochgesteckten Ziele eingeht. Man kann im Leben nicht alles so … so schnell abwickeln. Schließlich kenne ich die Claudia schon zwei Jahre. Und bevor ich mich entscheiden kann, muss ich ja wissen, wer du bist. Das ist nicht so einfach, wie du denkst. Wenn das mit uns nicht klappt, dann hab ich ja überhaupt keine Freundin.«

»Ja, das isch eben das Risiko.«

Elisabeth ist jetzt aufgestanden und schluckt. Dann gibt sie Arnold die Hand. »Tut mir leid, ich kann nicht anders. Ich kann net mit einem Mann befreundet sein, der gleichzeitig noch eine andere hat. Dann müssen wir halt noch ein bissle warten. Ein Freund von meinem Bruder ist übrigens schon jahrelang an mir interessiert. Zehn Jahre werd ich wohl net warten müssen.«

Sie nimmt ihren Koffer, der neben Arnolds Stuhl steht, eilt die Stufen hinunter, tritt auf die Königstraße und geht weiter, ohne sich noch einmal umzudrehen.

Arnold ist wie vor den Kopf geschlagen. Soll er ihr hinterherrennen? Nein! Das ist ihm doch zu blöd. So bleibt er sitzen und überlegt, wie es weitergehen soll. Eines steht fest: So hat er sich mit Claudia noch nie gestritten.

17

Schwägerin Ida ist erstaunt, als es klingelt und Elisabeth vor der Tür steht. »Elisabeth! Ich dachte, du kommst erst morgen!«

Sie schlüpft an Ida vorbei. »I hab's net ausg'halte!«

Ida hält ihre Hand fest. »Halt. Bleib doch mal stehen!« Elisabeth bleibt in dem dämmrigen Flur stehen, den Koffer immer noch in der Hand. »Da war vorhin ein junger Mann da, der dich sprechen wollte. Arnold Schärig oder so ähnlich. Kennst du ihn?«

Elisabeth nickt. »Ja, aus Berlin.«

»Und? Ist das was Ernsthaftes?«

»Ernschthaft? Koi Ahnung.«

»Hör mal, der machte aber einen tadellosen Eindruck auf mich.«

»Kann scho sein.« Sie wendet sich wieder zum Gehen, nimmt ihre rote Mütze ab und wirft sie auf die Hutablage.

Ida hält ihre Schwägerin an beiden Schultern fest und dreht sie zu sich her.

»Mir dir stimmt doch etwas nicht! Du bist so anders als sonst.«

Elisabeth seufzt und blickt Ida an. Dann erst stellt sie ihren Koffer ab. »Wir haben uns vorhin zufällig getroffen.«

»Ach, deshalb warst du jetzt nicht überrascht!«

»Ja.«

»Und?«

»Du bisch aber gar net neugierig, oder?«

»Betti, ich mach mir Sorgen um dich.«

Elisabeth überlegt, dann nimmt sie Idas Hand und zieht sie in die Küche. »Komm mit, i erzähl dir alles, du gibsch ja doch koi Ruh.«

In der großen Essküche steht ein Wasserkessel auf dem Herd. Das Spülbecken ist mit Wasser gefüllt. Ida war beim Spülen. Von der Seite sieht man, dass sie schwanger ist.

Elisabeth lässt sich auf die Eckbank fallen, während Ida Teeblätter in eine Kanne schüttet und mit dem heißen Wasser aufgießt. Sie holt zwei Becher heraus und ein kleines Teesieb, stellt die Becher auf den Tisch und eine Dose mit Zucker.

Dann gießt sie vorsichtig den Tee durch das Sieb. Elisabeth schüttet einen halben Löffel Zucker in ihren Becher und rührt gedankenverloren darin herum. Ida wartet, bis Elisabeth stockend von ihrem Zusammentreffen in Berlin erzählt, von der nächtlichen Autofahrt, von dem Schirm. »Ja, wir haben uns vorhin zufällig getroffen. Er war auf dem Weg zum Bahnhof und ich grad auf dem Weg zu dir. Wir haben Kaffee getrunken, haben uns das Du angeboten und es ... es war deutlich, dass Arnold mich mag und ...«

»Und du?«

»Ich mag ihn auch, das ist ja das Blöde.«

»Wieso?«

»Na ja, er ist halb verlobt mit einer reichen Fabrikantentochter: Claudia. Und ich hab ihm gesagt: So geht das net. Wenn er mich ... wenn wir befreundet sein wollen, dann muss er sich von dieser Claudia trennen. Dann ist er a bissle zornig g'worden und hat g'sagt, so schnell geht das net. Aber i han g'sagt, i bin kein Nachtisch, sondern das Hauptgericht und er muss sich entscheiden und dann bin i weg.«

Ida lacht: »Typisch Betti. Lässt die besten Männer abblitzen.«

Elisabeth blickt ihre Schwägerin erstaunt an: »Ja, soll i was mit dem Arnold anfangen und am End kriegt ihn die blöde Claudia? Dazu hab i koi Luscht.«

Sie trinkt einen Schluck Tee und sagt unsicher geworden: »Aber vielleicht hab i doch zu viel auf einmal verlangt?«

»Das glaub ich auch. Der arme Mann muss dich doch erst mal kennenlernen. Wie soll er sich denn sonst entscheiden? Na ja, zumindest hast du dich nicht unter Wert verkauft.«

Elisabeth nagt an ihrer Unterlippe und poltert los: »Und dann hat er die Frechheit besessen und mir g'sagt, vielleicht find ich erst in zehn Jahr einen Mann. Und dann hab ich gesagt, da sind noch andre Männer da und …«

Ida runzelt die Stirn: »Welche anderen Männer?«

»Ha, zum Beispiel der Eduard, des war doch a Schulfreund vom Hermann und der hat sich immer für mich interessiert!«

»Ja, aber der Eduard, den haben wir doch schon jahrelang nicht mehr gesehen, der ist vielleicht schon längst verheiratet …«

Elisabeth hebt ihre Schultern. »Isch doch egal. Der Arnold soll net denken, dass ich wäge ihm sitzebleib.« Sie steht auf. »So, Schluss jetzt! I werd sonsch ganz kribbelig. I helf dir jetzt beim Abendessen.«

Aber ganz ist das Thema nicht vom Tisch. Ida fragt nach, was Arnold beruflich macht, und Elisabeth erzählt alles, was sie weiß, und dass er sogar das Schwäbische gut findet und auch in die Kirche geht. Alles in großer Ausführlichkeit. Es tut gut, von Arnold zu reden, seinen Namen laut auszusprechen und sich dabei zu beruhigen.

Ida hört aufmerksam zu und sagt nur: »Den würd ich mir warmhalten«, und: »Diplomatie ist nicht gerade deine Stärke.«

Elisabeth hebt die Schultern. Sie weiß ja gar nicht, ob sie Arnold wiedersieht. Dann fragt sie: »Und wo ist der Hermann jetzt?«

»Im Augenblick ist er bei einem Lehrgang für Unteroffiziere und kommt morgen zurück. Nächste Woche muss er an die Front. Aber ich hoffe, dass es schnell geht und er bald zurück ist. Schließlich soll er doch zu Hause sein, wenn das Baby kommt.« Sie streicht über ihren Bauch.

Als Elisabeth schließlich ins Bett geht und im verdunkelten Stuttgart gegen die Decke starrt, kann sie nicht einschlafen. Inzwischen ärgert sie sich, dass sie Arnold so hat abblitzen lassen. Wenn Ida Arnold erwähnt, dann hört sie Bewunderung heraus, obwohl sie ihn nur ein paar Augenblicke gesehen hat.

Er hat sich solche Mühe gegeben, hat Katzenzungen für sie besorgt, ist extra von Leipzig nach Stuttgart gefahren. Und sie hat ihn wie einen dummen Jungen stehen lassen. Das muss doch einen Mann kränken. Warum macht sie so etwas? Was wäre denn dabei gewesen, wenn sie mit ihm etwas angefangen hätte, dann hätte er die Claudia schneller vergessen und es wäre ihm leichter gefallen, der Fabrikantentochter endgültig den Abschied zu geben.

Ja, ja, es stimmt schon, sie hat einfach keine Ahnung, wie man mit Männern umgeht, und sie hat nur an sich gedacht.

Endlich schickt Gott ihr einen Mann mit Format, der sogar betet, der sich in sie verliebt, und sie hat nichts Besseres zu tun, als ihn in die Wüste zu jagen. Womöglich sehen sie sich nie wieder! Er macht seine Prüfung und muss dann zur Wehrmacht. Vielleicht wird er irgendwo auf dem Schlachtfeld fallen, weil sie ihm alle Hoffnung genommen und ihm das Leben verdorben hat. Und ein Holzkreuz wird irgendwo stehen, mit seinem Namen drauf und sie wird alles dransetzen, sein Grab zu finden. Kein Mann wird sich mehr für sie interessieren oder nur Holzköpfe, aber sie würde Arnold im Tod treu bleiben, würde die Blumen auf seinem Grab pflegen, bis sie alt und grau ist.

Als sie mit ihren Gedanken so weit gekommen ist, strömen die Tränen über ihr Gesicht. Aber sie unternimmt nichts, lässt sie einfach fließen, bis das Kopfkissen an einer Seite feucht wird, und bittet Gott, ihr den Arnold zu erhalten.

Schließlich wischt sie sich mit dem Handrücken die Tränenspuren ab, bedauert sich noch ein bisschen und fällt in einen leichten Schlaf.

Mitten in der Nacht schreckt sie auf. Hat da jemand geklingelt? Sie sitzt erschrocken im Bett. Schon wieder! Wer ist das? Sie tastet nach der Uhr, macht unter der Bettdecke die Nachttischlampe an. Halb zwölf! Polizei? Ist vielleicht etwas mit den Eltern passiert?

Sie horcht, hört Geräusche. Hört, wie Ida zur Tür eilt. Dann Schritte, eine Männerstimme, dazwischen Idas Stimme. Elisabeth steht auf, sucht ihre Schlappen, den abgetragenen Morgenmantel ihrer Schwägerin und schleicht sich zur Zimmertür. Die Dielen auf dem Flur knarren. Das Knarren kommt näher. Jemand klopft an ihre Tür, sie hört Idas Stimme: »Betti! Steh auf!«

Sie sieht, wie sich die Türklinke langsam nach unten bewegt. Da öffnet Elisabeth die Tür und fragt erschrocken: »Was isch denn los?«

Ida nimmt sie in den Arm und flüstert neben ihrem Ohr: »Dein Arnold steht im Flur und will unbedingt mit dir sprechen!«

18

Stuttgart, April 1957. Frank fährt mit der Familie nach Stuttgart in die Sophienstraße, wo Tante Ida wohnt. Sie ist auch Witwe wie seine Mutter oder eher eine Halbwitwe, weil ihr Mann Hermann im Krieg geblieben ist und keiner weiß, ob er tot ist oder nicht. Auch nach so langer Zeit nicht. Hermann, den Bruder seiner Mutter, hat Frank noch nie gesehen, nur auf Bildern, und da sieht er seiner Mutter gar nicht ähnlich. Aber bis jetzt hat Tante Ida noch mit keinem neuen Mann was angefangen, sagt Britta, weil es sein könnte, dass Onkel Hermann plötzlich vor der Tür steht, und dann würde sich Tante Ida schämen, wenn ein andrer Mann neben ihr im Bett liegt.

»Warum muss man sich denn schämen, wenn ein Mann müde ist und im Bett schläft«, fragt Frank in der Straßenbahn.

Britta flüstert jetzt, als sei das ein großes Geheimnis. »Wenn ein anderer Mann im Bett liegt, dann ist das so, als ob man verheiratet ist, und dann wäre Tante Ida mit zwei Männern gleichzeitig verheiratet. Und das geht nicht.«

Frank kommt das seltsam vor und er fragt: »Wenn sich jetzt ein fremder Mann in Mamas Bett legt und einschläft, ist dann Mama mit dem verheiratet?«

»Pst, nicht so laut!«, sagt Britta. »Nein, ist sie nicht. Ach, das verstehst du nicht.«

»Aber grad hast du doch gesagt, wenn bei Tante Ida ...«

»Schluss jetzt!«, sagt Britta mit strenger Miene und Frank hört auf und wundert sich über diese unlogischen Sachen bei den Großen.

Gerade fährt die Straßenbahn über den Pragsattel, an den Weinbergen vorbei. Rechts steht ein dunkler Turm, von dem die Leute sagen, er sei ein Bunker. Und wenn im Krieg Fliegeralarm war, konnte man dort einigermaßen sicher sein.

Frank findet Fliegeralarm toll. Wenn er mit seinen Freunden zusammen ist und es wird langweilig, spielen sie Feuer, Wasser, Fliegeralarm.

Jemand ist der Führer, die anderen laufen im Zimmer herum. Wenn der Führer »Feuer« brüllt, rennen alle an eine bestimmte Wand, und wer zuletzt die Wand berührt, scheidet aus, bei »Wasser« müssen alle auf die Stühle steigen und bei Fliegeralarm müssen sich alle auf den Boden werfen. Der Führer bestimmt immer, wer der Langsamste ist, weil er den Überblick hat.

Hartmut meint, sie sollen nicht immer Führer sagen, sondern Spielleiter. Das Wort Führer würde bei den Erwachsenen nicht mehr so gut ankommen.

Jetzt fährt die Straßenbahn in den Stuttgarter Kessel hinunter. Vorbei an einem riesigen Park. Als die Straßenbahn um die Kurve biegt, sieht Frank zwischen den sauberen Häusern auch kaputte Häuser ohne Dach und ohne Fensterscheiben, und Schilder stehen am Eingang, auf denen steht, es sei verboten in die leeren Häuser zu gehen.

Aber Frank und seine Freunde kümmern sich normalerweise nicht um solche Schilder, weil die leeren Häuser gut sind, um Verstecken zu spielen.

Wenn sie nachher bei Tante Ida sind, und die Erwachsenen von den alten Zeiten reden, wird Frank versuchen, eine neue Ruine zu finden. Einmal hat er sogar einen zerbeulten Wasserkessel unter ein paar Steinen gefunden. Und immer liegen so kleine Plastikschläuche herum, die an einem Ende zu sind, gerade so groß, dass man sie über eine gelbe Rübe ziehen kann. Aber das wäre ja sinnlos. Er wird Hartmut deswegen fragen.

Als sie endlich in der Nähe von Tante Idas Wohnung angekommen sind und noch fünf Minuten zu Fuß gehen müssen, fragt Frank seine Mutter, ob ihr Bruder Hermann richtig tot ist oder nicht.

»Das weiß niemand genau.«

»Aber ein Doktor kann doch sagen, ob jemand tot ist.«

»Onkel Hermann ist aber spurlos verschwunden. Im Krieg war alles durcheinander und manchmal konnte man die Toten nicht mehr finden. Vielleicht ist Onkel Hermann geflohen und lebt in Russland oder in Italien, aber wahrscheinlich wird er tot sein, sonst hätte er sich bestimmt gemeldet.«

»Und wenn er nicht tot ist, legt er sich dann zu einer anderen Frau ins Bett?«

Elisabeth schaut ihren Jüngsten erstaunt an. »Wer hat denn das gesagt?«

»Britta hat gesagt, wenn ein Mann bei einer Frau im Bett liegt, dann ist das wie verheiratet, und deswegen muss Tante Ida aufpassen, dass keiner sich heimlich in ihr Bett legt, weil sie sich dann schämt, wenn Onkel Hermann plötzlich kommt.«

Elisabeth seufzt. »Also, Tante Ida möchte lieber noch ein bisschen mit dem Heiraten warten, bis sie ganz sicher ist, dass Onkel Hermann tot ist.«

»Dann könnte ja ich später Tante Ida heiraten, wenn der Onkel Hermann nicht kommt.«

Jetzt muss Elisabeth lachen und streicht über Franks Kopf. »Des isch aber a schöns Kompliment. Was g'fällt dir denn an der Ida, dass du sie heiraten willsch?«

»Die hat so a nette Stimm und so a weiche Haut.«

»Ja, des stimmt!«

Inzwischen sind sie an der Sophienstraße angekommen. Zum Glück ist das Haus wieder aufgebaut worden, aber ohne die vielen Verzierungen. Aber die Zahl 1865 ist geblieben. Die Haustür unten ist schon offen. Tante Idas Tochter Heidi, die fünf Jahre älter ist als Frank, hat die Verwandten schon von Weitem gesehen. Der Sohn von Tante Ida ist aber nicht da. Er ist so alt wie Hartmut und macht eine Schreinerlehre. Britta sagt, Heidi sei das Ergebnis vom letzten Treffen mit Onkel Hermann gewesen.

Das hat Frank nicht ganz verstanden. Er weiß nur ungefähr, wie Kinder entstehen, dass nämlich der Mann Samen in den Bauch der Frau legt, aber wie der Samen da hinkommt, das ist ihm nicht ganz klar und außerdem: Warum kann nur ein Mann Samen in den Bauch einer Frau legen? Das könnte doch jeder, wenn man den Eingang kennt. Wahrscheinlich kommt das Kinderkriegen aber vom Küssen und dann gehen die Samen durch den Mund in den Bauch. Eigentlich ganz schön eklig.

Im ganzen Haus riecht es nach Kakao und Kaffee. Es ist einer der schönsten Gerüche, die Frank kennt, außer Benzin. Das riecht er auch sehr gerne.

Tante Ida nimmt Franks Mutter lange in den Arm und flüstert ihr etwas ins Ohr, worauf sie stumm nickt und ihre Nase hochzieht. Frank nimmt an, dass es was mit Witwe zu tun hat und dass sie jetzt praktisch gleich sind, obwohl Onkel Hermann eines Tages auftauchen könnte. Aber das findet Frank nicht gut, denn dann könnte er Tante Ida nicht heiraten. Da fällt ihm ein, dass dann Heidi seine Tochter wäre, obwohl er jünger ist als sie.

Das letzte Mal, als Frank bei Tante Ida zu Hause war, ist schon zwei Jahre her. Es war Winter und furchtbar kalt und das Spielen in den zerbombten Häusern ist zu gefährlich gewesen.

Statt dass sie gleich Kaffee trinken, will Ida unbedingt allen die Wohnung zeigen, also trottet Frank mit.

Als sie in ein Zimmer kommen, sagt Tante Ida mit ihrer tollen Hochdeutschstimme: »Und hier hat Elisabeth öfter übernachtet, wenn sie in Stuttgart war, auch an dem Tag, als Arnold nachts geklingelt hat ...«

Weiter kann sie nicht sprechen, weil Elisabeth anfängt zu schluchzen und aus dem Zimmer rennt. Ida läuft hinterher und ruft: »Tut mir leid, daran hab ich nicht gedacht!«

Franks Mutter beruhigt sich nach einer Weile. Als sie dann später alle Kaffee trinken, meint sie zu Ida: »Vorhin hat der Frank was ganz Nettes über dich gesagt, gell Frank?«

Sie nickt ihm zu und will, dass er das wiederholt.

Frank überlegt und sagt: »Dass die Tante Ida aufpassen muss, damit kein fremder Mann in ihrem Bett liegt!«

Britta und Hartmut prusten los und halten sich zum Glück rechtzeitig die Hand vor den Mund. Tante Ida blickt etwas ratlos in die Runde und Elisabeth versucht zu erklären, dass Frank wahrscheinlich etwas aus der Schule aufgeschnappt hat und dass er eigentlich etwas ganz anderes sagen wollte. Und um seine Mutter zu retten, sagt Frank: »Und wenn der Onkel Hermann net zurückkommt, dann heirat ich dich.«

Alle lachen, außer Heidi, die zu Frank hinüberschaut und sich an die Stirn tippt.

Tante Ida streicht Frank gerührt über den Kopf. Nachher, beim Spülen, sagt sie noch zu Franks Mutter: »Heute Abend gehen wir ins K-I-N-O zur Wochenschau, wenn die Kinder im Bett sind.«

Frank wundert sich, dass die Erwachsenen das Wort Kino so komisch buchstabieren, obwohl doch jeder weiß, was damit gemeint ist. Hartmut hat ihm schon früher mal erklärt, dass Frauen die Wochenschauen im Kino so gerne sehen, weil es manchmal kurze Kriegsfilme gibt und Tante Ida hofft, dass sie vielleicht zufällig Onkel Hermann darauf entdeckt. Aber wenn Frank es schafft, im Bett von Tante Ida zu schlafen, dann muss sie ihn ja heiraten und Onkel Hermann hat Pech gehabt.

19

STUTTGART, 11. OKTOBER 1939. Elisabeth ist sprachlos. Arnold, den sie schon unterwegs nach Leipzig glaubte und dessen Grab sie für immer pflegen würde, steht mitten in der Nacht im Flur und will mit ihr reden. Schließlich stottert sie: »Er will jetzt mit mir reden? Aber ... draußen isch doch Ausgehverbot und ...«

»Jetzt oder nie will er mit dir reden, hat er behauptet«, sagt Ida.

»Was ... was soll i jetzt mache?«, stammelt Elisabeth.

»Zieh dir schnell was an und setz dich mit ihm ins Wohnzimmer. Und wehe, du lässt ihn wieder abblitzen. Dann hast du für zwanzig Jahre Wohnungsverbot bei mir. Der arme Mann kann einem leidtun. Was hast du bloß mit dem angestellt?«

Ida zieht sich zurück, schließt leise die Tür und Elisabeth hört ihre vorsichtigen Schritte im Flur. Die Leute, die unter ihnen wohnen, sollen nicht noch mehr belästigt werden.

Mit fahrigen Bewegungen zieht sie die Kleider von gestern über, lässt den Gürtel weg, steckt ihre Haare hoch, taucht ihre Hände in die Waschschüssel und rubbelt ihr Gesicht ab, dann nimmt sie den Flakon mit Lavendel, der auf der kleinen Kommode steht, und sprüht etwas hinter die Ohren und unter die Achseln. Schnell noch die Socken an. Halt! Noch den Mund ausspülen! Und dann geht sie ohne Schuhe über den Flur ins Wohnzimmer.

Es ist stockdunkel. Nein, nicht ganz. Die Gardine ist an einer Stelle zurückgezogen, so dass der Schein eines halben Mondes hereinfällt und man wenigstens die Konturen der Möbel erkennen kann. Jetzt sieht sie undeutlich die Umrisse einer Gestalt, die sich aus dem Sessel erhebt und auf sie zukommt.

Elisabeths Herz fängt an wie wild zu schlagen.

Was soll sie nur sagen? Es hat sich ja nichts geändert in der Zwischenzeit. Und ihre vollmundigen Grundsätze von heute Nachmittag passen nicht mehr so richtig zu diesem dunklen Wohnzimmer.

»Hallo Elisabeth«, hört sie Arnold flüstern. »Tut mir leid, dass ich um diese Zeit hier hereinplatze, aber bevor ich wieder zurückfahre, muss ich unbedingt noch mit dir sprechen.«

Sie nickt stumm und riecht eine kleine Bierfahne. »Ja«, haucht sie, »vielleicht war ich auch a bissle zu forsch heut Nachmittag.«

Soll sie sich setzen? Vielleicht besser so. Sie schleicht zu dem anderen Sessel und setzt sich. Arnold geht zum Sofa und lässt sich in ihrer Nähe nieder.

»Also«, beginnt er. Seine Stimme ist vom Flüstern in ein Raunen übergegangen. »Ich hab mir alles noch einmal überlegt, was du gesagt hast, und ich kann dich nachträglich ein bisschen verstehen. Du willst das Hauptgericht sein und keine Zwischenmahlzeit.«

Ein dummer Satz, denkt sie. *Schließlich will ich ja nicht aufgegessen werden.*

Arnold fährt fort, seine Stimme klingt ein wenig belegt. »Ich habe hin und her überlegt, dann habe ich schließlich einen langen Brief an Claudia geschrieben und ihr alles erklärt, dass wir mehr oder weniger in diese Verbindung gedrängt worden sind, aber jetzt, seit ich dich kenne, wüsste ich, dass es nur eine Freundschaft war, aber keine Liebe, und ich möchte mich mit ihr, also mit Claudia, nicht verloben, weil mein Herz einer anderen Frau gehört.« Er schweigt und sagt nach einer Weile: »Das wollte ich dir noch unbedingt erzählen, bevor ich zurückfahre. Es ist zwar ein Risiko und das mit dem Hintertürchen ... da ist schon was dran. Jetzt ist das Hintertürchen ins Schloss gefallen und ich kann es nicht mehr öffnen.«

Elisabeth fällt so schnell nichts ein, in ihrem Kopf befindet sich Watte. Alle Worte sind verpackt und eingehüllt und lassen sich nicht hervorholen, aber sie spürt: Von dem, was sie jetzt sagt, hängt ihr restliches Leben ab. Jetzt wird es wirklich ernst. Ein Mann ist dabei, sie zu gewinnen, wird sie vielleicht sogar eines Tages heiraten. Dass er so entschlossen ist, hat sie nicht geahnt. Vielleicht er auch nicht.

Meine Güte, wie muss ihn meine schroffe Art verletzt haben!

»Meine Fast-Verlobung ist hiermit beendet«, fügt Arnold noch hinzu.

»Des wird der Claudia aber net gefallen«, flüstert Elisabeth zurück und fischt ein paar banale Worte aus dem Nebel.

»Nein, das wird ihr nicht gefallen und es wird ihre Eitelkeit verletzen, aber das kann ich nicht ändern.«

Elisabeth überlegt. Jetzt fällt ihr wieder etwas ein und der Wortnebel lichtet sich ein wenig. Mit halblauter Stimme sagt sie: »Also, i versteh's net ganz. Die Claudia, hat Tante Berta gesagt, ist hübsch, geistreich, intelligent und reich. Und so was lässt du dir entgehen, wegen einem schwäbischen Mädchen, das Schneiderin gelernt hat und ohne Geld dasteht?«

»So ist es. Mit Claudia war ich befreundet, aber dich liebe ich. Das ist der Unterschied! Und das hab ich heute Nachmittag gemerkt.«

Elisabeth blickt ihn mit großen Augen an. Inzwischen hat sie sich an die Monddämmerung gewöhnt und sieht Arnolds Profil. Was er gesagt hat, das hat sie sich zwar gewünscht, aber nicht erwartet und nicht so schnell.

Er nimmt ihre Hand und sie überlässt sie ihm. »Elisabeth, ich hab das nicht so dahergesagt. Und was deine Tante gemeint hat, stimmt ja auch ein bisschen. Ich hab ein paar Freundinnen gehabt und hab es mit den Mädchen nicht so ernst genommen, aber bei dir ist es ... irgendwie anders. Und ich nehme an, dass du ... dass du mich auch magst, oder?«

Sie nickt und flüstert: »Ja, sehr.«

»Ja dann ... dann geh ich gleich aufs Ganze: Willst du meine Frau werden?«

Elisabeth ist erschrocken. Ja, gut, eine neue Freundschaft mit einem Mann, das hat sie sich gewünscht und vor allem mit Arnold, aber das geht ein bisschen schnell.

»Des ... des geht alles a bissle schnell.« Sie hört mit Sprechen auf, weil ihre Augen rot werden und sie die Nase hochziehen muss.

Arnold sucht nach einem Taschentuch, findet aber keins. Elisabeth nimmt den Zipfel ihres Kleids, putzt ihre Nase, dann sagt sie mit zittriger Stimme: »Ja, ich will deine Frau werden.«

Und jetzt kann sie die Tränen nicht mehr zurückhalten. Arnold steht nach ein paar Sekunden auf, zieht sie von ihrem Sitz hoch und umarmt sie.

Sie genießt den Druck seines warmen Körpers, spürt seine Arme auf ihrem Rücken, und es ist ganz selbstverständlich, dass er sie küsst, auch wenn ihre Nase läuft. Aber als er vorsichtig mit seinem Mund ihre Lippen öffnen will, ist sie verwirrt. Arnold spürt es und küsst stattdessen ihre Haare und ihren Hals. Sie lösen sich langsam voneinander, setzen sich auf die Couch, eng aneinandergeschmiegt und sagen nichts mehr. Elisabeth spielt mit Arnolds Hand und kann es nicht fassen, dass sie gerade seinem Heiratsantrag zugestimmt hat, ohne ihre Eltern vorher zu fragen.

Das ist also der Mann, den ich heiraten werde und von dem ich Kinder bekommen werde.

Allmählich kehrt die Realität wieder zurück. Elisabeth steht auf und flüstert: »Ich muss der Ida Bescheid sagen, dass wir uns geeinigt haben, und fragen, ob du hier im Wohnzimmer schlafen kannst.«

Sie geht leise durch die Tür, klopft an Idas Schlafzimmer, setzt sich an die Bettkante und erklärt ihr alles.

Ida umarmt sie wortlos, dann steht sie auf, holt Bettzeug und richtet die Wohnzimmercouch für Arnold her. Elisabeth gibt Arnold noch einen Gutenachtkuss und geht wie im Traum in ihr Zimmer zurück.

Sie ist aufgedreht und gleichzeitig müde, zieht sich mechanisch aus, streift ihr Nachthemd über und schiebt den Vorhang zur Seite. Die Stadt ist vollständig dunkel, nur der Sternenhimmel und der Mond geben ein spärliches Licht und die blassen Leuchtstreifen an den Bäumen.

Das wird wohl eine Kriegsheirat, denkt sie. Vielleicht aber auch nicht. Polen ist besiegt und bald fängt das normale Leben wieder an. Und man kann abends draußen im Schein von Lampions sitzen und Maibowle schlürfen.

Da hat sie eine Idee. Sie steht leise wieder auf, holt ihre Handtasche und zieht die Katzenzungen heraus. Zur Feier des Tages wird sie jetzt eine essen oder vielleicht auch zwei.

20

STUTTGART, SOMMER 1957. Mitten im Esszimmer stehen drei Koffer. Es riecht nach Abenteuer, denkt Frank. Seine Mutter Elisabeth hat den ganzen Tag gepackt. »Alles muss ordentlich gefaltet sein«, sagt sie, »sonst muss man es bei der Ankunft gleich wieder bügeln.«

Frank ist so aufgeregt, weil es ganz früh morgens nach Italien geht. Ferien. Aber warum Ferien Urlaub heißt, ist Frank nicht ganz klar. Denn das Laub fällt ja erst im Herbst von den Bäumen. Jedenfalls muss es in Italien sehr heiß sein, so dass man dauernd schwitzt, aber nicht so heiß wie in Afrika. Und die Leute in Italien essen bestimmt den ganzen Tag Spaghetti und italienisches Eis.

Frank, Britta, Hartmut und seine Mutter werden mit dem Zug bis Bozen fahren, das ist Tirol, obwohl das gar nicht italienisch klingt. Und dann werden sie von Tante Ida und Heidi abgeholt, die schon da sind.

Onkel Hermann ist immer noch nicht aus dem Krieg zurückgekommen und Britta meint, dass es unwahrscheinlich ist, wenn er jetzt noch kommt, weil die letzten Gefangenen aus Russland zurückgekommen sind. Der Adenauer hat das gemacht. Und selbst, wenn er kommt, weiß man nicht, ob er einen Schaden hat, und das will Tante Ida auch nicht, meint Britta. Sie hat nämlich zufällig gehört, wie Tante Ida einmal zu ihrer Mutter gesagt hat: »Was soll ich mit einem Kriegsversehrten, den ich womöglich für den Rest meines Lebens pflegen muss?«

Frank findet das Wort kriegsversehrt eklig, als ob man mit verfaulten Muskeln herumläuft und stinkt. Einmal hat Frank geträumt, dass ein Mann mit Knochen vor der Haustür stand und geklingelt hat. Obwohl ja die Tür geschlossen war, hat Frank ihn mit seinen Traumaugen doch gesehen und geschrien, dass man die Tür nicht aufmachen soll.

Aber jetzt ist alles vergessen, weil es nach Italien geht. Frank liegt im Bett und kann nicht einschlafen. Er hört, wie seine Mutter hin- und hergeht. Das Packen hört überhaupt nicht auf. Und wenn nun seine Mutter von einem Italiener geraubt wird? Am besten gar nicht daran denken!

Frank denkt lieber jetzt an seinen Vater. Der letzte Urlaub an der Ostsee war mit ihm. Frank fühlt sich in einem anderen Land sicherer, wenn sein Vater dabei ist. Es hat viel geregnet an der Ostsee, in Hohwacht. Und in der Pension konnten sie keine Nudeln kochen. Die Nudeln waren ein einziger Klumpen. Aber mit seinem Vater hat er Muscheln gesucht und Steintürme gebaut.

Einmal hat er in Hohwacht seine Mutter lachen gehört, als er nachts wach wurde. Und er hat sein Ohr an die Tür gelegt und gehört, wie sie gesagt hat: »Arnold, wenn jemand reikommt!« Und dann war es still, aber das Bett hat gequietscht.

Als Frank wieder im Bett lag, hat er gedacht, wie seltsam es ist, dass Erwachsene nachts spielen und tagsüber streng sind.

Er wird Tante Ida morgen fragen, ob inzwischen ein neuer Mann in ihrem Bett gelegen hat, den sie dann heiraten muss.

Frank denkt und denkt an seinen Vater, dass er ihn nun doch gerne wiederhaben möchte, besonders in Italien, wo es viele dunkle Männer gibt. Und Hartmut ist erst sechzehn, der kann sich nicht gegen die Männer wehren und außerdem ist Tante Ida auch ohne Mann da. Es sind einfach zu viele Frauen.

Im Morgengrauen rüttelt Britta Frank wach und ruft: »Aufstehn! Italien!«

Frank torkelt aus dem Bett, macht eine Katzenwäsche und zieht sich an. Die Kleider hat irgendjemand neben sein Bett gelegt.

Es riecht nach Kaffee, aber für die Kinder gibt es Kakao aus Pulver und Wasser. Eigentlich sind Hartmut und Britta keine Kinder mehr und deshalb kriegen sie einen Schuss Kaffee in ihren Kakao. Die Brote sind schon fertig geschmiert, aber Frank hat keinen richtigen Hunger.

Mit der ersten Straßenbahn um fünf fahren sie zum Hauptbahnhof. Frank schläft unterwegs immer wieder ein.

Später im Zug spielt Britta mit Frank das Spiel: »Ich sehe was, was du nicht siehst.« Zum Glück haben sie ein Abteil ganz für sich und Frank sucht sich eine Farbe aus, die er auf dem Bahnhof gesehen hat: eine blaue Fahne.

Aber weil der Zug dann losgefahren ist, war die blaue Fahne verschwunden und niemand konnte das herausfinden, was Frank gesehen hat.

»So blöd kann man doch nicht sein«, sagt Britta. »Du musst was im Abteil nehmen!«

Hartmut erklärt, dass sie bald über die Alpen fahren, das seien riesige Berge mit Schnee, noch größer als die Schwäbische Alb bei Reutlingen. Und die Römer seien früher zu Fuß über die Alpen gekommen, aber dann hat es ihnen in Köln und in Trier so gut gefallen, dass sie geblieben sind.

Auf dem Flur im Zug sieht Frank zwei Männer mit Muskeln und dunklen Haaren, die ununterbrochen auf Italienisch reden und mit ihren Händen herumfuchteln. Stundenlang. Frank wundert sich, dass man so lange an einem Stück reden kann. Das würde er nie schaffen. Es kommt ihm direkt unheimlich vor.

Zwischendurch schläft Frank wieder ein. Als er aufwacht, sieht er die Männer immer noch reden. Da fällt ihm wieder das ewige Pfeifen ein, wo man beim Atmen rückwärts pfeift. Vielleicht können die Italiener auch beim Einatmen reden?

Hartmut hat ihm beigebracht, dass man in Italien grazie für danke sagt. Grazie hört sich irgendwie kratzig an, meint Frank. Aber Britta sagt, es kommt darauf an, wie man es ausspricht und sie sagt grazie mit so einer welligen Stimme und rollt dabei mit den Augen.

Frank wird jetzt hellwach, weil sie zwischen riesigen Bergen hindurchfahren. Die Berge sind so hoch, dass man sich den Kopf verrenken muss, um die Spitzen zu sehen. Auf einem Berg steht sogar eine Burg. Und er erinnert sich an sein Spiel mit der Nähmaschine. Komisch, dass man beim Spielen sofort überall sein kann, wenn man will. Und wenn er Himmel spielt, vielleicht trifft er dann seinen Vater? Aber sieht der dann genauso aus? Hat er Flügel und einen Heiligenschein statt einem Hut? Und leuchtet er von innen, wie wenn er eine Batterie im Bauch hätte? Er muss unbedingt Harmut danach fragen.

Endlich sind sie da. Tante Ida und Heidi holen sie ab. Tante Ida hat den Führerschein gemacht und fährt jetzt Auto und Frank denkt, wenn er Tante Ida später heiratet, dann könnte er sicher auch mit ihrem Auto fahren. Er hat auch gehört, dass sie mehr Geld hat als seine Mutter, weil Onkel Hermann viel gespart und Grundstücke gekauft hat, die man wieder zu Geld machen kann. Das versteht Frank nicht. Wie kann man aus Erde Geld machen? Britta sagt, dass Tante Ida Onkel Hermann für tot erklären muss, um an die Rente zu kommen und einen neuen Mann zu heiraten. Dann haben sie noch mehr Geld.

Tante Ida und Heidi sind schon ein bisschen braun im Gesicht von der italienischen Sonne. Was Frank an Heidi gefällt, sind ihre braunen Zöpfe. Sie erinnern ihn an Martina.

»Jetzt gehen wir erst mal essen«, sagt Tante Ida. »Ich lade euch ein.«

Heidi redet ein bisschen angeberisch, weil sie zu Frank sagt: »Und ich bestell dir eine Orangeade, das ist wie Bluna, bloß mit mehr Orange.«

Frank staunt über die große Stadt, die breite und ganz schmale Straßen hat. Und es steht keine einzige Ruine herum. Hartmut erklärt ihm, dass der Krieg die Stadt verschont hat, weil Italien am Anfang mit Deutschland zusammen gekämpft hat. Später haben sie sich getrennt. Aber Hitler musste seine

Bomben dort abwerfen, wo mehr los war. Deswegen waren keine Bomben für Italien übrig.

Sie finden ein großes Restaurant, in dem viele Leute sitzen und reden.

Eine dunkelhaarige Kellnerin, die deutsch mit rollendem »R« spricht, fragt, was sie essen wollen. Frank weiß nicht gleich, was er bestellen soll, weil die Kellnerin so schön aussieht, und er ist froh, dass es am Anfang sowieso Spaghetti gibt.

Er getraut sich aber nicht, sie zu fragen, ob sie ihn später heiraten will, weil er ja schon Tante Ida gefragt hat.

Nach dem Restaurant fahren sie zusammengequetscht in einem Opel, der ist ein bisschen breiter als der Käfer von Onkel Fritz, und Frank wird hinten über Hartmut, Britta und Heidi gelegt wie ein Gepäckstück. Es ist aber gemütlich. Die Straßen sind eng und winden sich, und der Ort sieht aus wie ein Bergdorf aus der Schweiz, das Frank einmal auf einem Kalender gesehen hat.

An dem Ortsschild stehen zwei Namen und Heidi erklärt, dass der Ort Nova Levante und Welschnofen heißt und dass Südtirol früher zu Österreich gehört hat und dann italienisch wurde und jetzt alle Orte zwei Namen haben und dass die früheren österreichischen Südtiroler blaue Schürzen tragen.

»Aber doch nicht alle!«, sagt Hartmut. »Nur die ganz scharfen.«

In der Ferienwohnung gibt es drei Zimmer. Heidi und Britta haben ein Zimmer zusammen, Frank schläft bei Hartmut, und Franks Mutter und Tante Ida schlafen in einem Ehebett.

Britta nennt es: das Witwenzimmer, obwohl Onkel Hermann vielleicht kriegsversehrt in Russland herumliegt und wahrscheinlich lieber hier schlafen würde als in einem russischen Bett.

Aber zuerst wird alles ausgepackt und in die Schränke geräumt. Ordnung muss sein. Beim Auspacken sieht Frank eine bunte Postkarte, die aus der Tasche von seiner Mutter gefallen ist. Er nimmt sie in die Hand und will sie lesen. Unten entziffert er die Worte »dein Eduard«. Aber seine Mutter kommt zur Tür herein und nimmt ihm die Postkarte weg.

Frank sagt nichts, aber als er abends im Bett liegt, weint er ein bisschen vor sich hin, weil dieser schmierige Eduard ihm seine Mutter wegnehmen will. Jetzt schreibt er ihr schon Postkarten! Wenn das sein Vater wüsste.

Am nächsten Morgen ist Frank geplättet, als er auf den Balkon geht: ein blauer Himmel und eine ganze Kette gewaltiger Berge mit Wald und hellgrauen Felsen. An einem Felsen fällt ein Wasserfall hinunter.

Frank muss Gott einfach bewundern, wie er das mit den Bergen geschafft hat. Hartmut hat zwar mal gesagt, die hätten sich vor Millionen von Jahren nach oben gefaltet, aber da muss man als Gott ganz schön schieben, bis sich Steine falten.

Frank hat vor einem Jahr von seinem Vater ein Messer mit einer Lederscheide geschenkt bekommen, das man am Gürtel tragen kann. Und mit dem Messer will er unbedingt durch die Wälder laufen und um sich hauen wie die Trapper im Wilden Westen.

Aber zuerst gibt es Frühstück. Als alle gegessen haben, traut Frank seinen Augen kaum: Er sieht, wie Heidi auf den Schoß seiner Mutter klettert, die ihr etwas vorliest, obwohl sie doch schon elf ist. Er bekommt ein komisches Gefühl im Bauch und schleicht muffig durch die Gegend.

»Was isch denn los?«, fragt ihn seine Mutter nachher. Zuerst will Frank nichts sagen, aber dann murmelt er, dass er es nicht gut findet, dass Heidi auf dem Schoß seiner Mutter sitzt.

»Ach woisch«, tröstet ihn seine Mutter, »die Tante Ida isch a bissle steif, die mag des net so kuschelig.«

Und da überlegt sich Frank, ob er später wirklich seine Tante heiraten soll, und entscheidet sich spontan für die Kellnerin im Restaurant.

21

STUTTGART, 12. OKTOBER 1939. Arnold wacht mit einem Glücksgefühl auf, dass er platzen könnte. »Sie hat ja gesagt, sie hat ja gesagt«, singt er leise vor sich hin, auf die Melodie von »Pack die Badehose ein«, wobei er das Ja etwas dehnen muss zu Jahaha.

Viel geschlafen hat er nicht, weil seit gestern Abend durch sein Blut Silber fließt, das Silberblut der Liebe, denkt er. Und das hält einen wach und bringt Energie, von der er bisher noch nichts wusste. Als hätte er zwölf Stunden an einem Stück geschlafen. Er kann es kaum erwarten, Elisabeth zu sehen und sie anzufassen, um herauszufinden, ob sie existiert oder nur aus Nebel besteht. Er blickt auf die Uhr: kurz nach sieben. Noch viel zu früh zum Aufstehen.

»Ich werde Schneewittchen mit den blauen Augen heiraten«, flüstert er. »Und Claudia wird stinksauer sein und so tun, als ob es ihr nichts ausmacht.«

Er überlegt und denkt, dass es ihr vielleicht doch etwas ausmacht, dass sie einfach die Fassung verlieren wird und ihm das Gesicht zerkratzen könnte.

Ein wenig ist ihm doch mulmig zumute, dass er diesen Brief geschrieben hat. Wäre es nicht besser gewesen, es Claudia direkt zu sagen? Aber dann wäre ihm vielleicht Elisabeth durch die Finger geschlüpft.

Was wird überhaupt seine Mutter sagen und die Eltern von Claudia? Egal, der Brief ist abgeschickt. Er hat sich entschieden. Schließlich lebt man im zwanzigsten Jahrhundert, ist zivilisiert und keine Schachfigur im Familienklan.

Er steht auf und geht hin und her. An Schlaf ist nicht zu denken. Vorsichtig schiebt er den Vorhang zur Seite und blickt auf die Sophienstraße hinunter. Es ist noch dämmrig und die Vögel haben ihren ohrenbetäubenden Gesang hinter sich gebracht. Wahrscheinlich ist er davon wach geworden, denn das

Fenster war gekippt. Unten gehen Leute vorbei, ein Dreirad mit Ladefläche brummt über die Straße und eine alte Dame schiebt ihr Fahrrad in einen Innenhof. Eine Katze springt auf das Pflaster und verschwindet hinter einer Mauer. Der Himmel ist bewölkt, die Ränder der Wolken orange verfärbt, aber das Blau fängt schon an, ein wenig zu leuchten.

Arnold atmet tief ein. Ein Lebensabschnitt ist plötzlich zu Ende gegangen. Die Testphase, das Schweben zwischen Entscheidungen. Er hat sich tatsachlich auf dieses schwäbische Mädchen eingelassen. Vor ein paar Monaten wäre es ihm nicht in den Sinn gekommen, an Heirat zu denken, das kam ihm so … festgelegt vor. Und jetzt? Komisch – er fühlt eigentlich keine Beschneidung seiner Freiheit. Es fühlt sich nicht enger an.

Was ist das? Bringt echte Liebe noch mehr Freiheit zustande? Vielleicht.

Er fühlt sich ja auch von Gott nicht in die Enge getrieben, nur weil er getauft und konfirmiert ist und zu seinem Klub gehört.

E-li-sa-beth. Wie wird er sie nennen? Lisa? Betti? Oder: Sabeth, englisch ausgesprochen mit th am Schluss? Nein, das passt nicht zu ihr.

Wie wird sie sich anfühlen, wenn sie nur mit einem Nachthemd bekleidet ist? Wie wird sie riechen? Jetzt? Noch ungewaschen und unparfümiert?

Und wenn ich mich leise in ihr Zimmer schleiche und unter ihre Bettdecke schlüpfe? Immerhin sind wir praktisch verlobt!

Leise öffnet er die Wohnzimmertür und steht im dämmrigen Flur. Zum Glück fällt etwas Licht vom Wohnzimmer herein. In welchem Zimmer schläft sie eigentlich? Es wäre grotesk, wenn er sich zur schwangeren Ida ins Bett legen würde. Er grinst bei dem Gedanken.

Elisabeth wird im Gästezimmer schlafen, wahrscheinlich ein kleinerer Raum, vielleicht eine schmalere Tür? Er zuckt zusammen, weil eine Diele unter seinen Füßen knarrt. Bewegungslos bleibt er stehen. Dann schleicht er weiter, horcht bei der Tür, die weiter hinten liegt, denn das große Schlafzimmer müsste eigentlich direkt neben dem Wohnzimmer sein.

Sein Ohr presst sich dicht an das Holz. Kein Geräusch. Doch, jetzt! Es hört sich an, als ob sich jemand im Bett umdreht.

Er atmet tief durch und sagt sich: *Wenn es Ida ist, werd ich mich sofort entschuldigen. Meine Güte, was stelle ich mich eigentlich so an? Bei den anderen Frauen war ich nicht so schüchtern.*

Er drückt die Türklinke nach unten, blickt in das Zimmer und sieht in dem grauen Licht Elisabeths Kleid über einem Stuhl liegen. Sie ist es!

Leise schließt er die Tür und nähert sich dem Bett. Elisabeth liegt auf der Seite und atmet. Es ist kein Schnarchen, nur ein tiefes Atmen.

Er flüstert: »Elisabeth!« Nichts. Lauter: »Elisabeth!«

Da regt sich die Gestalt unter der Decke, dreht sich um und flüstert: »Das hab i mir schon halb denkt!«

Sie lüftet die Decke und Arnold schlüpft in die Wärme, die nach Elisabeth riecht. Ein wenig nach Schweiß, aber nicht unangenehm. Er könnte sich an den Geruch gewöhnen.

»Aber bloß a bissle wärma ...«, flüstert sie. »Mehr isch net drin!«

»Aber ein Kuss ist bestimmt auch noch drin«, flüstert Arnold und küsst sie. Sie schmiegt sich an ihn und jetzt ist es ganz leicht, dass sich ihr Mund öffnet und ihr Atem sich vermischt.

»Was ischn des?«, sagt sie plötzlich und hört mit dem Küssen auf.

Ihre Hand gleitet an Arnolds Bauch hinab. »Der isch aber schnell gwachse!«

»Tja, das kann schon mal vorkommen, wenn man mit seiner Verlobten im Bett liegt und sie küsst.« Arnold lächelt und streicht über ihre Wange.

»Aber der bleibt noch an seim Platz. So schnell wird net g'schosse.«

»Ach ja«, flüstert er, »ich hab's ganz vergessen, du bist ja die Frau mit den Grundsätzen.«

»Ja. Alles der Reihe nach. Zuerscht wird g'heiratet …«

»… und dann kommt das Hauptgericht?«

»Genau.«

»Mann, Mann, Mann!« Arnold seufzt. »Ich weiß nicht, ob ich so lange warten kann. In meinen Adern fließt Silberblut.«

»Silberblut?«

»Ja, das ist heiß wie flüssiges Silber und setzt mich unter Strom.«

»Du musch dich halt z'ammereiße.«

Arnold legt sich auf den Rücken und hält Elisabeths Hand. »Übrigens, wann wollen wir eigentlich heiraten? Ich werde demnächst wieder im aktiven Wehrdienst sein und dann …«

»Mir heiratet vorher, bevor sie dich wegschicken. Der Krieg wird ja net so lang dauern, gell?«

»Vielleicht holen sie mich schon morgen und dann geh ich weg, werde erschossen und wir hätten nie zusammen geschlafen. Das wär doch schade, oder? Also, sollten wir das lieber jetzt gleich tun. Was du heute kannst besorgen, das verschiebe nicht auf morgen.«

»Nix da. Man fängt beim Häuserbauen ja auch net mit dem Dach an. Alles in der richtigen Reihenfolge. Und musch du net erscht deine Prüfung mache?

Arnold dreht sich zu seiner Verlobten um. »Du bist irgendwie süß.« Und küsst sie. Dann sagt er: »Bevor uns Ida erwischt und denkt, wir hätten mit dem Dach angefangen, werde ich jetzt zurück in mein Bett schleichen, damit kein falscher Eindruck entsteht. Und mein Silberblut muss sich wohl abkühlen.«

Da packt Elisabeth Arnold an der Schulter, dreht ihn zu sich herum und küsst ihn ausführlich. Dann greift sie nach seinem wertvollsten Teil, lüpft die Bettdecke und sagt: »Gell, du musch noch a bissle warte!«

Arnold knurrt: »Ich kann mich nicht mehr halten, die Leidenschaft reißt mich dahin.«

Elisabeth kichert ein bisschen ohne Ton und schiebt ihren Verlobten aus dem Bett. Er steht tatsächlich auf, wirft ihr noch eine Kusshand zu und verschwindet im Flur, gerade noch rechtzeitig, denn dort geht eine andere Tür auf, Ida erscheint im Nachthemd und murmelt: »Ich hab irgendwelche Geräusche gehört …«

»Ja«, sagt Arnold, »ich bin schon wach und suche die Toilette. Wo schläft eigentlich Elisabeth?«

»Ach, die lassen wir noch ein bisschen schlafen. Das Klo ist neben der Tür links.«

»Danke.«

»Ich mach dann schon mal Frühstück.«

Eine halbe Stunde später sitzen alle drei um den Küchentisch. Es gibt Bohnenkaffee mit Malzkaffee vermischt, Idas selbstgebackenes Brot, Margarine, Brombeermarmelade und ein paar Haferflocken mit selbstgemachter Sauermilch.

Ida stellt drei kleine Gläser auf den Tisch und füllt Apfelschnaps ein.

»Auf unser neues Paar!« Sie heben die Gläser und prosten sich zu.

Ida schaltet den Volksempfänger an.

»… heute, am 12. Oktober«, hören sie, »unterzeichnet der Führer und Reichskanzler Adolf Hitler einen Erlass über die Verwaltung der eroberten polnischen Gebiete. Das besetzte und nicht dem Reich angegliederte Territorium Restpolens wird zum Generalgouvernement unter Leitung von Reichsminister Hans Frank zusammengefasst. Unter großem Bedauern vernahm der Reichstag von unserem Führer, dass Premierminister Chamberlain das deutsche Friedensangebot vom 6. Oktober vor dem Unterhaus abgelehnt habe. Es sei eine Farce und ein rein taktisches Manöver. Man lasse sich vom Deutschen Reich nicht an der Nase herumführen, so Chamberlain. Großbritannien und Frankreich werden ihre Kriegerklärung nicht zurückziehen. Und nun zum Wetter am Donnerstag und Freitag ...«

Ida schaltet das Radio aus.

Einen Augenblick ist Schweigen. »Da sieht man's mal wieder«, sagt Ida und streicht sich die Brombeermarmelade dünn über ihre Brotscheibe. »Unser Führer will den Frieden. Krieg wollen die anderen. Was können wir denn dafür, wenn die Polen uns angreifen und wir ihre Gebiete einkassieren? Das ist das gute Recht eines Staates, der angegriffen wird.«

Arnold nickt mit vollem Mund, räuspert sich, schluckt und fügt hinzu: »In die polnischen Gebiete kommt jetzt auch etwas Ordnung. Als Hamburg von den Franzosen unter Napoleon besetzt wurde, wehte ein frischer Wind durch die Amtsstuben der ...«

»Willst du damit sagen, dass Hamburg besser französisch geblieben wäre?«, fragte Ida spitz.

»Nein, natürlich nicht. Ich sage nur, dass es nicht das Schlechteste ist, wenn ein Volk besetzt wird. Man kann von einer Besatzungsmacht viel lernen. Unser gesamtes juristisches System verdanken wir übrigens den Römern.«

»Aber auch die Germanen hatten schon eine ausgereifte Rechtsprechung«, meint Ida.

Arnold seufzt. »Fühl dich doch nicht gleich angegriffen, Ida. Man kann doch auch von nichtarischen Völkern lernen, selbst wenn sie minderwertig sind. Sogar von Tieren können wir etwas lernen.«

Elisabeth blickt von einem zum anderen und sagt schließlich: »Mich interessiert vor allen Dingen jetzt, ob dieser Krieg bald zu Ende geht und wie viel Zeit zum Heiraten wir noch haben.«

Arnold trinkt einen Schluck Kaffee. »Polen ist besetzt, hat keine schlagkräftige Armee. Von daher ist kein Gegenschlag zu erwarten, Russland ist unser Verbündeter, Frankreich und England zögern noch, trotz Kriegserklärung ... Gut, die haben Wilhelmshaven angegriffen. Aber alles halbherzig. Der Amerikaner mischt sich nicht ein. Der Duce ist auf unserer Seite ...«

»Also, ich versteh des net!«, sagt Elisabeth. »Jahrelang hat man g'sagt, der Russe isch kommunistisch und isch unser Feind und plötzlich isch er unser Verbündeter.«

Arnold nickt. Was Elisabeth sagt, stimmt. Für eine Zivilistin gut überlegt. »Russland ist an Polen und Finnland interessiert«, antwortet Arnold, »und braucht dafür einen starken Verbündeten.« Dann fügt er hinzu: »Natürlich werde ich als Staatsbürger meine Pflicht tun und den grauen Rock der Ehre anziehen, es kann ja durchaus sein, dass England und Frankreich sich besinnen und schneller zurückschlagen, als man denkt!«

»Die Pflichten eines Staatsbürgers könnten auch darin bestehen, eine Familie zu gründen und seine Frau zu lieben!«, sagt Elisabeth und blickt Arnold an.

Arnold lächelt und nimmt Elisabeths Hand. »Ja, diese Pflicht gefällt mir auch sehr gut und beides zusammen macht eben einen deutschen Mann aus!«

Idas Mund wird bei dem kriegerischen Liebesgesäusel etwas schmal, dann sagt sie: »Sollen England und Frankreich nur kommen. Wir haben die besten Flugzeuge, die stärkste Armee und vor allem: den zähesten Kampfeswillen. Der Führer wird die Gebiete, die uns im Krieg weggenommen wurden, eines nach dem anderen zurückerobern! Das Elsass muss auch wieder zurück wie das Sudetenland!«

»Und Arnold wird dabei helfen!«, fügt Elisabeth hinzu und lächelt ihren Verlobten an.

Arnold erhebt sich: »Ich muss los, sonst fällt meine falsche Krankmeldung auf.«

»Ich begleite dich zum Bahnhof«, ruft Elisabeth und steht ebenfalls auf.

22

Stuttgart, 15. Oktober 1939. Elisabeth ist seit ihrer Verlobung unruhig. Immerzu denkt sie an Arnold. Und wenn es nun stimmt, dass er vielleicht früher zur Front muss und sie sich niemals wiedersehen? Hätten sie vielleicht doch miteinander schlafen sollen, dann hätte sie wenigstens ein Kind von ihm gehabt? Aber es muss ja nicht gleich beim ersten Mal klappen ...

Sie ist viel zu früh wieder wach geworden und macht das Frühstück. Seit Hermann von seinem Lehrgang zurück ist und es klar ist, dass er übermorgen als frischer Unteroffizier an die Front fahren wird, fühlt sich Elisabeth überflüssig. Sie spürt, dass Ida und Hermann allein sein wollen, um die letzten Tage miteinander zu verbringen. Soll sie wieder nach Wasseralfingen zurück, wo sie sich wie ein Kind fühlt?

Und von Arnold keine Nachricht. Er könnte wenigstens eine Postkarte schicken, damit sie weiß, was los ist.

Oder: Hat er ihr nur etwas vorgemacht, um sie zu küssen und noch anderes mit ihr anzustellen? Dann ist es ja gut, dass sie ihn auf Abstand gehalten hat. Sie hat ja keinen Beweis, dass er den Brief an Claudia wirklich geschrieben hat. Vielleicht wollte er sie nur rumkriegen, seinen Spaß haben?

Sie stellt den Wasserkessel auf die Platte und legt ein paar Kohlen nach. Die Asche müsste nach draußen. Später. Brot schneiden, Teller und Tassen auf den Tisch. Seltsam – immer muss sie das Frühstück für andere Leute machen. Erst für Tante Berta in Berlin und jetzt für Ida und Hermann.

Ihre Haare rutschen auseinander. Sie dreht sie zusammen, befestigt sie ein bisschen zu fest mit einer Spange und lauscht. Sie hört ein unterdrücktes Lachen aus dem Schlafzimmer.

Alle anderen haben etwas vom Leben, nur sie nicht. Was macht sie nur falsch?

Jetzt scheint auch noch die Morgensonne durch das Fenster.

Da könnte man gerade verrückt werden. Es sieht alles so ... so lieblich aus, so harmonisch. Am liebsten würde sie die Marmelade gegen die Schlafzimmertür werfen.

»Arnold, Arnold, was hast du mit mir gemacht?«

Nachher, beim Frühstück, ist Ida blendender Laune, bis Hermann eine Bemerkung über die Front macht und ihr wieder einfällt, dass er übermorgen gehen muss.

»Es isch doch net lang, Ida«, sagt er und schlürft den heißen, dünnen Kaffee.

»Du Hermann«, fängt Elisabeth an. »I werd no ganz kribbelig, weil i net weiß, was mit dem Arnold isch.«

Hermann runzelt die Stirn. »Also, ich find auch, der hätt sich melde könne.«

»Ja aber, was soll i jetzt mache?«

Es klingelt und alle zucken zusammen.

»Wer klingelt denn jetzt um diese Zeit?«, fragt Ida und blickt ihren Mann an. Der hat den Blick verstanden, steht auf und geht zur Tür.

Es ist der Postbote. »Reichspost! Ein Telegramm aus Leipzig«, sagt er.

Elisabeth wird es ganz schlecht, als sie den Umschlag in der Hand hält.

»Nun mach ihn schon auf, Betti!«, drängelt Ida.

Elisabeth atmet tief ein und aus und macht ihn auf. Sie streckt ihn ihrem Bruder hin und flüstert: »Lies du!«

Hermann überfliegt die Sätze, grinst und liest: »Muss in 3 Tag. zum Heer = wenn Heiratswunsch n. besteht komm schnell nach Leipz. Gneisenau Str. 24 = Nähe Hbf = Hochzeit 17. Okt = habe d. Elt. alles tel. mitgeteilt = sind einverst. u. kommen = zahle Fahrgeld an Herm = Ariernachweis mitbr. = wegen Krieg Aufgebot unnötig = Kuss A.«

Elisabeth ist so erleichtert, dass ihr die Tränen kommen. Sie rennt auf das Klo und schließt sich ein. Während die Tränen auf ihre Bluse tropfen, flüstert sie: »So und jetzt wird g'heirat.« Dann wäscht sie ihr Gesicht und geht gefasst in die Küche zurück.

»I kanns immer no net fasse, dass g'heirat wird«, sagt sie und überrascht die beiden bei einem Kuss.

»So schnell kann's kommen«, sagt Ida mit rotem Gesicht.

»Wie hat er überhaupt meine Eltern erreicht?«

»Na ja, er kennt doch Tante Berta und die hat ihm sicher dabei geholfen.«

»Aber meine Eltern kennen doch Arnold gar nicht ...«

»Tante Berta wird ihn unterstützt haben.«

»Und dann gleich einen Termin.« Sie stutzt. »Jesses! Des isch ja scho übermorgen.«

Hermann lacht, legt seinen Arm um Idas Taille und sagt zu seiner Schwester: »Du musst jetzt gleich packen und fahren. Dein Reisegeld ist unser Hochzeitsgeschenk. Wir können leider nicht kommen.«

Elisabeth überlegt. »Isch ja erscht des Standesamt und die Hochzeitsfeier holet mir dann nach. Ein Glück, dass Krieg isch, sonsch könntet mir net so schnell heirate.«

Eine Stunde später geht sie mit großen, unweiblichen Schritten die Königstraße entlang. In ihrer Handtasche genügend Geld für die Fahrkarte, in der Hand ihren Koffer, den sie ab und zu absetzen muss.

Als sie die Fahrkarte kauft, sagt der Beamte: »Vielleicht erreichen Sie noch den Eilzug nach Nürnberg.«

Tatsächlich steht er noch, als habe er auf sie gewartet. Sie setzt sich zu einer Gruppe Frauen im mittleren Alter. Nur ein alter Mann ist dabei. Da fühlt sie sich sicher und muss sich nicht mit irgendwelchen jungen Männern herumschlagen, denn sie hat sich zurechtgemacht. Was kann sie dafür, wenn sie gut aussieht? Sie hat wieder ihr marineblaues Kleid mit dem weißen Gürtel angezogen und ihre rote Baskenmütze aufgesetzt. Schließlich will sie gut aussehen, wenn sie in Leipzig in der Gneisenaustraße klingelt.

Die neugierigen Blicke der Frauen streifen die schwäbische Schönheit. Ein bisschen Neid ist dabei, ein Hauch Bewunderung und Nostalgie. Der alte Mann mustert Elisabeth auch und wendet sich dann seiner Zeitung zu.

Bald sind die Frauen bei dem Thema, das alles beherrscht: Ob die Engländer und die Franzosen angreifen. Es stellt sich heraus, dass die Damen aus dem Sächsischen kommen und nach Hause fahren.

»Die Franzosen trauen sich nicht, weil sie gar kein schlagkräftiges Heer haben«, sagt eine kleine Frau, deren Augenbrauen über der Nase zusammengewachsen sind.

»Aber die Engländer, die haben immerhin ein Empaier gehabt. Vor denen hab ich Angst«, gibt eine füllige Dame zu bedenken, die sich in einen Lodenmantel gehüllt hat.

»Der Führer«, meint eine gemütlich aussehende Blonde, »hat uns auf einen Krieg gut vorbereitet. Wir üben nachts die Verdunkelung, unsere Lebensmittel werden rationiert, es gibt Gasmasken, obwohl sie schrecklich aussehen. Sollen sie ruhig kommen, die Tommys. God scheif se Kwihn.«

Alle lachen.

Der alte Mann raschelt mit der Zeitung. »Vor den Engländern«, sagt er, »muss man sich in Acht nehmen!«

Die Frauen drehen sich zu ihm um und werden plötzlich still. »Ich hab im Krieg gegen sie gekämpft«, fährt der Alte fort und zeigt seine Hand, an der zwei Finger fehlen. »Die haben Disziplin, sag ich Ihnen, sind nicht zimperlich, können was aushalten. Also, ich kann nur hoffen, dass der Führer sich mit Polen zufriedengibt und nicht noch mehr Nationen angreift. Wenn sich das zu einem europäischen Krieg ausdehnt, dann gute Nacht, Kameraden.«

Die Blonde räuspert sich. »Also, Sie hören sich gerade so an, als ob unser Führer die Polen einfach so angegriffen hätte. Die haben uns schließlich überfallen! Und Sie scheinen unserem Führer nicht zu trauen, dass er die Engländer besiegt. Wir haben das beste Heer, die schnellsten Flugzeu…«

»Ja, ja, ich weiß«, unterbricht sie der Alte. »Das mag ja alles stimmen. Aber die Dauer macht's. Die Polen besiegen, das geht noch, aber wenn es sich zu einem Stellungskrieg auswächst und es jahrelang hin- und hergeht, das zermürbt einen.« Er atmet hörbar aus. »Verübeln Sie es mir nicht, meine Damen. Vor einem langen Krieg hab ich Respekt.«

»Aber das ist es ja gerade!«, sagt Elisabeth. »Der Krieg wird ja gar nicht lange dauern. Der ist in Nullkommanix zu Ende.« Sie zögert kurz und fährt dann fort: »Wenigstens wünsch ich mir das; dass mein Verlobter bald zurückkommt, wenn er eingezogen wird. Wir wollen nämlich übermorgen heiraten, bevor er an die Front geht.«

Jetzt hat Elisabeth die volle Aufmerksamkeit. Der Krieg ist plötzlich vergessen.

»Ach, wie schön.« Die Kleine mit den dicken Augenbrauen seufzt. »Eine Braut!«

»Haben Sie denn ein Bild von Ihrem Verlobten?«, fragt die Blonde.

»Ein Bild?« Elisabeth stutzt. »Nein, das … das hab ich net. Isch alles so schnell gegangen.«

»Ja, wie lange kennen Sie sich denn schon?«, fragt die Füllige.

Elisabeth überlegt. »Ein paar Monat. Aber richtig erscht seit ein paar Tagen.«

Die Blonde schüttelt den Kopf. »So schnell heiraten?«

Die Kleine sagt: »Aber Marlis, das ist jetzt eben so. Der Krieg beschleunigt alles. Und wenn der Verlobte an die Front geht, dann ist es doch besser.«

»Wenn ich daran denke, Hildchen«, fährt Marlis fort. »Wir waren fünf Jahre verlobt, bis wir geheiratet haben, und jetzt ist mein Mann auch weg, in Allenstein. Aber da ist im Augenblick nicht viel los, zum Glück.«

Der Schaffner kommt und kontrolliert die Karten.

»Vergessen Sie nicht, in Nürnberg, Hof und Zwickau umzusteigen, meine Damen.«

»Wir kennen die Strecke!«, sagt die Stämmige.

»Na ja«, der Schaffner grinst. »Ich höre, dass Sie aus Sachsen kommen. Dann geht's also zurück in die Heimat.«

»Genau.«

Die Fahrt wird nicht so langweilig, wie Elisabeth befürchtet hat. Ihre Begleiterinnen sorgen für Unterhaltung. Eine hat ein Modeheft dabei, das die anderen schon kennen und das deshalb Elisabeth durchblättern darf.

»Deutsche Modezeitung, vereinigt mit Beyer's Moden«, liest Elisabeth und betrachtet das Titelbild: eine junge Frau in einer rotbraun karierten Bluse und braunem Rock.

»Die hat ja kaum Hüften«, murmelt sie. »Und der Oberkörper so blusig aufgeplustert. Aber irgendwie chic …«

Sie bleibt bei den neuen Handtaschen hängen und dem, was eine modebewusste Frau alles mit sich führen sollte: weiße Handschuhe, eine weiße Ledergeldbörse, einen einzelnen Schlüssel, ein Opernglas, Eau de Cologne, Lippenstift, eine runde Puderdose, Taschentuch, Kamm und Spiegel, der in der aufklappbaren Tasche integriert ist.

Auf der nächsten Seite liest sie die Kleinanzeigen und muss unwillkürlich grinsen: »Gegen Magerkeit: Oriental Kraft Pillen« oder: »Gütermanns Nähseide«. Plötzlich prustet sie los.

Die Damenrunde blickt zu ihr hinüber.

»Warner's Leib und Magenhalter – Die Erlösung aller Starken«, zitiert sie. Sie muss sich am Riemen reißen und liest mit feuchten Augen weiter: »Erst haken, dann schnüren.«

Elisabeths Sitznachbarinnen sind gar nicht amüsiert. Schließlich meint die blonde Marlis, die den Modellen in der Zeitung in keiner Weise entspricht: »Du hast gut lachen. In deinem Alter braucht man die Hüftgürtel nicht, aber wenn du in unser Alter kommst, bist du froh, wenn du deine Formen etwas einschnüren kannst.«

»Entschuldigung«, sagt Elisabeth, der plötzlich klar wird, dass diese Frauen alle im Alter ihrer Mutter sind. »Aber das schnürt doch alles ein. Kann man sich denn da frei bewegen?«

»Man gewöhnt sich daran«, sagt die Füllige, und Elisabeth sieht, wie ungewöhnlich aufrecht sie sitzt. Wahrscheinlich tragen alle diese Frauen so ein Monstrum, außer vielleicht Hildchen.

»Du solltest Gott auf den Knien danken, dass du noch so eine tadellose Figur hast. Man könnte direkt neidisch werden«, sagt Marlis schließlich und beendet das Thema.

Beim Umsteigen in Nürnberg wird die Damenrunde getrennt. Es gibt nur noch einzelne Sitzplätze, und Elisabeth gibt die »Deutsche Mode« an ihre Besitzerin zurück.

Jetzt, wo sie einen Platz auf einem Klappsitz gefunden hat und für sich ist, macht sich wieder die Unruhe bei ihr breit und ihre Gedanken laufen im Kreis: Wie werden Arnolds Eltern aussehen? Halt! War nicht Arnolds Vater gestorben oder im Krieg geblieben? Sie muss da vorsichtig sein, niemand brüskieren. Wird man sie akzeptieren, wo doch alle auf die reiche Claudia gehofft hatten? Passt sie überhaupt in diesen vornehmen Akademikerklub, sie, das dumme schwäbische Mädchen? Nein, halt, dumm ist sie nicht. Sie hat immerhin die mittlere Reife. Aber nur eine Lehre und kein Hochschulstudium.

Als sie schließlich am Spätnachmittag in Leipzig ankommt, ist ihr so mulmig zumute, dass sie im Bahnhof eine Tasse Kaffee trinkt und ein Würstchen isst. Hermann hat ihr genügend Geld und Lebensmittelkarten gegeben.

Dann steht sie auf, strafft die Schultern, nimmt ihren Koffer und fragt sich bis zur Gneisenaustraße durch. Es ist schön draußen, sogar sonnig, und die Alleebäume werfen gelbe und rote Lichtpunkte auf die gepflasterten Gehsteige. Ein goldener Herbst. Von Krieg ist nichts zu spüren. Nur die Leuchtstreifen um den einen oder anderen Baum lassen einen an die Dunkelheit ohne Straßenbeleuchtung denken. Und auch hier: große Werbeplakate wie in Stuttgart, die für den Kauf von Gasmasken werben.

Elisabeth geht an großen, vornehmen Häusern aus der Jahrhundertwende vorbei, mit Erkern und Verzierungen. Endlich hat sie das Haus mit der Nummer vierundzwanzig erreicht, entdeckt den Namen Schering und klingelt. Ihre Hand ist feucht.

Wird jemand herunterkommen und aufmachen oder gibt es schon die moderne Anlage mit dem Summton?

Neben der Klingel knattert es und eine Frauenstimme fragt gepresst: »Ja? Wer ist da!«

Elisabeth überlegt und sagt: »Elisabeth. Ich werde erwartet.«

Die Stimme: »Über den Hof zur Tür gegenüber, bitte.« Es summt. Sie drückt gegen die schwere, geschnitzte Tür und befindet sich in einem riesigen Flur mit schwarz-weißen Bodenfliesen.

Sie überquert einen Hof, geht durch einen zweiten offenen Eingang langsam nach oben in den ersten Stock. Eine Tür ist halb geöffnet und ein Mädchen mit schwarzem Rock und weißer Spitzenschürze steht da und nimmt Elisabeth den Koffer aus der Hand und ihren Mantel entgegen, den sie gleich an die Garderobe hängt. Den Koffer stellt sie im Flur ab, sagt: »Augenblick« und will sich entfernen, aber da öffnet sich schon eine andere Tür. Eine Frau in einem schwarzen Seidenkleid kommt mit großen Schritten auf Elisabeth zu und ruft: »Du musst Elisabeth sein!«

Die Stimme klingt herzlich und das runde Gesicht der Frau sieht freundlich aus. Elisabeth meint eine Ähnlichkeit mit Arnolds Gesicht darin zu entdecken und nimmt die ausgestreckte Hand.

»Ja«, haucht sie, »ich bin die Elisabeth.«

»Komm erst mal rein«, sagt sie, gibt dem Mädchen einen Wink, die daraufhin den Koffer nimmt, ihn den Flur entlangträgt und in einem Zimmer verschwindet.

Arnolds Mutter geht voraus, öffnet die Tür zum Wohnzimmer. »Setz dich, Elisabeth.«

Elisabeth setzt sich auf einen Plüschsessel, überlegt, wie sie Arnolds Mutter anreden soll. »Vielen Dank, Frau Schering. Und Sie müssen dann wohl Arnolds Mutter sein.«

»Richtig geraten. Entschuldigung, ich hab mich gar nicht vorgestellt.« Ihr Lächeln nimmt Elisabeth alle Befangenheit und die sagt schon etwas forscher: »Man sieht eine Ähnlichkeit.«

Sie blickt sich um: Schwere Samtvorhänge, ein Kristallleuchter hängt in der Mitte. Die Einrichtung riecht nach Geld und gutem Geschmack.

»Nenn mich nicht Frau Schering«, sagt Arnolds Mutter. »Ich heiße Friederike. Du kannst auch Mutter sagen.«

Elisabeth erschrickt. Man kann doch zu einer wildfremden Frau nicht Mutter sagen und Friederike erst recht nicht. Sie wird die Anrede vermeiden müssen.

»Du wirst dich vielleicht wundern, wo Arnold bleibt«, sagt Friederike Schering, setzt sich in den anderen Sessel, legt ihre Hände in den Schoß und seufzt. »Er hat Schwierigkeiten bekommen, weil er sich mit der gefälschten Krankmeldung unerlaubt aus dem Studium entfernt hat. Jetzt haben sie ihn zur Strafe gestern auf unbestimmte Zeit zum Reichsarbeitsdienst nach Wilhelmshaven geschickt. Ausbesserung des Hafens. Der wurde ja schon angegriffen. Solche Einsätze dauern meistens sechs Wochen. Reine Schikane. Und von dort kann es sein, dass er direkt zur Front geht. Die Hochzeit muss verschoben werden. Um einen Monat oder zwei. Wir wissen es nicht. Deine Eltern haben wir noch erreicht, aber bei deinem Bruder Hermann aus Stuttgart wird das zweite Telegramm wahrscheinlich erst heute Abend ankommen. Es tut mir leid!«

23

Südtirol, Sommer 1957. Franks erste Bergwanderung. Jeder muss ein bisschen tragen. Das ist die Regel. Frank hat einen kleinen Leinenrucksack zugeteilt bekommen, in den Äpfel, Brote und eine zerbeulte Feldflasche mit kühler Limonade ohne Kohlensäure eingepackt werden.

Sein Messer hat er umgeschnallt, die kurze Lederhose angezogen und das blau karierte Hemd. Von Tante Idas Sohn war noch eine abgelegte Regenjacke übrig, die für Frank viel zu groß ist, die aber mitgenommen werden muss, obwohl es nach dem Frühstück schon richtig heiß ist.

»Für alle Fälle!«

Dann geht es los. Die Autostraße hinauf. Bei der ersten Abzweigung steht ein Pfahl mit gekennzeichneten Wanderwegen. Die Erwachsenen und Hartmut beraten sich und wählen einen Weg, bei dem man einen Ausblick auf einen Marmeladenberg haben soll. Komischer Name, denkt Frank.

Frank ist ganz scharf auf einen zünftigen Wanderstock und blickt sich beim Gehen dauernd um, ob er einen geraden Ast entdeckt.

An einem Haselnuss-Strauch bleibt er stehen und bricht sich den geradesten Zweig ab, dann rennt er hinter den anderen her und beginnt, die Rinde mit seinem Messer abzuschälen.

Seine Cousine Heidi lässt sich zurückfallen, geht neben ihm her und sieht Frank beim Schälen zu.

»Wofür brauchst du denn so einen Wanderstock«, fragt sie.

»Für alles Mögliche«, brummt Frank. »Als Waffe oder um sich abzustützen, wenn es steinig wird, oder um wilde Tiere abzuwehren.«

»Ph«, sagt Heidi. »Hier gibt es keine wilden Tiere.«

»Vielleicht Wildschweine oder einen Hirsch.« Er überlegt: »Oder wild gewordene Mädchen!«

Heidi lässt ein meckerndes Lachen hören. Sie sammelt Steine und wirft ab und zu einen in den Wald, um einen Baum zu treffen.

»Und?«, fragt sie. »Bist du noch traurig, weil dein Vater tot ist?«

»Es geht eigentlich«, sagt Frank. »Ich hab mir's schlimmer vorgestellt.« Er bemüht sich, Hochdeutsch zu reden wie in der Schule und fragt gleich zurück: »Und was ist mit dir und deinem Vater? Glaubst du, dass er noch zurückkommt?«

Heidi schüttelt den Kopf, dass ihre Zöpfe fliegen. »Nee, der kommt nicht mehr, das sagt auch meine Mama. Und wenn er kommt, hätt ich ein bisschen Angst, weil ich ihn kaum kenne.«

Frank schweigt, denkt an das furchtbare Wort Kriegsversehrter und die Späne von seinem Wanderstock fliegen auf den Boden. »Ich find's gruselig, wenn ich mir vorstelle, wie mein Vater im Sarg liegt«, fängt er nach einer Weile an, »und ... und verfault. Und vielleicht liegt ja dein Vater auch irgendwo in der Erde und vergammelt.«

»Igitt!«, sagt Heidi. »Das ist ja eklig!«

»Wieso?«, fährt Frank fort und spürt bei dem Thema eine gewisse Überlegenheit. »Der Körper ist ja nur so eine Art Mantel, den man ablegt. Und das Übrige ist im Himmel.«

»Nee. Das kann nicht sein«, meint Heidi. »Wenn man nämlich die Haut abzieht, da drunter ist alles blutig. Ich hab das mal bei einem Hasen gesehen.«

Frank erinnert sich an die Gespräche mit Hartmut und sagt: »Quatsch, das Blut verdirbt doch auch im Sarg und wird sauer. Das ist so, wie wenn du träumst. Dann liegt dein Körper im Bett und du selbst bist irgendwo anders.«

»Hm«, sagt Heidi und ringelt sich das Zopfende um den Finger. »Neulich, als ihr bei uns wart«, fängt sie an, »da hab ich das total blöd gefunden, als du gesagt hast, dass du meine Mutter heiraten willst.«

»War halt so eine Idee. Dann wär ich dein Vater.« Frank grinst.

»Das könnte dir so passen. Nee, nee, such dir mal ne andere Frau. Meine Mutter ist außerdem viel zu alt für dich.«

Dann fragt sie: »Hast du schon mal eine nackte Frau gesehen?«

Frank ist über den Themenwechsel verblüfft und merkt, wie er rot wird. »Ja, schon, meine Mutter, wenn sie samstags badet.«

»Hast du ein Glück. Ich hab nämlich noch keinen richtig nackten Mann gesehen. Bloß einen aus Stein, bei einem Brunnen. Aber da weiß man nicht, ob die alles zeigen.«

»Und dein Bruder?«

»Der hält sich für sich.« Sie zögert kurz und fragt dann unvermittelt: »Wie groß ist eigentlich dein Glied?«

Frank fühlt sich zunehmend unwohl. Er hat eigentlich keine Lust, über diese Themen zu sprechen und das hochdeutsche Wort Glied hört sich für ihn komisch an, wie das Stück von einer Kette. Andererseits hat er auch ein paar offene Fragen.

»Na ja«, sagt er etwas einsilbig. »So groß wie mein Zeigefinger vielleicht.«

»Was? So klein? Aber das Ding muss doch in die Scheide der Frau und richtig hart sein, sonst klappt es nicht mit der Sameneinfuhr.«

Jetzt ist Frank neugierig geworden. Das wollte er eigentlich schon immer wissen, wie die Samen in den Bauch der Frau gelangen. Aber kann es sein, dass er mit seinem …?

»Du meinst …«, er senkt unwillkürlich seine Stimme, »die … die Samen gehen mit dem … dem Glied in den Körper einer Frau?«

»Klar. Wie denn sonst? Du hast aber auch echt keine Ahnung.«

»Ich bin halt nicht wie du, die die Leute ausfragt.«

Frank kann sich das alles nicht so richtig vorstellen und fragt weiter, weil das eine einmalige Gelegenheit ist: »Aber … normalerweise muss man doch damit pinkeln«, überlegt er. »Dann müsste es ja zwei Leitungen geben.«

»Gibt es wahrscheinlich auch.«

Frank ist geplättet. Das wusste er bisher noch nicht, dass es womöglich zwei Leitungen gibt.

»Und wird dein Glied auch hart?«, fragt Heidi interessiert, als ob es sich um ein neues technisches Spielzeug handelt.

»Mensch, du willst es aber genau wissen«, meint er. »Ja, es wird manchmal ein bisschen härter beim Waschen oder morgens, aber ich kann mir nicht vorstellen, dass das mit der Scheide klappt.«

»Darf ich mal dein Glied sehen? Du darfst dann dafür meine Scheide sehen.«

Frank ist entsetzt. »Was? Jetzt?«

Heidi lacht. »Nee. Irgendwann, wenn es mal passt.«

»Aber eine echte Scheide hab ich schon bei meiner Mutter gesehen.«

»Aber so eine frische wie bei mir eben nicht«, sagt Heidi. »Los, sei kein Frosch, irgendwann, wenn die Erwachsenen nicht da sind. Das ist doch aufregend, wenn wir …«

»He!«, ruft Tante Ida. »Etwas Beeilung, die Herrschaften! Schlaft nicht ein!«

»Los«, ruft Frank, »wir holen mal auf«, und rennt los.

Frank geht eine Zeitlang neben seinem Bruder, da ist er vor Heidi sicher. Obwohl das Gespräch auch interessant war. Ob er seinen Bruder fragen könnte? Er weiß es nicht und schweigt. Mit seinem geschälten Stock erschlägt er ein paar Brennnesseln. Es geht stetig bergauf.

Nach einer Stunde öffnet sich der Wald und sie überqueren eine Almwiese, an deren Rand ein Trampelpfad entlanggeht. Weiter hinten weiden Kühe und sie hören das Läuten ihrer Glocken. An einem Felsen bleibt Tante Ida stehen und sagt entschlossen: »Hier machen wir mal Rast.«

Frank ist froh. Das ständige Steigen hat ihn müde gemacht. Irgendjemand hat eine Decke herbeigezaubert. Sie wird ausgebreitet und dann geht es ans Auspacken der Vorräte.

»Kinder, ist es nicht herrlich hier!«, ruft Tante Ida und blickt über das Tal.

»Da hinten«, sagt Hartmut, »ist das der Marmolada?«

»Ja, der Berg rechts von der Mitte.« Tante Ida nickt.

Noch nie hat Frank ein belegtes Schinkenbrot so gut geschmeckt wie jetzt und der Saft aus der zerbeulten Feldflasche ist die totale Erfrischung.

Er lässt sich auf den Rücken fallen und starrt in den blauen Himmel, über den gerade ein paar Wolken ziehen. Frank liebt Wolken, weil sie so geheimnisvolle Formen annehmen. Manchmal richtige Gesichter oder Gestalten aus den Märchen. Er kneift die Augen halb zu und entdeckt ein Hexenhaus mit Schornstein, der gerade in Zeitlupe weggeweht wird.

Da spürt er einen Knuff und hört Heidis Stimme: »Los, du lahme Ente, wir suchen mal nach ein paar Beeren!«

»Ich will keine Beeren«, mault er.

»Dann kannst du mich mit deinem Messer verteidigen, wenn wilde Tiere kommen.«

»Na gut.« Frank ist im Allgemeinen gutmütig und es muss schon viel passieren, bis er richtig wütend wird.

»Aber nicht zu lange!«, ruft Tante Ida.

Sie finden tatsächlich Beeren: Blaubeeren und rote Beeren. »Das sind Preiselbeeren«, meint Heidi, und sie essen ein paar davon.

»Die Heidelbeeren schmecken aber besser«, sagt Frank.

Heidi blickt sich um. »Los, komm, zieh mal deine Hose aus, damit ich mir dein Glied anschauen kann.«

»Bist du verrückt? Wenn Leute kommen.«

»Ach, die hört man doch schon von Weitem. Wir gehen hinter einen Strauch.«

Franks Herz klopft und er ist hin- und hergerissen, aber dann sagt er sich, dass er auch die frische Scheide von Heidi sehen kann.

Er knöpft seine Lederhose vorne auf und zieht die Unterhose etwas nach unten.

Heidi bückt sich und betrachtet alles genau. Sie greift auch kurz zu. Dann sagt sie: »Der ist ja ganz weich und biegsam.«

»Soll ich immer mit einem harten Stock durch die Gegend laufen?«, fragt Frank und bringt seine Hose wieder in Ordnung. »Außerdem bin ich ja noch ein Junge und habe keine tiefe Stimme. Wahrscheinlich wächst da noch alles. Und jetzt du!«

Heidi hebt ihren Rock hoch und zieht ihren Schlüpfer nach unten.

Frank betrachtet alles und findet diesen Schlitz ohne Haare seltsam ungeschützt. Er bohrt seinen Finger zum Spaß etwas hinein. Heidi kichert. Ein paar winzige Haare sind schon gewachsen. »Und wenn du pinkeln musst, wo kommt das dann raus?«

»Ja, auch da.«

Er schüttelt den Kopf. »Ja, dann hast du ja auch zwei Leitungen. Eine zum Pinkeln und eine, wo die Samen wachsen.«

»Nix da!«, sagt Heidi streng und zieht ihren Schlüpfer nach oben. »Die Samen wachsen nicht, nur die Eier, wenn ein Same eindringt.«

»Was? Du hast echte Eier wie die Hühner?«, wundert sich Frank.

»Doch nicht so große. Die sind winzig klein. Hunderte davon, so klein wie Stecknadelköpfe.«

Frank dreht um und geht gedankenverloren zu den anderen zurück. Unglaublich, was er heute alles gelernt hat. Jeder Mensch hat zwei Leitungen und Frauen haben winzige Eier und nicht nur zwei Murmeln wie die Jungen.

24

Leipzig, 16. Oktober 1939. Die erste Nacht bei Arnolds Familie. Elisabeth sinkt völlig erschöpft in das weiche Gästebett. Alle waren freundlich zu ihr. Das Essen: hervorragend. Zwar Kartoffeln und buntes Gemüse und sogar für jeden ein Stück Schweinefleisch, aber der Abend hatte etwas Gezwungenes. Arnolds Strafversetzung zum RAD nach Wilhelmshaven schwebte wie eine dunkle Wolke über ihnen. Was wäre, wenn Arnold direkt von Wilhelmshaven an die Front ginge?

Arnolds Schwester saß auch am Tisch: Annegret. Hochgesteckte Haare, eine flotte Bluse aus blauer Krawattenseide, sportlicher Kragen, weiße Knöpfe und dazu einen engen Leinenrock mit eingearbeiteten Taschen.

Ihr Lächeln ähnelte dem ihres Bruders. Manchmal jedenfalls. Sie war nicht sehr gesprächig. Elisabeth spürte ihren Blick, der aber mehr neugierig als abschätzend war. Und gleich nach dem Essen entschuldigte sie sich und verließ die Wohnung. Wo wollte sie hin? Seltsamerweise ließ ihre Mutter sie ohne Weiteres gehen. Der Vater fehlte. Also wahrscheinlich doch gestorben? Gefallen?

Es ist stockdunkel in diesem Zimmer. Draußen hört sie ganz leise das Poltern und Rattern von Zügen, weil sie das Fenster offen gelassen hat. Ab und zu eine Art Quietschen.

Und was ist mit mir?, denkt Elisabeth und knetet sich das Kissen in eine bequeme Lage. *Jetzt sitze ich hier fest und warte womöglich wochenlang auf Arnold, und am Ende heißt es dann: »Herr Schering? Der ist doch schon in Breslau! Wussten Sie das nicht?«*

Nein, ich halte das nicht aus. Ich muss etwas unternehmen. Lieber Gott, ich muss Arnold finden!

Sie setzt sich aufrecht im Bett auf.

»Genau! Das ist es!«, murmelt sie. »Ich werde nach Wilhelmshaven fahren. Hermann hat mir genügend Geld gegeben und dann werde ich so lange suchen, bis ich Arnold gefunden habe. Hier herumzusitzen macht mich am Ende noch wahnsinnig!«

Sie lässt sich wieder ins Bett zurücksinken und stellt sich alle möglichen Szenen vor: Wie sie beim RAD ankommt und von Weitem Arnold sieht, der irgendeine Kiste schleppt. Sie würde sich unbemerkt von hinten nähern und sagen: »Ach, schau mal an, mein Verlobter.« Nein, das wäre nicht gut. Vor Schreck würde er die Kiste fallen lassen und seinen Fuß zerquetschen.

Sie würde sich anmelden. »Ich habe einen persönlichen Brief für Herrn Schering«, würde sie sagen. Aber ob man sie zu ihm durchlässt?

Oder sie würde genau beobachten, wie die Arbeitszeiten sind und sich dann an eine Ecke stellen, wo er vorbeikommt und ihm freundlich zuwinken.

Er würde zögernd näher kommen und mit offenem Mund vor ihr stehen bleiben und sagen: »Elisabeth, wo kommst du denn her?« Nein: »Elisabeth, Liebling, wo kommst du denn her?«

Dann würde sie sagen: »Ich kann doch nicht zulassen, dass mein Verlobter ganz allein in Wilhelmshaven ist.« Sie würden sich in den Armen liegen und sich küssen ...

Allmählich merkt Elisabeth, wie sie müde wird. Kurze Zeit später ist sie eingeschlafen.

Am nächsten Morgen regnet es. Alles wolkenverhangen. Das Frühstück mit Lampenlicht verläuft einsilbig, Annegret wirkt noch müde, bis Elisabeth von ihrem Plan erzählt.

Friederike Schering ist zuerst dagegen. Eine junge Frau ganz allein nach Wilhelmshaven? Nein, das geht nicht! Wir sind schließlich im Krieg! Annegret beruhigt sie und nickt Elisabeth aufmunternd zu.

Elisabeth setzt ihre ganzen Überredungskünste ein, und die ältere Frau spürt, dass ihre zukünftige Schwiegertochter nicht davon abzubringen ist. Sie lächelt sogar, als Elisabeth mit geröteten Wangen erklärt: »Und wenn er an die Front geht und nie mehr zurückkommt? I mach des jetzt und basch-da.«

»Eine Frau, die weiß, was sie will!«, sagt Annegret. »So jemanden braucht Arnold, sonst wird er leicht überheblich. Am liebsten würde ich mitkommen, aber ... na ja. Ich krieg im Augenblick keinen Urlaub.«

»Wo arbeitest du denn?«, fragt Elisabeth und betrachtet interessiert die Eierschere mit ihren gezackten Rändern, mit denen man gekochte Eier köpft. Sie enthauptet immer ihr Ei mit einem gezielten Schlag.

»Ich arbeite im Büro«, sagt Annegret. »Gerade lerne ich Steno.« Sie räuspert sich und betrachtet Elisabeth kritisch. »Wir können nachher mal meinen Kleiderschrank durchsuchen. Ein paar Sachen zum Wechseln würden nicht schaden.«

Nach der Kleiderschrankdurchsuchung borgt sich Elisabeth von ihrer zukünftigen Schwägerin eine Leinentasche mit Reißverschluss, damit sie etwas hat, wenn sie ein paar Tage übernachten muss. Sie will ja nicht mit dem Koffer durch die Gegend ziehen.

Annegret überredet sie zu einem brombeerfarbenen Kleid mit einem Cape im selben Farbton, das aufgesetzte Randblenden in Weiß hat. Sehr flott, denkt Elisabeth und betrachtet sich im Flurspiegel.

Das einzig Schwierige an diesem Kleid ist die lange Knopfleiste im Rücken, die vom Nacken zur Taille führt.

»Die krieg ich selber weder auf noch zu«, klagt Elisabeth, obwohl ihr das Kleid gut steht.

»Brauchst du ja gar nicht«, sagt ihre Fastschwägerin. »Das soll ja mein Bruder machen.«

Elisabeth dreht sich empört zu Annegret um: »Falls wir uns überhaupt treffen, werde ich wohl nicht im selben Zimmer mit ihm schlafen.«

Annegret zuckt die Schulter. »Kommt drauf an, was du sagst.«

»Wieso? Was soll ich denn sagen?«

»Sag den Herren, ihr wärt frisch verheiratet, und wegen eines Missverständnisses seid ihr getrennt worden. Sehen so Flitterwochen aus? Du bist die empörte Ehefrau.«

»Und wenn sie die Heiratsurkunde sehen wollen?«

»Hast du schon mal ein Ehepaar gesehen, das seine Heiratsurkunde mit sich herumschleppt?«

»Ja, aber ... die Ringe?«

»Konntet ihr auf die Schnelle nicht besorgen, weil ihr ja durch ein bürokratisches Missverständnis getrennt worden seid. Und vor allem musst du sagen: Ich stehe zu hundert Prozent hinter meinem Mann, wenn er das Vaterland verteidigt, aber vorher möchte ich ihn noch ein paar Tage für mich haben!«

»Ja, aber ...«, sagt Elisabeth und wird leicht rot. »Das sind doch alles Lügen!«

»Natürlich.« Annegret mit Unschuldsblick. »Na ja, eigentlich keine richtigen Lügen. Auf der anderen Seite nimmst du nur die Wahrheit vorweg. Es ist eine rein zeitliche ... Verschiebung.« Annegret grinst. »Ich sehe schon, mein Bruder hat sich eine Frau mit Grundsätzen ausgesucht und mit wenig Erfahrung.« Sie spitzt die Lippen. »Hat vielleicht auch seinen Reiz. Jedenfalls bist du eine Schönheit und das zählt. Du musst diese Bürohengste etwas bezirzen. Mein Gott, würde mir das Spaß machen!«

Sehr früh, schon um halb sieben, verlässt Elisabeth am nächsten Morgen die Gneisenaustraße und steuert auf den Hauptbahnhof zu. Sie hat den Schirm dabei, es regnet immer noch.

Die Fahrt wird nicht so abwechslungsreich wie nach Leipzig. Zeitweise muss sie sogar stehen und die Blicke einiger Männer ertragen. Sie tut so, als bemerke sie sie nicht. Außerdem ist sie damit beschäftigt, rechtzeitig umzusteigen: Hamburg–Bremen–Oldenburg ...

»Wilhelmshaven, Bahnhof West!« Endlich! Elisabeth legte sich das Cape um, greift nach ihrer Tasche und steigt aus. Der Schirm ist getrocknet und wird im Augenblick nicht gebraucht. Sie sieht sich um: Ein großer Klinkerbau. Irgendwie norddeutsch. Keine Berge, nicht einmal Hügel. Hier könnte sie nicht leben.

Gibt es hier überhaupt Straßenbahnen? Sie geht auf eine Frau in Uniform zu, eine Bahnbeamtin.

»Grü... Heil Hitler, könnet Sie mir sagen, wie ich zum Hafen komm?«

Die Frau grinst.

»Heil Hitler. Hafen ist gut. Es gibt viele Häfen. Zu welchem wollen Sie denn? Es gibt den Stadthafen, den Nordhafen, den Marinestützpunkt ...«

»Ja, wo ist denn der Hafen, der im letzten Monat angegriffen worden ist?«

»Das war an der Wiesbadener Brücke. Da ist aber kein großer Schaden entstanden. Die Engländer sind gleich wieder abgedreht. Der Schrecken war größer.«

»Und wie komm ich da hin?«

Die Beamtin blickt sie abschätzend an und scheint dann zu einem Entschluss gekommen zu sein.

»Wenn Sie Zeit haben – zu Fuß. Immer nach Süden, Richtung Weserstraße. Dann geht es über die Jadeallee zur

Wiesbadener Brücke, aber die sieht nicht nach einer Brücke aus, eher wie ein Pier, der ins Wasser reicht. Sie zeigt in eine Richtung.

»Danke. Heil Hitler!«

Zum Glück hat Elisabeth bequeme Schuhe angezogen, auch wenn sie sonst eher auffällig wirkt mit ihrem modischen Cape. Und die Tasche ist nicht besonders schwer. Sie hätte fragen sollen, wie lange es ungefähr dauert.

Es ist zwar immer noch bewölkt, und die Straße glänzt noch regennass, aber ab und zu blitzt die Sonne durch eine Lücke. Es riecht nach See und Fischen. Ein paar Möwen kreisen über einem Dach. Und ein Wind fährt durch die Straßen, den sie von Stuttgart nicht gewohnt ist, auch nicht von Berlin.

Die ganze Zeit überlegt sie sich, was sie sagen soll, wenn sie gefragt wird, wer sie ist: »Ich bin die ehemalige Verlobte von Herrn Schering« (mit schelmischem Grinsen). Und wer zu blöd ist, das zu verstehen, zu dem würde sie sagen: »Wer verheiratet ist, war doch vorher verlobt, oder nicht?« Und jeder würde denken, sie sei mit Arnold verheiratet, obwohl sie es gar nicht gesagt hat.

Oder: Was glauben Sie wohl, wer ich bin, wenn ich so dringend zu Herrn Schering will? Und wenn dann derjenige fragt: »Sind Sie seine Frau?«, würde sie sagen: »Sie sagen es.«

Aber dann könnte derjenige sagen: »Arnold hat gar nicht erzählt, dass er verheiratet ist.« Darauf sie: »Ja, ja, die Männer.«

Sie bleibt stehen und setzt ihre Tasche ab. Die Weserstraße ist ziemlich belebt. Ah, hier ist die Jadeallee. Da hinten, das sieht nach Baustelle aus, vielleicht ist es dort.

Als sie die Straße überquert hat, wird das Möwengeschrei stärker. Auf der Jadeallee sieht sie endlich den Pier und fragt einen Hafenarbeiter: »Heil Hitler, sind hier die Männer vom Reichsarbeitsdienst?«

Der kratzt sich am Kopf und sagt zunächst mal nichts. Und gerade als Elisabeth denkt, er habe sie nicht verstanden und ihren Satz wiederholen will, brummt er: »RAD ... Ja, da waren zwei oder drei dabei, die nicht von hier sind, das könnten sie sein.«

Elisabeth jubelt in Gedanken.

»Und wo sind die jetzt?«

Wieder eine kleine Denkpause, schließlich finden die Worte den Weg zum Mund und der Mann kommt zu dem abschließenden Urteil: »Keine Ahnung. War sowieso völlig unnötig, dass die gekommen sind. Das war ja im September nur ein harmloser Treffer. Wahrscheinlich sind sie jetzt woanders eingesetzt.«

Elisabeth ist entsetzt. »Woanders?«

Der Mann hebt die Schultern. »Was weiß ich? Aber fragen Sie Pauline«, er deutet nach rechts, »die Frau am Kiosk. Die weiß alles, was hier so läuft. Moin.«

Elisabeth wundert sich, dass der Mann sich mit einem Morgengruß verabschiedet, und steuert auf den Kiosk zu. Vielleicht läuft bei dem die Zeit langsamer, denkt sie.

Inzwischen hat sich die Nachmittagssonne durch die Wolken gekämpft und wärmt Elisabeth von vorne.

Sie muss blinzeln, als sie auf den Kiosk zusteuert und hat den Eindruck, dass das Licht hier im Norden an der See stärker und heller ist als in Stuttgart oder Berlin.

Ein paar alte Männer stehen neben der Theke und trinken Bier.

Sie nickt ihnen zu und hört, wie beide ein »Moin« auf ihr Nicken erwidern.

Komische Menschen, denkt sie, die wünschen einem den ganzen Tag einen guten Morgen.

Zögernd geht sie auf das kleine Guckfenster zu und sagt ihren Spruch.

»Ja, ja«, sagt die Kioskfrau. »Da waren ein paar da, die fühlten sich irgendwie fehl am Platz, ich glaube, der eine kam aus Leipzig, den haben sie vor der Hochzeit abkommandiert. Nicht zu fassen.«

Elisabeth wundert sich über diese Norddeutschen. Was der eine Arbeiter an Langsamkeit zu viel hat, hat Pauline zu wenig. Sie klingt, als würden sich die Worte in ihrem Mund stauen und dann gleichzeitig herausplatzen.

»Vorsicht Pauline«, sagt der eine, der eine Schirmmütze trägt, »die werden schon ihre Gründe gehabt haben.«

»Kann schon sein, Heini, aber zwei Tage vor der Hochzeit den Mann hierherzuschicken, obwohl es gar nicht nötig war, das geht nicht in meinen Kopf rein.«

Elisabeth spürt, wie ihr Herz anfängt schneller zu schlagen. »Haben Sie mit dem Leipziger selber gesprochen?«

»Ich spreche mit allen, die bei mir vorbeikommen.«

»Und wie sah er aus?«

Pauline beugt sich ein Stück weiter vor, um die junge Frau näher zu betrachten. »Warum wollen Sie das denn wissen?«, fragt sie misstrauisch.

Elisabeth überlegt, was sie jetzt genau sagen soll, vielleicht (mit einem Grinsen): »Können Sie es sich nicht denken, wer ich bin?« Aber da wird sie schon unterbrochen, weil Pauline ausruft: »Jetzt sagen Sie nur, Sie sind die Verlobte von dem Leipziger!«

»Ja«, kann sie nur sagen und alle ihre schönen Formulierungen haben sich in Luft aufgelöst.

»Dassja n' Ding! Und jetzt sind Sie den weiten Weg gefahren, um Ihren Verlobten zu sehen?«

Elisabeth nickt.

Die beiden trinkfesten Männer haben die letzten Sätze mitbekommen. Besonders leise ist Pauline ja auch nicht gewesen. Aber sie rühren sich nicht von der Stelle und blicken sich nur an.

»Tja«, meint die Kioskfrau, »dann kann ich nur hoffen, dass der Herr Verlobte noch da ist, denn hier war ja nicht mehr viel zu tun.«

»Wo … Wo haben die vom Arbeitsdienst denn übernachtet?«, fragt Elisabeth zaghaft.

»Hm, das weiß ich nicht, aber ich könnte mir jemand vorstellen, der es weiß. Ich hab ja hier sogar ein Telefon, für alle Fälle. Und das ist so ein Fall.«

Einer der Männer räuspert sich: »Pauline, das Telefon ist nur für Unglücksfälle am Hafen.«

»Heini! Das ist ein Unglücksfall!«

Pauline zieht sich zurück und Elisabeth hört, wie sie telefoniert, kann aber die einzelnen Sätze nicht verstehen.

Dann schiebt sich Paulines Kopf wieder näher an das Guckfenster.

»Die waren privat untergebracht in der Luisenstraße, Nummer vier bei Frau Römer. Also wieder zurück, dann nach links in die Handelsstraße und die zweite oder dritte rechts.«

»Die heißt nicht Handelsstraße, sondern: Am Handelshafen«, sagt Heini.

»Ja, kann sein«, brummt Pauline. »Nach der Allee links!«

»Vielen Dank. Heil Hitler.«

Sie dreht sich um und geht zurück. Plötzlich setzt eine Windböe ein, die ihr das Cape aufbläht und Regentropfen streifen ihr Gesicht. Im Gehen macht sie die Tasche auf, zieht den Regenschirm heraus und spannt ihn auf.

Sie bleibt an der Kreuzung stehen, sieht das Schild »Am Handelshafen« und geht nach links.

Tatsächlich geht die Luisenstraße rechts ab. Links geht ja sowieso nicht, dann würde man im Wasser landen.

Kurze Zeit später steht sie vor der Nummer vier und klingelt bei Römer.

Sie hört Schritte. Die Haustür wird aufgerissen und ein Mann mit einem Koffer steht vor ihr.

Er starrt sie an. »Annegret? Was machst du denn …? Elisabeth!«

25

NOVA LEVANTE/WELSCHNOFEN, SOMMER 1957. Mitten in der Nacht wird Frank wach. Ihm ist richtig schlecht. Er weckt seine Mutter und sagt: »In meinem Bauch ist …«, aber er kommt nicht weiter, weil er spucken muss, und eine braunrote Soße ergießt sich auf den Holzboden, zum Glück nicht auf den Bettvorleger.

Seiner Mutter ist das alles peinlich. Sie geht leise in die Küche, holt Lappen und Eimer, wischt alles geräuschlos weg und gibt Frank lauwarmes Wasser zu trinken, in das sie Zucker und Salz hineinrührt. Es schmeckt so eklig, dass Frank fast wieder spucken muss, aber allmählich rumort es nur noch ein bisschen in seinem Bauch, und er schläft wieder ein.

Am nächsten Morgen stellt sich heraus, dass seine Cousine auch gespuckt hat und dass es ihrer Mutter auch peinlich war.

»Habt ihr irgendetwas Seltsames gegessen?«, fragt Elisabeth mit leicht strenger Stimme und ihre blauen Augen funkeln.

Das Funkeln kennt Frank schon. Es setzt immer ein, wenn er etwas Verbotenes getan hat.

»Wir haben nur Blaubeeren gegessen und … und …«

»… und Preiselbeeren«, sagt Heidi kleinlaut.

Schließlich stellt sich heraus, dass die Preiselbeeren gar keine Preiselbeeren waren, und Frank nennt sie jetzt nur noch Kotzbeeren. Denn als er beim Frühstück Kakao trinkt und ein Brötchen isst, muss er noch einmal spucken und hinterher das eklige Wasser trinken. Er hat auch Fieber und darf bei der Wanderung nicht mitkommen. Mit Pullover und Schal liegt er im Wohnzimmer und hört Radio. Heidi scheint einen robusteren Magen zu haben. »Lahme Ente«, sagt sie wieder zu Frank. »Jetzt hab ich niemand, der mich gegen wilde Tiere verteidigt!«

»Dir fällt auch nichts Neues ein«, meint Frank. »Mädchen müssen auch mal allein durchs Leben kommen.«

Er findet es im Übrigen gar nicht so schlecht, dass er allein in der Ferienwohnung bleibt. Er hat Ruhe vor Heidi und kann vor sich hin träumen. Im Wohnzimmer steht nämlich ein altes Radio. Und er findet beim Kurbeln eine Sendung, in der ein Mann erzählt, was er als Junge oder genauer: als Bub erlebt hat. Luis Trenker heißt er.

Die Stimme hört sich an wie die von den Leuten aus dem Dorf. Der Mann kann ziemlich gut erzählen, denkt Frank. Er redet die Zuhörer mit Buben und Mädel an. Während der Mann erzählt, sieht Frank einen kleinen Film in seinem Kopf ablaufen.

Er sieht, wie der Trenker schon als Junge arbeiten soll und wie er in einem Elektrizitätswerk die Turbinen überwachen muss: riesige Maschinen, die Wasserkraft in Strom verwandeln. Und er muss einen Regler bedienen, je nachdem, ob sie zu schnell oder langsam sind. Aber dem Luis ist es langweilig und er geht nach draußen und spielt lieber Fußball. Und gleichzeitig hört er, wie die Turbinen arbeiten, und er sagt sich, er kann jederzeit wieder in die Halle, um die Maschinen zu überwachen und zu regeln, denn er hört es am Ton, ob sie zu langsam oder zu schnell sind. Da fliegt sein Fußball durch die offene Tür mitten in die Maschinen und bringt alles durcheinander. Öl spritzt. Die Sicherungen brennen durch und das Licht geht aus.

Der Bub ist wie erstarrt und rennt in den Wald, weil er denkt, er hat alle Turbinen kaputt gemacht. Erst abends, als die Lichter wieder brennen, traut er sich nach Hause und lässt den Zorn von seinem Vater über sich ergehen. Aber die Mutter sagt: jetzt sei Schluss und der Bub muss etwas Anständiges lernen und die Schule zu Ende bringen. Aber der Vater sagt, der Bub sei ein Nichtsnutz.

Als der Vater gegangen ist, sagt die Mutter: Morgen früh, noch in der Nacht, soll er aufstehen, ganz leise, dann fahren sie in die Schule zum Direktor und dann wird der Bub angemeldet. Nur leise soll der Bub sein, damit der Vater nichts merkt.

Der Luis Trenker erzählt so spannend, dass Frank alles vergisst. Und dann sagt der Trenker, dass der Unfall mit dem Fußball und den Turbinen vielleicht auch sein Gutes hatte, sonst hätte er nie den Abschluss gemacht und studiert und hätte nie die schönen Filme über die Berge gedreht. Vielleicht hat ja der Herrgott seine Hände im Spiel gehabt, meint er. Das war kein Zufall, dass der Ball in die Turbinen geflogen sei. Und er möchte diese Geschichte »Der Fußball und die Turbinen« nennen.

Für Frank ist das übrigens gar nicht so fremd. Er kennt das auch. Wenn etwas Schlimmes passiert ist und man dann zurückdenkt, kommt einem alles irgendwie abgesprochen vor. Als er nämlich neulich einen kleinen Unfall mit seinem Tretroller gehabt hat, wo er sich das Knie aufgeschürft hat, da musste er denken: Wenn auf dem Gehweg an dieser Stelle nicht ein Stein gelegen und wenn er nicht zufällig nach rechts geblickt hätte, wo ein Hund gebellt hat, dann wäre er mit seinem Roller nicht von dem Stein gebremst worden und hingefallen. Deshalb könnte er seine Unfallgeschichte auch: »Der Hund und der Stein« nennen.

Aber so gut wie der Trenker seine Turbinengeschichte könnte er seine Rollergeschichte nicht erzählen. Sie wäre nach ein paar Sätzen schon zu Ende und das hat im Radio keinen Sinn.

Frank steht nach der Geschichte vom Sofa auf und geht in den Garten, der um das Haus herum angelegt ist. Die Sonne scheint, aber es ziehen Wolken auf. Im Garten wachsen zwei Obstbäume: ein Birnbaum und ein Apfelbaum. Aber er darf von den Äpfeln und Birnen nichts essen. Er darf nämlich überhaupt kein Obst essen, hat seine Mutter ihm gesagt. Nur Zwieback und Wasser.

Und Frank stellt sich vor, dass er ein Gefangener ist, der nur Wasser und Brot bekommt. Der Gartenzaun ist das Gefängnisgitter. Er darf zwar in dem Garten herumgehen, aber am Zaun stehen unsichtbare Wächter, die ihn töten, wenn er das Gartentor öffnet.

Man kann die Wächter nur überlisten, stellt sich Frank vor, wenn man ein bestimmtes Wort sagt und ihnen ein Kruzifix vor die Nase hält.

In der Ferienwohnung hat Frank nämlich an der einen Ecke ein Kruzifix gesehen, das man abnehmen kann.

Er geht zurück, klettert auf einen Stuhl und nimmt das Kreuz mit dem gekreuzigten Jesus ab. Es ist schon etwas älter und dort, wo es gehangen hat, ist jetzt ein heller Fleck.

Jetzt braucht er sich nur noch das geheime Wort überlegen. Es muss ein schwieriges Wort sein, sonst funktioniert es nicht und es muss nach Magie klingen, irgendwie großartig.

Frank sucht nach einem Zettel und kramt in der Nachttischschublade seiner Mutter. Da findet er die Postkarte von dem ekligen Eduard. Frank kann schon stockend lesen, aber die Handschriften sind schwierig. Zum Glück hat Eduard in Blockschrift geschrieben. Die Karte hat noch die Adresse aus Deutschland, also hat sie seine Mutter mitgenommen.

»Liebe Elisabeth«, fängt er an. Das findet Frank schon mal doof. Wieso darf dieser Idiot seine Mutter mit »Liebe Elisabeth« anreden!

»Ich hoffe, es geht dir und euch gut. Ich habe tatsächlich eine Woche Urlaub bekommen und bin vorher geschäftlich in München. Wenn alles klappt, besuche ich euch in Welschnofen. Die Adresse hab ich ja. Freue mich auf euch. Dein Eduard.«

Frank merkt, dass er zornig und traurig zugleich wird. »Dein Eduard« gefällt ihm nicht. Auf jeden Fall will er nicht, dass Eduard kommt und ihm seine Mutter wegnimmt, der Scheißkerl.

Plötzlich wird es Frank ganz anders, denn ihm fällt ein, dass Eduard sein Glied in seine Mutter reinstecken könnte. Wenn er sich das vorstellt, könnte er gleich wieder kotzen. Das muss er verhindern. Man müsste ein Schloss bei Frauen anbringen, denkt er.

Es wird Frank wieder etwas schummrig, aber er will ja nur einen Zettel finden, wo er sein geheimes Wort draufschreiben kann. Er legt die Postkarte wieder in die Schublade und sieht in der Küche einen alten Einkaufszettel. Dann setzt er sich an den Tisch und überlegt: *Markatamba* vielleicht? Oder wie wäre es mit *Edutodo*? Nein, das klingt doof. Er sieht sich nach Büchern um. Auf einem Regal findet er ein zerfleddertes Buch, in dem Pflanzen und Blumen abgebildet sind. Neben den deutschen Namen stehen auch andere, ausländische Namen, die sich aber ganz gut anhören. Er nimmt den Löwenzahn und schreibt das andere Wort dafür auf, mit Hilfe seiner Zunge, die sich beim Schreiben hin- und herbewegt. Dann greift er zum Kruzifix und geht nach draußen.

Er muss grinsen, weil er weiß, dass er jetzt der Überlegene ist. Die unsichtbaren Wächter ahnen nicht, dass er sie gleich lahmlegen wird. Ausgerechnet er, den man die lahme Ente nennt.

Er geht zum Gartentor, hält das Kruzifix hoch, blickt auf seinen Zettel und sagt: »Taraxacum Officinale!« Er öffnet das Tor. Nichts passiert: Kein unsichtbarer Hammer zertrümmert sein Gehirn. Er ist frei!

Schnell steckt er das Kruzifix mit dem Zettel in seine Tasche. Er braucht das nachher, wenn er zurückkommt, damit ihn der unsichtbare Wächter wieder reinlässt.

Er geht die Straße entlang und überlegt, was er gegen Eduard unternehmen soll. Wie könnte man ihn unschädlich machen?

Wenn er ganz viel von den roten Kotzbeeren sammelt und sie ihm heimlich in sein Essen mischt, dann wird es ihm schlecht und er muss zurückfahren.

Oder er könnte ihm aus Versehen ein Bein stellen, damit er sich verletzt und ins Krankenhaus muss oder er könnte … Da bleibt Frank stehen, denn weiter hinten, bei der Post hat er einen Mann gesehen, der genauso aussieht wie Eduard.

Schnell versteckt sich Frank hinter einem Baum. Er weiß, dass er unbedingt heimlich zurückschleichen und alles verriegeln muss, damit Eduard nicht reinkommt.

Jetzt ist der Mann, der wie Eduard aussieht, in der Post verschwunden. Frank geht schneller, schlüpft durch das Gartentor, die unsichtbaren Wächter lassen ihn durch. Die Eingangstür war offen gewesen. Er nimmt den Schlüssel von der Kommode, schließt ab und stellt sich in eine Ecke, wo man ihn durch das Fenster nicht sehen kann.

Dann wartet er. Es dauert endlos. Da hört er Schritte und die Klingel. Frank rührt sich nicht. Er spürt das Kruzifix in seiner Hosentasche, zieht es langsam heraus und fängt an zu beten: »Lieber Gott, mach, dass dieser schreckliche Eduard verschwindet. Vielleicht kannst du ihm eine Krankheit schicken, wo er sterben muss oder wo er blind wird. Oder mach wenigstens, dass meine Mutter ihn doof findet, Amen.«

Nochmal klingelt es. Frank rührt sich nicht. Jetzt sieht er einen Schatten, der um das Haus herumgeht. Wahrscheinlich denkt er, dass man sein Klingeln nicht gehört hat.

Wieder klingelt es. Dann entfernen sich die Schritte.

Frank atmet auf. Es ist ihm ein bisschen schwindlig geworden und sein Herz klopft stärker. Außerdem fühlt er sich überall ganz kalt. Er geht zu seinem Bett, zieht Hose und Schuhe aus und legt sich unter die Decke. Er zittert ein bisschen. Das Kruzifix legt er auf den Nachttisch. Das kann er später wieder aufhängen.

26

Wilhelmshaven, 17. Oktober 1939. Arnold Schering ist immer noch wütend, wenn er daran denkt, dass er kurz vor seiner Hochzeit nach Wilhelmshaven strafversetzt wurde, nur weil er die Frau treffen wollte, die er liebt. Eigentlich ist das nicht möglich. Er ist Obergefreiter, ist der Wehrmacht unterstellt, und der Dekan darf ihn gar nicht strafversetzen. Da müssen irgendwelche Seilschaften am Werk sein.

Den ganzen Morgen ist er schon schlechter Laune. Wenn er wenigstens etwas Richtiges zu tun hätte, aber die Aufräumarbeiten am Hafen waren schon weit fortgeschritten, als er vor ein paar Tagen eintraf. Und die Leute vor Ort blickten ihn erstaunt an, als er ihnen erklärte, er sei zum RAD hierher beordert worden, um auf unbestimmte Zeit auszuhelfen.

Da es im Hafen immer etwas zu tun gibt, hat man ihm alle möglichen Hilfsarbeiten aufgedrückt: Holzkisten entladen und zu einem Schuppen schleppen, Kohlesäcke stapeln und auf einen Laster laden. Nach dem ersten Tag sinkt er todmüde ins Bett und schläft sofort ein.

Zusammen mit zwei anderen wohnt er bei einer älteren, alleinstehenden Frau. Sie schlafen zu dritt in einem Zimmer. Die Matratzen sind billig und ziemlich durchgelegen.

Heute früh ist er schon um fünf wach geworden und hat überlegt, was wohl Elisabeth macht. Bestimmt ist sie inzwischen in Leipzig. Zu dumm, dass er nicht telefonieren darf.

Nach dem Mittagessen, das aus zwei Fischbrötchen besteht, wird er zu dem Mann befohlen, der für ihn zuständig ist, ein Herr Mühlendiek. Sein Rang: Oberarbeitsführer. Ihm hat er, als er ankam, seine Geschichte erzählt und gehofft, dass er vielleicht etwas unternehmen würde, aber sein Gesicht mit den rötlichen Wimpern ist undurchdringlich gewesen und er hat nur gemeint, unerlaubte Abwesenheit während der Ausbildung und eine gefälschte Krankmeldung kann man nicht durchgehen lassen. Wo kämen wir da hin, wenn das alle täten?

Und jetzt soll Arnold also noch einmal vor ihm erscheinen. Vielleicht gibt es eine neue Schikane oder er muss von da aus gleich an die Front, ohne seine Elisabeth zu sehen. Aber er bereut nichts. Er hätte das Gleiche noch einmal getan.

Die Eichentür ist neu poliert worden und ein Messingschild ist daran angeschraubt: Gerhard Mühlendiek, Oberarbeitsführer. Arnold klopft an.

»Ja. Eintreten!«

Arnold betritt ein mittelgroßes Zimmer mit einem riesigen Schreibtisch. Das Bild des Führers dahinter an der Wand und eine Hakenkreuzfahne in der Ecke.

»Kommen Sie rein, Schering! Heil Hitler!«

Die hellen Augenbrauen und das karottenrote Haar lassen Mühlendieks Kopf größer erscheinen. Er hat eine helle, empfindliche Haut und ein paar Pickel am Hals.

»Heil Hitler, Herr Oberarbeitsführer.«

»Setzen!« Mühlendiek zeigt auf einen Stuhl vor dem Schreibtisch. DieAugen des Oberarbeitsführers blicken Arnold forschend an.

»Hab mir Ihren Fall noch mal durch den Kopf gehen lassen, Schering! Unerlaubtes Ausbleiben geht nicht. Und: Urkundenfälschung. Das ist Ihnen doch klar?«

Arnold meint, eine winzige Spur von Wohlwollen herauszuhören, und beeilt sich zu sagen: »Jawoll. Absolut nicht hinzunehmen.« Er will hinzufügen, dass er es trotzdem nicht bereut, was er getan hat, aber er verkneift sich die Bemerkung.

Mühlendiek räuspert sich und schiebt einen Ordner von rechts nach links.

»Sie sind zu uns auf unbestimmte Zeit versetzt worden. Das ist ungewöhnlich. Normalerweise dauert ein Einsatz sechs Wochen bei uns. Ohne mich zu informieren, wurden Sie mir aufs Auge gedrückt, von der Wehrmacht, obwohl es ein ziviles Vergehen war. Merkwürdig. Na ja ...«

Er überlässt es Arnold, sich seine Gedanken zu machen. Aber der Oberarbeitsführer fühlt sich offensichtlich übergangen und das passt ihm nicht. Und es gibt eine leichte Rivalität gegenüber der Wehrmacht.

»Gut, Schering«, sagt er, »nachdem wir das geklärt haben und Sie Ihren verhängnisvollen Fehler einsehen, habe ich mich entschlossen – bin ja kein Unmensch, weiß ja, was man alles für Blödsinn macht, wenn man verliebt ist, aber ...«

In Arnolds Kopf arbeitet es. *Um Himmels willen, was will er denn mit mir machen? Was kann er mit mir machen?*

Der übergangene Oberarbeitsführer grinst und man könnte das als freundliches Grinsen hinnehmen. »Also hab ich mich entschlossen, Sie nach Leipzig zurückzuschicken mit dem Hinweis, dass Sie Ihre Aufgaben hier vorbildlich gelöst haben.« Er zögert, blickt Arnold kurz an und man könnte denken, dass in Mühlendieks Mundwinkeln ein mikroskopisch kleines Lächeln versteckt ist. »Stimmt doch, oder?«

»Ja, wenn Sie das sagen, Herr ... Oberarbeitsführer, dann stimmt das auch. Hab mir Mühe gegeben.« Arnold ist kurz davor, einen ironischen Tonfall anzuschlagen, unterlässt es aber lieber, weil er nicht weiß, ob Mühlendiek Ironie überhaupt kennt und vor allen Dingen erkennt.

Mühlendiek genießt offensichtlich seine Rolle als Wohltäter und das Gefühl, den Leipzigern ihren Mann wieder zurückzuschicken.

»Wie gesagt, Schering, ich bin ja kein Unmensch. Es ist wichtig, gerade in unseren Tagen, die Familien zu unterstützen. Jetzt wo wir von allen Seiten angegriffen werden, brauchen wir junge Familien und Kinder, die für die Bewegung aufwachsen und sie in die Welt hinaustragen.«

Daran hat Arnold, als er nach Stuttgart fuhr, um Elisabeth zu gewinnen, allerdings nicht gedacht.

Mühlendiek kommt jetzt richtig in Fahrt, beugt sich etwas vor: »Familien haben einen … einen Auftrag in dieser besonderen Zeit, sie sind die Keimzellen des Lebens. Von daher ist es einerseits nicht ganz zu verurteilen, was Sie getan haben!« Der Oberarbeitsführer senkt seine Stimme und sagt fast vertraulich. »Das bleibt unter uns, Schering. Klar?«

»Jawoll!«

»Gut.« Mühlendiek greift nach einem Papier, hält es hoch und sagt: »Diesen Brief nehmen Sie mit und geben ihn dem Dekan Ihrer Universität. Sie haben Ihre Pflicht erfüllt und kehren zurück, um zu heiraten. Danach gehen Sie als Ehemann an die Front.«

Arnold will nach dem Brief greifen, aber Mühlendiek zieht das Papier zurück und sagt: »Habe ein wenig meine Beziehungen spielen lassen, Schering. Natürlich kann ein Oberarbeitsführer aus Wilhelmshaven einem Herrn Dekan keine Befehle erteilen, vor allen Dingen, weil die Wehrmacht dahintersteht. Deshalb ist der Brief ganz offiziell von einem Herrn unterzeichnet, den der Herr Dekan und das Militär respektieren müssen.« Mühlendiek schweigt und wartet auf Scherings Reaktion.

»Hervorragend, Herr Oberarbeitsführer, dass Sie sich für mich und meine Braut so eingesetzt haben. Ich weiß gar nicht, wie ich Ihnen danken soll. Ein raffinierter … ahm Gedankengang, diese Sache mit Ihren Beziehungen.«

Ein Lächeln umspielt Mühlendieks Lippen. Jetzt ist er so weit und übergibt Arnold mit großzügiger Geste den Brief samt Umschlag.

»Danken Sie mir, indem Sie sich für Deutschland einsetzen und gewissenhaft Ihren Dienst dort tun, wo Sie hingestellt werden. Klar? Und jetzt raus!«

Arnold erhebt sich, reicht Mühlendiek die Hand, nickt ihm ein Heil Hitler zu und verlässt den Raum. Als er die Tür schließt, atmet er zuerst einmal durch und schickt ein Dankgebet zum Himmel.

Im Sturmschritt geht er zu seinem Quartier. Es kümmert ihn nicht, dass es anfängt zu regnen und ein heftiger Wind weht. Der Regen hängt schräg in der Luft. Ein Phänomen, das er von Stuttgart oder Leipzig nicht kennt.

Um sich zu schützen, geht er an den Häuserfronten entlang, kommt aber dennoch völlig durchnässt bei Frau Römer an.

»Sie sind ja völlig nass, Herr Schering! Ich mache Ihnen ein heißes Bad, sonst kriegen Sie bei uns noch eine Erkältung.«

Es hilft keine Widerrede und ein heißes Bad hat durchaus seine Vorteile. Er wird Frau Römer vor dem Baden nicht erzählen, dass er zurückfahren wird. Das hat danach auch noch Zeit, sonst überlegt sie es sich noch mit dem Bad.

»Wo haben Sie denn so schnell heißes Wasser her, Frau Römer?«

»Och, im großen Badekessel ist noch Glut und das Wasser ist lauwarm. Das geht schnell. Ich mach Ihnen einen Tee mit Rum, den trinken Sie mal langsam in sich rein!«

Arnold fragt sich, ob heute sein Glückstag ist.

Während er in der Küche sitzt und seinen Tee mit Rum trinkt und darauf wartet, dass das lauwarme Wasser wärmer wird, geht Frau Römer hin und her und räumt Geschirr weg. Den Volksempfänger hat sie angestellt. Die letzten Klänge eines Militärmarsches und dann die zackige Stimme des Nachrichtensprechers: »Hier ein paar aktuelle Neuigkeiten zwischendurch, die uns gestern erreicht haben, die wir aber erst heute bestätigen können: Der deutsche Gegenangriff im Saarland war äußerst erfolgreich. Innerhalb von achtundvierzig Stunden wurden die französischen Deckungsstreitkräfte durch den mutigen und harten Kampf der deutschen Wehrmacht vertrieben. Es gab kaum Verluste auf deutscher Seite. Die neuen Ju 88-Bomber haben englische Kriegsschiffe bei Rosyth angegriffen. Das Deck des Kreuzers Southampton wurde glatt durchschlagen. Deutschland hat zurzeit die beste Armee und das wird auch so bleiben. Das Oberkommando der Wehrmacht gibt offiziell die Beendigung des Feldzuges in Polen bekannt. Polen ist auf ganzer Linie besiegt. Unser Dank gilt unserem Reichskanzler Adolf Hitler. Wir fahren in unserem Programm fort. Heute feiert Heiderose Weißgerber ihren achtundachtzigsten Geburtstag. Tochter Emilie, Schwiegersohn Bernhard mit Kindern gratulieren sehr herzlich und wünschen der Jubilarin ...«

»Tja!«, sagt Frau Römer und richtet die Henkel der Tassen im Oberschrank aus. »Zurzeit gibt es nur Siege.« Sie wendet sich an Arnold: »Bei diesem Krieg müsste es den Soldaten direkt Spaß machen dabei zu sein. Und Sie werden sicher nach dem Einsatz hier auch bald losmarschieren, was?«

»Oh ja.« Arnold nickt. »Sobald ich mich wieder in Leipzig gemeldet habe, geht es an die Front. Aber vorher wird noch geheiratet!«

»Wenn man Sie überhaupt zurückschickt und Sie nicht gleich weiterleitet.«

Arnold setzt die Tasse ab. Es ist wohl jetzt unvermeidlich, dass er ihr das Ende seines »erfolgreichen« Dienstes beim RAD bekannt gibt.

»War heute beim Oberarbeitsführer, Frau Römer, bei Herrn Mühlendiek. Er hat mich offiziell entlassen. Ich kann also zurück.«

»Wann denn? Die sechs Wochen sind doch noch gar nicht rum?« Frau Römer bleibt mit einem Stapel Teller in der Küche stehen.

»Im Grunde heute!«

»Ja, dann ... dann gehen Sie noch heute weg?« Frau Römer ist fassungslos. Damit hat sie nicht gerechnet und Arnold hat den Eindruck, dass es ihr um das warme Wasser leidtut.

»Ja, das werd ich wohl tun. Ich muss heute noch gehen. Kommt aber auch auf die Züge an. Und ich möchte mich jetzt schon bei Ihnen bedanken, Frau Römer, für die Unterkunft und alles.«

»Na ja, ich krieg ja auch was dafür. Aber es freut mich, dass Sie dann doch noch heiraten können.« Sie stellt die Teller ab. »Ich glaube, das Wasser ist jetzt heiß genug, ich lasse schon mal ein. Und Sie ziehen sich aus!«

Arnold geht in die Schlafstube zurück, zieht sich bis auf die Unterhose aus und geht in das Badezimmer, das mit Wasserdampf gefüllt ist. Frau Römer ist immer noch da.

»Na, dann mal rein, Herr Schering. Das wird Ihr letztes Bad in Wilhelmshaven sein.«

Frau Römer bleibt weiterhin stehen und Arnold weiß nicht so recht, was er machen soll. Schließlich streift er die Unterhose ab und steigt ins Wasser.

Frau Römer hat so getan, als ob sie auf dem Fensterbrett etwas sucht, aber Arnold hat gerade noch ihren neugierigen Blick aufgefangen.

Na ja, denkt er, *in ihrem Alter sieht man vielleicht nicht mehr so viele nackte Männer.*

Sobald er im Wasser sitzt, sagt sie: »Das Handtuch liegt über dem Waschbecken und die Seife lege ich auf den Badewannenrand. Oder soll ich Ihnen schnell den Rücken abseifen?«

»Danke, Frau Römer, sehr nett von Ihnen, aber ich schaff das schon.«

Dann verschwindet sie und Arnold ist mit dem warmen Wasser und seinen Gedanken an Elisabeth allein.

Er genießt das Bad. Wer weiß, wie oft man noch so baden kann! Dann steht er auf, trocknet sich ab, zieht die Unterhose an, hört rasche Schritte auf dem Flur, die sich entfernen, und macht die Tür auf. »Soll ich das Wasser noch drinlassen?«

»Ja, ja, lassen Sie's drin, das nehm ich für die Wäsche.«

Er geht in das Gemeinschaftszimmer, zieht sich vollständig an, packt seine Sachen zusammen, verabschiedet sich, muss eine heftige Umarmung über sich ergehen lassen und stolpert vor der Haustür über eine Frau, die auf den ersten Blick wie seine Schwester aussieht, aber Elisabeth ist.

Sie umarmen sich, küssen sich lange und gehen gemeinsam Richtung Bahnhof.

Mit dem letzten Zug fahren sie nach Oldenburg. Aber von dort geht es nicht mehr weiter. Sie müssen im Wartehäuschen übernachten.

»Unsere erste Nacht allein«, sagt Arnold.

27

Nova Levante/Welschnofen, Sommer 1957. »Guck mal, der Bub hat des Kruzifix näbe seim Bed liege«, sagt Franks Mutter und ist tief gerührt.

Das hat Frank gehört, denn er ist wach und hat sich nur schlafend gestellt. Er tut so, als ob er langsam wach wird, da klingelt es.

»Wer kann das sein?«, fragt Tante Ida.

Hartmut geht zur Tür und macht auf. Es ist Eduard. Frank wusste es schon, als die Tür noch zu war. Wo soll Frank jetzt auf die Schnelle die Kotzbeeren herkriegen, um Eduard außer Gefecht zu setzen?

Ein großes Hallo von den beiden Witwen. Hartmut, Britta und Heidi hört man nicht.

Die beiden Frauen und Eduard kommen ins Wohnzimmer, das kann Frank deutlich hören. Die Wände sind dünn. Er hört Gläser klirren und alle reden durcheinander.

Nach einer Weile geht Franks Tür auf und Eduard erscheint. Auch das noch. Es ist zu spät, Frank kann sich nicht schlafend stellen, weil Eduard schon seine offenen Augen gesehen hat.

Er setzt sich einfach neben Franks Bett und sagt: »Hab gehört, dass du krank bist. Tut mir leid.«

Frank bringt ein müdes Grinsen zustande und murmelt etwas von den falschen Preiselbeeren.

»Schön, dass du dir das Kruzifix neben dein Bett gelegt hast. Das würde nicht jeder Bub machen!«

Bub, denkt Frank. Das Wort klingt bei Eduard komisch, irgendwie falsch freundlich.

»Ich hab dir übrigens etwas mitgebracht«, sagt Eduard. »Das gebe ich dir, wenn du wieder aufstehen kannst. Das ist was für draußen.«

»Was ist es denn?«, fragt Frank.

»Ein Revolver mit einer Trommel und Knallplättchen.«

Eduard hält einen Karton hoch, auf dem der Revolver abgebildet ist: silbrig mit einem Cowboykopf auf dem Griff.

Frank ist geplättet. Das hat er sich immer gewünscht, einen richtigen Eisenrevolver!

»Bis nachher, Frank«, sagt Eduard und zuckt mit dem rechten Auge. Oder soll das ein Blinzeln gewesen sein?

Den Revolver nimmt er mit.

Plötzlich kommt ihm Eduard gar nicht mehr so eklig vor.

Er starrt gegen die Decke. Einen Eisenrevolver! Nicht so ein läppisches Ding aus Holz, das er sich mal selbst aus einer Astgabel gemacht hat. Oder so ein leichtes Plastikding.

Er wirft die Decke weg und steht auf. Komisch. Es ist ihm gar nicht mehr so schwindelig. Er steigt in seine Hose und geht ins Wohnzimmer.

Alle drehen sich um.

»Ja so was«, sagt Elisabeth, »bisch du scho wieder g'sund?«

»I merk nix meh.« Er blickt zu Eduard hinüber, der leicht grinst.

»Ich hab dem Frank etwas mitgebracht«, sagt er, »das will ich ihm draußen im Garten zeigen.« Er lächelt Elisabeth verschwörerisch an. Frank hat es gesehen, aber es ist ihm jetzt egal.

Er geht mit Eduard nach draußen. Dort packen sie den Revolver aus, und Frank nimmt ihn in die Hand. Er ist richtig schwer und sieht fast echt aus.

»Ich hab schon mal sechs Plättchen in die Trommel gelegt«, sagt Eduard, »wenn du abdrückst, kannst du sechsmal knallen.«

Die Trommel ist das Größte. Die Revolver, die Frank bei seinen Freunden gesehen hat, haben immer nur einmal gekracht. Man musste den Hahn spannen, ein Plättchen darauflegen und dann konnte man nur einmal schießen. Aber die Trommel übertrifft alles.

Er drückt ab, es knallt und nochmal und nochmal. Nur ein Schuss geht nicht.

»Wahrscheinlich feucht geworden«, meint Eduard fachmännisch und ergänzt nebenbei: »Im Krieg gab es eine Hitlerjugend, da haben sich Jungs wie du getroffen, haben in Zelten geschlafen, mit Pfeil und Bogen geschossen und auch mit Gewehren. Und nachts wurde ein Feuer angezündet und es wurden Lieder gesungen.«

Davon hat Frank noch nie etwas gehört.

»Aber der Krieg war doch ganz schrecklich«, sagt er nur. Er denkt an die kaputten Häuser und an die Dinos.

»Nicht nur«, meint Eduard und setzt sich auf einen Gartenstuhl. »Weißt du, es war eine großartige Sache, für sein Vaterland zu kämpfen wie die Ritter früher. Und wenn wir gewonnen hätten, dann könntest du nach Frankreich oder England reisen und überall würde man Deutsch sprechen. Der Führer war ein wunderbarer Mann und wir …«

»Aber der Hitler war doch böse!«, protestiert Frank.

»Wer sagt denn das?«, fragt Eduard leise.

»Mein … mein Vater hat es gesagt und auch mein Bruder!«

»Na ja, dein Vater, der hat eine Kopfverletzung gehabt und dann ist es etwas anderes. Sein Kopf war nicht mehr richtig in Ordnung.«

Das ist Frank ganz neu. Der Kopf seines Vaters war nämlich ziemlich stark in Ordnung. Er wusste immer die Wörter bei den Kreuzworträtseln, konnte englisch sprechen und Klavier und Orgel spielen. Nur ab und zu hatte er Kopfschmerzen.

»Und dein Bruder«, fährt Eduard fort, »der war doch damals noch ganz klein. Der redet nur so, weil er es von anderen gehört hat. Aber ich war dabei und hab solche Zeltlager aufgebaut. Du kannst dir nicht vorstellen, wie toll das alles war. Überall wehten die Hakenkreuzfahnen. Wir waren alle wie eine große Familie.«

Frank weiß nicht, was er davon halten soll.

»Aber weißt du, Frank«, sagt Eduard und legt nochmal sechs Plättchen in die Trommel. »Das behalten wir vorerst noch für uns. Das bleibt unser Geheimnis. Die meisten wollen das gar nicht mehr wissen. Die tun so, als wäre alles schlecht gewesen.«

»Aber warum denn?«, fragt Frank.

»Die haben alle Angst, dass die Amerikaner und Engländer sie einsperren, wenn sie die Wahrheit sagen. Aber wir wissen es besser, gell? Und wenn du mehr wissen willst aus der schönen Zeit, dann kannst du mich jederzeit ausfragen. Klar?« Eduard macht eine kleine Pause, sieht sich kurz um und sagt: »Das mit dem Geheimnis ist sehr wichtig, Frank. Weißt du, die meisten Leute brauchen einfach Zeit, bis sie merken, dass vieles gut war. Du kannst dir nicht vorstellen, wie großartig Deutschland war. Alle haben vor uns gezittert. Und dass wir so offen darüber reden, das darf niemand wissen. Und wenn du es weitererzählst, dann muss ich dir den Revolver leider wieder abnehmen. Echte Cowboys und Ritter können nämlich ein Geheimnis bewahren, verstehst du?«

Frank nickt wortlos, aber nur, weil er ein komisches Gefühl hat und wieder rein will. Er muss unbedingt Hartmut danach fragen, auch wenn Eduard sagt, es sei ein Geheimnis. Oder lieber doch nicht? Denn sonst verliert er den Revolver.

»So und jetzt schießen wir nochmal die Trommel leer!«, sagt Eduard.

Das Schießen macht zwar Spaß, aber er ist nicht so ganz dabei, weil er immer denken muss, warum ihm niemand gesagt hat, dass es bei der Hitlerjugend so schön war.

Als Frank mit Eduard wieder reingeht, ist es ihm wieder so komisch und als alle über einen Witz lachen, verdrückt er sich in sein Bett.

Später spürt er die Hand seiner Mutter, die ihm über die Stirn streicht.

»Bisch doch no net ganz g'sund, gell?«

»I bin bloß a bissle müd.«

»Ha, dann schlaf halt. Des isch des Beschte. Soll i dir no ebbes bringe?«

Das ist das Schöne am Kranksein, dass die Mutter einen verwöhnt und ein bisschen besorgt ist, obwohl Frank spürt, dass sie gerne wieder im Wohnzimmer wäre, wo Eduard ist.

Er bittet sie um einen warmen Grießbrei mit Butter. Aber das geht noch nicht, das wäre zu viel für den Magen. Sie verspricht ihm einen Porridge aus Haferflocken mit Wasser gekocht und ein bisschen Zucker.

Zwischendurch schaut sein Bruder durch die geöffnete Tür. »Na, wie geht's dem Kranken?« Sein Bruder und noch mehr seine Schwester haben sich das Hochdeutsche angewöhnt und sprechen nur im Notfall schwäbisch. Das hört sich für sie zu »auspacken« an, oder so ähnlich. Sein Bruder kommt ihm gerade recht.

»Komm mal rein«, sagt Frank. »Ich hab eine Frage.«

»Was denn?«

Sein Bruder setzt sich an sein Bett.

»Ich hab ... ahm ... im Radio gehört, dass es im Krieg so eine Hitlerjugend gegeben hat, wo die ganz tolle Sachen gemacht haben, gezeltet und geschossen und so. Und der Hitler, der ist gar nicht so böse gewesen.«

»Und das hast du im Radio gehört?« Sein Bruder wundert sich. »Vielleicht in so einem seltsamen Südtiroler Sender … Unglaublich, dass die das immer noch nicht kapiert haben!«

»Ja, und stimmt es denn?«, will Frank wissen.

Hartmut nickt. »Ja, ja, das hat es schon gegeben. Die haben so pfadfindermäßig Zeltlager aufgeschlagen und Wettkämpfe gemacht, Lagerfeuer und so.«

»Warst du denn dabei?«

Hartmut lacht. »Ich war doch erst vier, als der Krieg zu Ende war.«

»Und woher weißt du das dann?«

»Es gibt Bücher und Filme. Wir haben auch darüber in der Schule gesprochen. Das war eine ganz üble Masche!«

»Warum denn? Zeltlager und Feuer und Wettkämpfe sind doch toll!«

»Ja schon. Aber dadurch haben sie die Kinder auf den Krieg vorbereitet, damit die nicht merken, dass der Krieg etwas Schreckliches ist und damit sie gute Soldaten werden und dass es okay ist, wenn man Juden umbringt.«

Die Mutter steht in der Tür mit dem Teller Porridge.

»Na, ihr redet ja über seltsame Themen!«

»Ich hab nur was über die Hitlerjugend gefragt«, verteidigt sich Frank.

»Wie kommst du denn darauf?«

»Es soll eine Sendung im Radio darüber gekommen sein«, sagt Hartmut, »aber ich hab Frank erklärt, was für ein Blödsinn das war.«

Elisabeth stellt den Teller auf den Nachtschrank und legt den Löffel daneben.

»Vor allen Dingen, weil du ja so genau Bescheid weißt. Es war nämlich nicht alles schlecht, was damals passiert ist, nur weil die Juden …«, Elisabeth lässt den Satz in der Luft hängen.

»Ich hör wohl nicht recht«, sagt Hartmut. »Du verteidigst diese paramilitärische Kinderausbildung? Das ist ja das Letzte!«

»Ach«, sagt Elisabeth mit scharfer Stimme. »Was für interessante Worte du schon kennst! Ich hab nur gesagt, dass nicht alles schlecht war. Natürlich haben wir den Krieg zu Recht verloren, weil der Hitler uns ins Verderben geführt hat. Und natürlich ist es furchtbar, was mit den Juden passiert ist, aber es gab auch ein paar gute Dinge in dieser Zeit, und vor allen Dingen: Rede nicht in diesem Ton mit mir, Hartmut!«

»Darüber müssen wir später nochmal diskutieren«, sagt er und geht aus dem Zimmer.

»Diskutieren!«, murmelt Elisabeth und schüttelt den Kopf

Frank pustet auf den vollen Löffel, weil der Wasserbrei noch zu heiß ist.

»War denn nun die Hitlerjugend gut oder schlecht?«, fragt Frank. »Es ist doch gut, wenn die ... wenn die Soldaten für uns kämpfen. Ich will auch mal Soldat sein und schießen.«

»Den Kindern hat es in der HJ Spaß gemacht. Und die, die das geleitet haben, die wussten doch auch nicht richtig, was wirklich los war.«

»Was war denn los?«

»Na ja, dass der Krieg verloren war, obwohl er noch weiterging, und dass der Hitler uns kaputt gemacht hat. So und jetzt Schluss mit dieser Fragerei. Davon wird man nämlich nicht gesund!«

Elisabeth geht und lässt Frank mit dem Porridge allein. Frank löffelt den heißen Brei, dann kramt er in seiner Hose, die auf dem Stuhl liegt und liest zur Beruhigung »Taraxacum Officinale« so lange, bis er es auswendig kann.

28

Leipzig, 20. Oktober 1939. »Nun also eine Kriegsheirat«, sagt Elisabeth und blickt ihren Verlobten an, der inzwischen seine Uniform geholt hat, die aber an einer Stelle Falten wirft. Er will in Uniform heiraten. Immerhin trägt er am linken Ärmel zwei Winkel als Obergefreiter. Da braucht man sich nicht zu schämen.

Sie stehen in Annegrets Zimmer. Aus der Küche klingt Abwaschgeklapper vom Frühstücksgeschirr. Elisabeth findet es irgendwie beeindruckend, ein Mädchen für alles zu haben. So etwas Ähnliches, wie sie es in Berlin war. Und jetzt gehört sie selbst zur Herrschaft und könnte das Mädchen bitten, irgendetwas für sie zu tun, aber das getraut sie sich noch nicht.

»Ich muss die aufgetrennten Nähte wieder feststecken«, sagt sie zu Arnold.

Während der langen Zugfahrt haben sie Zeit gehabt, über alles zu reden, über ihre Kindheit, die unterschiedlichen Elternhäuser und wie sie sich ihre Hochzeit vorstellen. Vier Tage nach der Hochzeit soll Arnold an die Front. Bleiben drei Tage für ihre Flitterwochen. Immerhin.

»Ja.« Arnold nickt und zuckt zusammen, weil eine Stecknadel in seine Seite pikst. »Nun also eine Kriegsheirat. Zum Glück kann man in diesen Zeiten auf das Aufgebot verzichten, sonst hätten wir Probleme. Tja, der Krieg beschleunigt alles.«

»Umdrehen!«, befiehlt Elisabeth und gleich darauf: »Ach, was ich dich die ganze Zeit schon fragen wollte: Hat sich eigentlich deine Fastverlobte gemeldet, nach deinem Abschiedsbrief?«

Sie spürt, wie sich Arnolds Körper unter dem Stoff anspannt. Aber es hilft nichts. Sie muss das wissen, auch wenn sie ihn damit quält.

»Ja. Natürlich hat sie sich gemeldet.« Er stockt.

»Und?«, fragt Elisabeth mit einer Stecknadel im Mund.

»Kaum war ich hier angekommen, stand sie schon vor der Tür.«

»Ach!«, ruft Elisabeth und nimmt die Stecknadel aus dem Mund. »Davon hast du ja gar nichts erzählt.«

»War ja auch nicht gerade angenehm.«

»Erzähl!«

»Na gut.« Er setzt sich auf einen der Stuhl. »Ich hab ja damit gar nicht gerechnet.«

»Ich hätte an deiner Stelle schon damit gerechnet«, meint Elisabeth, geht ein paar Schritte zum Fenster und legt sich halb auf die Couch. »Immerhin wart ihr ja fast verlobt. Der Brief muss für sie ein echter Schock gewesen sein. Ich glaube, ich hätte mich auch auf den Weg gemacht, um zu sehen, was mit meinem zukünftigen Ehemann eigentlich los ist.« Seltsam, fast fühlt sie etwas wie Solidarität mit der unbekannten Halbverlobten.

»Am Anfang«, fährt Arnold fort, »hat sie so getan, als ob sie das Ganze gar nicht ernst nimmt. Ein bisschen hat sie mich behandelt, als sei ich ein Kranker, der einen Anfall hat und nun wieder aufgepäppelt werden soll. Ich musste ziemlich deutlich werden, um ihr klarzumachen, dass es mir ernst war.«

»Ach, da wär i gern dabei g'wesen«, meint Elisabeth. »Was hast du denn zu ihr gesagt?«

Arnold überlegt: »Ungefähr was auch im Brief gestanden hat. Dass ich erst bei dir gemerkt habe, was Liebe ist, und dass ich sie, also Claudia, zwar ganz nett finde, aber es sei keine Basis für eine Ehe. Vorher sei mir das nicht klar gewesen und es habe eben nichts mit ihr persönlich zu tun.«

Elisabeth lacht. »Nichts persönlich mit ihr zu tun? Persönlicher geht es ja gar nicht. Das ist ein persönlicher Schuss ins Herz einer Frau. Ich wäre am Boden zerstört gewesen, wenn mein Freund mit mir Schluss gemacht hätte, um eine andere zu heiraten.«

»Na ja, aber es wäre mir mit einer anderen Frau auch so gegangen, insofern hat es rein sachlich nichts mit ihr persönlich …«

»Männer!«, sagt Elisabeth und schüttelt den Kopf. »Arnold, das ist ein Thema, das kannst du nicht sachlich abhandeln.«

Arnold wird ärgerlich. »Meine Zeit, ich versuche, Farbe zu bekennen, habe mich für dich entschieden, nehme alle Nachteile in Kauf, und du meckerst nur an mir herum, weil ich es vielleicht nicht perfekt ausgedrückt habe!«

Elisabeth blickt Arnold überrascht an, merkt, dass er verstimmt ist, und wechselt das Thema: »Ach, mein armer Arnold, der gleich von zwei Frauen fertiggemacht wird.« Männer zu bedauern, kommt ja meistens gut bei ihnen an.

»Ist doch wahr«, brummt Arnold schon etwas versöhnter, obwohl er weiß, dass Elisabeths Mitleid nur gespielt ist.

»Und was hat sie dann gemacht, als sie gemerkt hat, dass du weder krank noch geistesgestört bist, sondern diese Elisabeth von Herzen liebst und heiraten wirst?«

»Tja, da war sie kurz sprachlos und ging im Zimmer umher wie ein Tiger im Käfig. ›Du bleibst also dabei?‹, hat sie gefragt. ›Ja, tut mir leid für dich‹, hab ich gesagt.«

»Es hat dir leidgetan?«, fragt Elisabeth.

»Natürlich nicht, dass ich dich heirate, sondern dass ich Claudia zwangsläufig verletzen musste. Das hast du doch gerade selbst zugegeben. Darf ich dich zitieren? Ein Schuss in das Herz einer Frau.«

»Ja, schon, aber dass dir die arme Claudia leidtut, obwohl du doch die Elisabeth liebst.« *Mal sehen, was er dazu sagt.*

Arnold schüttelt den Kopf. »Da sieht man's mal wieder, wie herzlos Frauen sein können. Ich war mit der Frau immerhin zwei Jahre befreundet, das tut man doch nicht so … so eben mal ab.«

»Ja, schon«, gibt Elisabeth zu, »aber man muss es ihr nicht unbedingt sagen, sonst macht sie sich wieder Hoffnung. Und wenn sie dann herzzerreißend weint, dann überlegt es sich der Arnold vielleicht anders, ob er nicht doch …?«

»Sie hat nicht geweint«, unterbricht er sie. »Ich bin nicht der Typ, der in solchen Fragen taktisch überlegt. Ich sage, wie es ist und fertig. Keine Ahnung – vielleicht verstecken Frauen ihre Gefühle und sagen dann das Gegenteil von dem, was sie denken. Das finde ich albern.«

»Aha, die Frauen an sich!« *Obwohl er ja ein bisschen recht hat.*

»Na ja, so klingt es für mich.«

»Und dann ist sie gegangen?«

Arnold seufzt. »Ich weiß nicht, ob das was bringt, wenn ich dir alles erzähle. Du verstehst es falsch oder ich mache es deiner Meinung nach nicht richtig und dann streiten wir uns kurz vor der Hochzeit wegen nichts und wieder nichts! Sei doch froh, dass ich mich für dich entschieden habe und basta!«

»Ach, Arnold, dann halt ich mich mit meinen Kommentaren eben zurück. Dass die Männer auch immer so empfindlich sein müssen.«

»Aha, die Männer an sich.«

Elisabeth lacht, steht auf und nimmt Arnold in den Arm.

»Au«, ruft er, »die Nadeln!« Aber er küsst sie trotz der Nadeln.

»Also«, sagt sie, als sie sich voneinander lösen. »Wie ging das Drama denn nun weiter? Das interessiert mich eben!«

Er hält Elisabeth im Arm, während er weitererzählt: »Plötzlich ist sie ganz ruhig geworden und hat mich mit einem eigenartigen Blick angesehen. ›Gut‹, hat sie ganz kalt gesagt, ›dann weiß ich ja jetzt Bescheid.‹ Ich wieder: ›Claudia, es ist doch besser, wenn man es vorher merkt und nicht erst, wenn man verheiratet ist.‹ Sie stand da, starrte aus dem

Fenster und hat gesagt: ›Liebe kann sich auch mit der Zeit entwickeln. Deine Verliebtheit zu dieser schwäbischen Dorfschönheit wird irgendwann vergehen und dann?‹ «

»Sie hat Dorfschönheit gesagt?«

»Ja. Wörtliches Zitat.«

»Ich glaube, sie hat um dich gekämpft«, flüstert Elisabeth.

»Das glaube ich auch und das hat es nicht einfacher gemacht.«

Elisabeth dreht den Kopf in seine Richtung und fragt leise: »Und ... hast du es vielleicht doch ein bisschen bereut, dass du die schwäbische Dorfschönheit gefragt hast?«

Arnold schüttelt den Kopf. »Nein, nein, gar nicht. Aber sie hat mir eben leidgetan. Und ich hab gesagt: ›Quäl dich nicht, Claudia. Es ist doch unbestritten, dass du eine tolle Frau bist, nur für mich eben nicht zum Heiraten.‹ Dann wollte sie Einzelheiten wissen, wer du bist und so weiter. Ich hab ihr ein paar dürftige Daten gegeben und dass ich gerade von Stuttgart komme, extra die Uni geschwänzt habe mit meiner gefälschten Krankmeldung und so weiter.«

»Und dann?«

Arnold schweigt, schließlich sagt er: »Sie hat gesagt: ›Das wird dir noch leidtun‹, und ist dann gegangen. Ohne Abschied. Das war hart.«

Aber notwendig, denkt Elisabeth.

Er stutzt und sagt: »Ach, du liebe Zeit!«

»Was ist los?«

»Ich hab mich immer gefragt, wie es kam, dass meine Krankmeldung aufgeflogen ist. Davon wusste keiner was.«

»Vielleicht haben sie deine Fälschung gemerkt?«

»Nein, die war gut gemacht. Aber jetzt ahne ich etwas.«

»Du meinst, dass ... Claudia?«

»Vielleicht hat sie da etwas gedreht. Ihre ganz persönliche Rache. Vielleicht wollte sie auf diese Weise die Hochzeit verhindern. Und fast ist es ihr auch gelungen, wenn nicht

Herr Mühlendiek mit seinen Beziehungen eingegriffen hätte.«

»… und im weitesten Sinn – Gott«, sagt Elisabeth ganz schlicht.

Arnold lacht. »Mühlendiek würde sich empören, wenn man ihn als Werkzeug Gottes bezeichnet, aber es stimmt irgendwie. Der Himmel ist auf unsrer Seite!«

Elisabeth schüttelt sich: »Claudias Rache. Aber wie heißt es so schön: Rache ist süß, aber ungesund. – Und jetzt: Vorsichtig deine Jacke ausziehen, damit ich die neuen Nähte festnähen kann!«

Gemeinsam ziehen sie die Jacke aus.

»Und jetzt noch das Hemd«, flüstert Elisabeth. Arnold lächelt und zieht das Hemd aus. »Muss das auch noch geändert werden?«

»Später.« *Ein Mann mit nacktem Oberkörper ist einfach großartig.*

Während sie sich küssen, knöpft Arnold Elisabeths Bluse auf und streichelt sanft ihre Haut. Sie drängt sich enger an ihn und spürt seine Erregung. Da geht die Tür auf und Annegret erscheint im Türrahmen.

Sofort fahren die Liebenden auseinander und Arnold sagt: »Eine Anprobe. Die Jacke muss geändert werden …«

»Ach so, ja.« Annegret lacht. »Und Elisabeths Bluse wahrscheinlich auch.«

»Nein, die passt. Ist nur etwas verrutscht!« Elisabeth mit rotem Gesicht.

»Ach Kinder!«, ruft Annegret. »Wie schön, wenn zwei sich lieben und ich außerdem noch eine Schwägerin bekomme.« Sie wendet sich an Elisabeth: »Und wo ist dein Kostüm für die Trauung jetzt?«

»Hängt in deinem Schrank. Vielen Dank für deine Vermittlung und die Idee, das auszuleihen. Ich bin mir bei ein paar Stellen noch nicht sicher, ob ich die auch ändere …«

»Oh, da komme ich ja gerade richtig!«, sagt Annegret und schiebt Arnold, der sich gerade wieder das Hemd angezogen hat, Richtung Tür. »Frauenangelegenheiten«, sagt sie.

»Was Elisabeth anziehen will, habe ich schon gesehen«, meint er. »Es ist ja noch nicht in Weiß und wir finden diesen Brauch, dass der Bräutigam vorher nichts davon sehen soll, albern. Ich bleibe.« Arnold setzt sich auf Annegrets Couch und bewundert seine zukünftige Frau in dem geliehenen, grauen Schneiderkostüm mit Samtkragen.

»Ich brauche noch einen schicken Hut. Der, den du vorgeschlagen hast, sieht irgendwie zu voluminös aus«, wendet sich Elisabeth an Annegret und überlegt: »Ich hätte gern etwas Leichtes, Freches ...«

»Meine Güte!«, seufzt Arnold. »Du siehst jetzt schon umwerfend aus, wie ein kostbar eingepacktes Geschenk, das ich dann nach der Hochzeit abends auspacken kann.«

»Also bitte, Arnold! Das hört sich nicht gerade romantisch an!«

»Ich finde es sehr romantisch, mir das vorzustellen!«

Annegret zuckt mit den Schultern. »Mein Bruder!«

29

Leipzig, 21. Oktober 1939. Am nächsten Tag, drei Stunden vor der Hochzeitszeremonie, wird es Arnold etwas mulmig zumute. Er hat sich mitten in dem Trubel der Vorbereitung davongestohlen, seinen Übergangsmantel unter den Arm geklemmt. Im Gehen zieht er ihn über und bewegt sich in Richtung Zoo.

Was ist, wenn Claudia recht hat? Wenn die Liebe zu Elisabeth vielleicht nur eine vorübergehende Verliebtheit ist, eine Laune von ihm, die sich nach einem halben Jahr verflüchtigt wie Morgennebel, wenn die Sonne scheint? Steht man nicht, wenn man verliebt ist, wie unter Drogen und ist gar nicht mehr man selbst?

Was ihn an Elisabeth fasziniert, ist vielleicht nur das Exotische, diese Schwäbin mit dem Schneewittchen-Gesicht?

Und jetzt bin ich dabei, mich lebenslang an diese Frau zu binden?

Er schaudert, obwohl es draußen nicht kalt, nur kühl ist.

War es vielleicht gar keine Rache, die Claudia angezettelt hat? Hat sie nur die Notbremse gezogen, um die Hochzeit aufzuhalten, bis ich wieder zur Besinnung komme?

Er überquert die Nordstraße, muss einem DKW ausweichen, der knatternd an ihm vorbeirast. Vor ihm liegen die Grünanlagen des Zoos und ein großes Schild, auf dem in Frakturschrift steht: »Besuchen Sie das neue Gehege unserer einheimischen, deutschen Tiere.«

Er geht an der Pfaffendorfer Straße entlang bis zum Nordplatz und überlegt, was er tun soll. Er sieht die Kuppel des Planetariums über der Mauer ragen. Seit seine Familie hier wohnt, ist er kein einziges Mal dort gewesen.

Kurz entschlossen schlendert er an der Mauer entlang. Man kann ab und zu einen kleinen Blick erhaschen durch eine Lücke. Eine Wiese breitet sich aus, wo er von Weitem Zebras erkennt. Ihnen scheint das deutsche Herbstwetter nichts zu auszumachen.

Sicher, bei Elisabeth war es anders, es ging tiefer als bei seinen früheren Freundinnen. Aber ist eine Ehe oder eine Familie nicht mehr als ein Gefühl, auch wenn es tief ist? Müsste er nicht viel rationaler herangehen und sich fragen: Passen wir auf Dauer zusammen? Können wir uns ernsthaft unterhalten? Sind wir auf gleichem Niveau?

Nach diesem Muster würde Claudia viel besser zu ihm passen.

Warum eigentlich diese überstürzte Heirat vor seinem Fronteinsatz? Weil es alle Verlobten machen, die einberufen werden? Ziemlich makaber, wenn man daran denkt, es sei günstiger, wenn eine Frau Witwe ist und nicht nur die Freundin des Gefallenen.

Im Grunde wäre die Trennungszeit durch die Einberufung ein idealer Test gewesen. Wenn er nach einem halben Jahr immer noch an Elisabeth hängt, auch wenn die Gefühle abklingen, dann wäre das ein gutes Zeichen. Er hätte dann Claudia gar keinen Brief schreiben müssen. Aber dieses schwäbische Mädchen hat ihm den Kopf verdreht und ihn zu einer Entscheidung gedrängt.

Wie kann er denn jetzt wissen, ob das wirklich eine dauerhafte Liebe ist?

Er bleibt stehen, lehnt sich mit dem Rücken gegen die Zoomauer, holt eine Zigarette und zündet sie an. Leute gehen vorüber, manche mustern ihn neugierig. Er hat den Eindruck, dass eine größere Nervosität auf den Gesichtern liegt als noch im August. Bei einem Mann meint er sogar einen gespannten Blick nach vorn wahrzunehmen, wie er so in raschem Schritt vorbeigeht. Er hat irgendetwas vor.

Der Krieg setzt Energien frei. Er zwingt uns sein Tempo auf.

Arnold geht weiter. Die Gedanken strömen nur so auf ihn ein: Jetzt alles abblasen? Das wäre ein Schock für alle, am meisten für Elisabeth. In diesen Sachen gibt es keine echte Sachlichkeit. Das hat er bei ihrem Gespräch verstanden.

Selbst wenn er sagen würde: »Schau mal, Elisabeth, wir kennen uns doch kaum. Ich liebe dich wirklich, aber für die Zukunft wäre es viel vernünftiger, noch ein halbes Jahr zu warten, dann wissen wir genauer, was wir aneinander haben.«

Elisabeth würde ihn mit Tränen in den Augen anstarren, ihn fragen, ob er den Verstand verloren, ob er sich das mit der Liebe nur eingebildet habe. Oder sie würde ihren Hut zerknüllen oder mit Büchern nach ihm werfen. Alles möglich.

Jetzt alles abblasen? Nein, das schafft er nicht. Höchstens bei der Eheschließung selbst.

Einfach statt ja nein sagen.

»O Gott, hilf mir«, flüstert er und blickt in den Himmel, der sich mit Wolken bezogen hat. »Ich kann doch das alles nicht überblicken.«

Ihm fällt eine Bemerkung ein, die jemand bei einem Geburtstag zu später Stunde gesagt hat. Wie ging das nochmal?

Er überlegt, während er die Elefanten aus der Ferne trompeten hört. Es ging um Frauen, Ehe, Treue ... Ja, jetzt weiß er es wieder: »Du kannst erst wissen, ob du die Richtige geheiratet hast, wenn du mit ihr Silberhochzeit feierst.«

Damals haben alle gelacht. Ein netter Scherz, aber jetzt merkt Arnold, dass da etwas dran ist. Es gibt wahrscheinlich keine hundertprozentige Sicherheit. Ein Sprung ins Dunkle, wenn man sich an einen Menschen bindet.

So hart, wie es klingt, hat es auch etwas Tröstliches: Ehe ist ein Wagnis. Entweder man wagt es oder man wagt es nicht. Auch mit Claudia wäre es ein Wagnis gewesen, selbst, wenn man sich schon zwei Jahre kennt. Die Liebe hätte wachsen können oder auch ausbleiben können. Wahrscheinlich kommt es darauf an, was man aus einer Ehe macht.

Arnold zerdrückt die ausgerauchte Zigarette an der Mauer und schnipst sie weg. Er blickt auf die Uhr. Höchste Zeit, zurückzugehen. Oder: sich einfach verirren und so spät zurückkommen, dass das Standesamt geschlossen hat? Mit keuchendem Atem ankommen und sich künstlich ärgern, dass man den Termin verpasst hat. Wäre auch eine Möglichkeit.

Aber eigentlich feige. Die Entscheidung nur herausgeschoben. Und doch: Muss man immer mutig sein?

Er dreht um und geht mit raschen Schritten zurück. Er wird alles viel bewusster wahrnehmen und auf jedes Wort achten, alle Gesten beobachten, Elisabeth betrachten, sich vorstellen, wie sie in zwanzig Jahren sein könnte.

Er ist ruhiger geworden, der Gedankenstrom fließt langsamer. Bilder von Elisabeth, wie er sie auf der Königstraße angesprochen hat, wie er morgens in ihr Bett geschlüpft ist. Ihre Stimme im Ohr …

Jetzt ist er wieder am Nordplatz.

Als er die Stufen hinaufgeht und die Tür aufschließt, ruft seine Mutter: »Er ist wieder da!«

Aus einer Tür stürzt Elisabeth, wirft sich an seinen Hals und ruft: »Wo warst du? Wir haben dich überall gesucht! Dann war dein Mantel weg …?«

»Tut mir leid«, sagt Arnold und drückt ihr einen Kuss auf den Mund. »Es war so viel Trubel, da hab ich noch einen kleinen Spaziergang vor dem großen Ereignis gemacht.«

Elisabeth löst sich von ihm. »Lampenfieber?«

»Ein bisschen nervös«, gibt Arnold zu.

»Und? Willst du mich immer noch heiraten?«, fragt sie in einer Mischung aus scherzhaftem Ton und leiser Besorgnis.

»Wär ich sonst zurückgekommen?«, fragt er zurück und zwingt sich zu einem breiten, harmlosen Grinsen, um gleich zu fragen: »Wo ist eigentlich meine Uniform?«

Noch zwei Stunden. Eigentlich eineinhalb, weil sie ja rechtzeitig da sein wollen.

Er ist in einem Zustand höchster Konzentration. Alles nimmt er wahr: den Geruch nach dem selten gewordenen echten Bohnenkaffee, Elisabeths gerötete Wangen, seine Schwester, die ihm einen fragenden Blick zuwirft.

Als Elisabeth, die schon ihr Kostüm trägt, die weißen Schuhe anzieht, betrachtet er sie vom Flur aus, ohne dass sie es merkt.

Ihre schwere, dunkle Haarpracht, die kunstvoll zusammengesteckt auf ihren schicken Hut wartet, die Biegung ihres weißen Halses, die Lippen halb geöffnet. Sie ist schon eine wundervolle Frau. Aber kein Standesamt auf der Welt verteilt Garantiekarten vor der Trauung.

Er atmet tief durch, entschließt sich, den Mantel für die kurze Fahrt nicht anzuziehen. Die Uniform ist warm genug. Und sie sitzt jetzt tadellos. Elisabeth wird sich einen Schal um die Schultern legen …

Es klingelt.

»Das sind die Berliner!«, ruft Annegret. »Ein Glück! Ohne Trauzeugen wird es schwierig.«

Großes Hallo und heftige Umarmungen. Klara und Dieter sind als Trauzeugen prädestiniert. Schließlich haben sich Arnold und Elisabeth in ihrem Wohnzimmer zum ersten Mal gesehen.

»Weißt du noch?«, sagt Klara, die Elisabeth umarmt, »wie du mit Thomas Mann auf der Couch bei uns eingeschlafen bist?«

»›Der Zauberberg‹«, sagt Elisabeth und lacht. Aber es ist ein nervöses Lachen.

Dieter kommentiert das Aussehen der Braut mit Bewunderung in der Stimme: »Die schwäbische Schönheit! So trifft man sich wieder!« Und zu Arnold gewandt: »Na, alter Schwede? Wer hätte das gedacht? Aber wir haben es gleich gewusst, dass Elisabeth bei dir alle Abwehrstellungen überrannt hat.«

»Immer diese Militärsprache«, beschwert sich Annegret und fällt Dieter um den Hals. »Wo habt ihr eure Kinder gelassen?«

»Bei Tante Berta in der Bäckerei.«

»Das wird ihnen sicher gefallen!«

»Sind wir schon vollzählig?«, fragt Klara.

»Ja.« Friederike Schering nickt. »Tante Berta ist ja in Berlin geblieben, außerdem kann sie nicht weg, und Hermann und Ida aus Stuttgart …«

»Wer ist das nochmal?«, fragt Dieter.

»Hermann ist mein Bruder«, antwortet Elisabeth, »und Ida seine Frau. In ihrem Wohnzimmer hat Arnold mir einen

Heiratsantrag gemacht. Aber sie kommen nicht. Hermann musste heute Morgen an die Front.«

»Und deine Eltern?«

»Die kommen vom Bahnhof direkt zum Standesamt«, ruft Annegret aus der Küche. »Alle noch einen Kaffee?«

Alle wollen Kaffee in unterschiedlichen Variationen: schwarz, dunkelbraun, hellbraun mit und ohne Zucker. Annegret hat ihr Tun.

Klara und Dieter setzen sich in ihren Mänteln an den Esstisch. Elisabeth holt sich einen Stuhl dazu und nippt an dem Kaffee. Bloß jetzt keine Flecken.

»Und wenn der Krieg hoffentlich bald vorbei ist«, sagt Elisabeth gerade zu Klara, »wird kirchlich geheiratet und dann kommen alle, auch Tante Berta und meine Brüder und meine andere Schwester Hannah mit ihrem Mann!«

»Wohnen die auch in Stuttgart?«, fragt Klara

»Ja, aber in einem Vorort, eigentlich eher ein Dorf, das aber zu Stuttgart gehört.«

»Und bist du die Mittlere?«

»Nein, nein, die Jüngste und das lassen die mich manchmal bis heute spüren.«

Arnolds Mutter klatscht in die Hände. »Auf geht's. Leider passen wir sechs nicht in ein Auto. Wir müssen das von Dieter zusätzlich nehmen.«

»Welches ist denn geschmückt?«, fragt Elisabeth.

»Ach, du liebe Zeit!«, seufzt ihre Schwiegermutter. »Das haben wir glatt vergessen.«

»Habt ihr irgendwo noch Girlanden von Silvester?«, fragt Dieter.

Annegret rennt zu einem Schrank und zerrt einen Karton heraus.

»Hier sind sie!«, ruft sie triumphierend.

»Gut, dann nehmen wir die! Die binden wir an die Seitenspiegel!«

»Aber müssten es nicht Blumen sein?«, jammert Arnolds Mutter.

»Mama«, tröstet sie ihre Tochter. »Der Krieg entschuldigt alles.«

Schließlich sitzen alle im Auto.

Das Brautpaar in Dieters Auto. Als kleine Erinnerung an die Berliner Zeit. Die anderen drei fahren im Familienfahrzeug, in einem alten Horch. Annegret steuert.

Vor dem Standesamt warten Elisabeths Eltern. Mit Tränen in den Augen umarmen sie ihre Tochter und geben Arnold scheu die Hand. Sie haben ihn ja bisher noch nie gesehen.

»War des Koschtüm net zu teuer?«, fragt die Mutter.

»Ach, Mama, des isch doch an besonderer Tag.«

»Ja, wenn's di freut, warum net!«

Elisabeth flüstert ihr ins Ohr: »Außerdem han i's ausg'liehe!«

Die anderen sind schon nach oben gegangen. Elisabeth hängt sich bei Arnold ein und lässt sich von ihm in den ersten Stock des Rathauses führen. Ihr Bräutigam ist seltsam still, aber Elisabeth ist so voll mit allem, dass sie nicht darauf achtet.

Der Raum ist gerade so groß, dass zwanzig Leute sitzen können.

Hinter einem schwarzen Schreibtisch sitzt Herr Nögerndorf, der Standesbeamte im dunklen Anzug mit blau gestreifter Krawatte. Am Revers das Parteiabzeichen. Als die Ersten kommen, erhebt er sich würdevoll und gibt allen die Hand. Vorne stehen zwei mit Leder gepolsterte Stühle. Geschnitzte Rückenlehnen. Hinter dem Schreibtisch, an der Wand: das obligatorische Hitlerbild, das die Zeremonie mit strenger Miene überwacht, ob auch alles mit rechten Dingen zugeht.

Es riecht nach Leder und Möbelpolitur und ein wenig nach Kölnisch Wasser.

Zunächst werden die Pässe, Ariernachweise und die Papiere der Trauzeugen geprüft.

Als alle sitzen, wird es ruhig. Arnold hört alles wie in einem Film. Als ob Herr Nögerndorf zu jemand anderem spricht. Es klingt alles ziemlich geschraubt und hat etwas mit dem Ernst der Ehe zu tun und dass nur aus einer gesunden Ehe Familien gedeihen, die wie Blumen ein Land schmücken. Es sei die Pflicht eines jeden Deutschen, durch eine Ehe das Vaterland aufzubauen und zu gestalten. Schon in der Bibel fänden sich die Worte: Seid fruchtbar und mehret euch.

Gerade in unserer Zeit, so Nögerndorf, sei es wichtig, ein Herz für viele Kinder zu haben. Es gebe manche Eltern, die sich weigerten, ihre Ehe mit Kindern zu schmücken. Doch der Führer sei der Meinung ...

Arnold spürt, wie unruhig Elisabeth neben ihm ist. Er tastet nach ihrer Hand und hält sie fest. Sie dreht ihren Kopf zu ihm und lächelt ihn an. An ihren langen dunklen Wimpern glitzert eine Träne.

O Gott, denkt Arnold, *gib mir ein Zeichen, dass es die Richtige ist und dass ich nicht den größten Fehler meines Lebens mache ...*

Er blickt im Raum umher und sieht in der rechten Ecke ein Spinnennetz, das die Putzfrau übersehen hat oder das heute Morgen erst gewebt wurde.

Lass Nögerndorf irgendetwas sagen, in dem eine Spinne vorkommt. Du kannst das in deiner Allmacht tun!

»Mein liebes Brautpaar, verehrte Gäste, lassen Sie uns nun zur eigentlichen Zeremonie kommen!«

Arnold spürt, wie Elisabeth seine Hand drückt, er drückt zurück und erstarrt.

Direkt über dem Kopf von Herrn Nögerndorf seilt sich eine Spinne ab.

Die anderen haben sie auch gesehen und Arnold hört ein leises Raunen. Der Einzige, der sie nicht sieht, ist Herr Nögerndorf. Bevor er jedoch die Trauformel sagt, holt er noch einmal zu einer neuen Runde aus.

Inzwischen hängt die Spinne vor Nögerndorfs Stirn.

Der Standesbeamte redet davon, wie wichtig die Treue in Gesundheit und Krankheit ist. »Gerade in Kriegszeiten, meine Damen und Herren, wo es durchaus sein kann, dass Männer verwundet werden (obwohl die Zahl der verwundeten Deutschen bisher eher gering gehalten wurde), gerade in Kriegszeiten gewinnt dieser Teil der Trauformel eine neue Bedeutung, stellt sie doch die unbedingte Treue eines Paares neu unter Beweis.«

Herr Nögerndorf hält inne und lässt seine Worte nachwirken. Inzwischen starren alle auf die Spinne und fragen sich gespannt, wie die Begegnung zwischen Mann und Spinne weitergehen wird. Die Spinne hat sich auf der Höhe von Nögerndorfs schweißiger Stirn eingependelt.

Der Standesbeamte scheint etwas zu bemerken und streicht sich leicht über die Nasenwurzel, aber aus irgendeinem Grund kann er das Tier nicht vertreiben. Er ahnt ja auch gar nicht, dass ihn eine Spinne heimsucht.

Rasch unterbricht er seine Trauansprache, greift in seine Tasche und holt ein weißes Taschentuch hervor, mit dem er sich jetzt über die Stirn wischt.

Nun hat er tatsächlich das kleine Tier, ohne es zu bemerken, gefangen oder eigentlich nicht gefangen, denn die Spinne hat sich vom Taschentuch herunterfallen lassen und krabbelt über das aufgeschlagene Buch auf dem Schreibtisch.

Auch Nögerndorf hat jetzt die Spinne entdeckt. Mit einem raschen Wedeln seines Taschentuches fegt er sie zur Seite und fühlt sich jetzt in der Pflicht, etwas zu sagen. »In der deutschen Tierwelt«, sagt er, »ja, selbst bei den Spinnen wird eine Art einfache Ehe praktiziert. Es gibt sogar alte Traditionen, bei denen man sich eine Spinne ins Schlafzimmer holt, als Zeichen für große Fruchtbarkeit. Von daher ist es nicht ganz unpassend, dass gerade dieses Tier sich hier sehen lässt.«

Nögerndorf räuspert sich und fährt fort: »Während der Trauformel darf ich Sie bitten, aufzustehen!«

Arnold blickt nach oben und lächelt. Er fühlt eine tiefe Dankbarkeit zu seinem Schöpfer. Seine Brust, die in der letzten halben Stunde wie eingeschnürt war, hat sich geweitet.

Und als er nun gefragt wird, ob er Elisabeth heiraten will, ob er zu ihr stehen will in guten und schlechten Tagen, in Gesundheit und Krankheit, da sagt er laut und vernehmlich: »Ja, mit Gottes Hilfe«, obwohl Gottes Hilfe in diesem Raum gar nicht gefragt ist.

Und auch Elisabeths Ja klingt voll und überzeugend.

Jetzt sind sie vor den Menschen Mann und Frau und eigentlich auch vor Gott, der durch die Spinne in unnachahmlicher Weise seine Präsenz gezeigt hat.

Klara bringt die Ringe, sie stecken sie sich gegenseitig an, küssen sich und hören das zustimmende Gemurmel ihrer Verwandten und Freunde.

Als sie draußen sind, gibt es viel Gelächter über Herrn Nögerndorfs Begegnung mit der Spinne.

»Dann hoffen wir auf viele Spinnen in eurem Schlafzimmer«, meint Klara.

Alle lachen.

Die Sonne scheint, die Autos glänzen. Man steigt ein, um zu einem gemeinsamen Essen zu fahren. Es wird alles gut, und der Krieg wird bald vorüber sein.

30

NOVA LEVANTE/WELSCHNOFEN, SOMMER 1957. Die letzte Bergtour. Und der blöde Eduard ist abgereist, hat Frank aber den Revolver dagelassen, mit den Augen gezwinkert und gesagt: »Denk an unser Geheimnis!«

Und Frank muss immer an dieses Geheimnis denken, denn Eduard hat ihm beim Wandern noch viel mehr erzählt aus der großen deutschen Zeit, obwohl Frank es gar nicht hören wollte. »Und wenn die Feinde nicht so gemein gewesen wären«, hat Eduard gesagt, »dann hätte alles geklappt, aber stattdessen haben sie grauenhafte Lügen über Deutschland erzählt.«

»Was denn?«, hat Frank gefragt.

»Sie haben behauptet, dass die Deutschen Millionen von Juden umgebracht haben. Dafür haben sie überall Leichen von Verhungerten zusammengetragen und sie vor einem Arbeitslager abgelegt und alles geknipst. Dann haben sie die Bilder in ihre Zeitungen gebracht und geschrieben: Das haben die Deutschen gemacht. Dabei haben die faulen Juden im Arbeitslager endlich einmal gelernt, richtig zu arbeiten.«

»Was sind denn die Juden?«, hat Frank gefragt. Er hat ab und zu mal das Wort gehört, sein Bruder hat es genannt, aber er hat nie genau gewusst, wer das war.

Eduard hat erstaunt geblickt und dann erklärt: »Das ist ein Volk, das aus Israel ursprünglich stammt und sich in Europa und auf der ganzen Welt festgesetzt hat und überall das Geld kontrolliert. Sie sind so böse, dass sie sogar Jesus umgebracht haben.«

»Was? Aber das ist doch schon so lange her.«

»Die damaligen Juden.«

Da hat es Frank endlich verstanden und gesagt: »Ach so, du meinst das Volk Israel. Aber König David und Mose, die waren doch gar nicht faul und haben viel gekämpft und der Elia, der hat sogar Feuer vom Himmel fallen lassen! Und Jesus war doch selbst ein Israelit.«

Das kennt Frank alles aus dem Kindergottesdienst und aus der Kinderbibel.

»Na ja«, hat Eduard gemeint, »das Volk Israel aus der Bibel ist nicht ganz dasselbe wie heute.«

»Ist das dann ein neues Volk?«

»Auch nicht ganz.«

»Aber es ist doch von Gott gewählt. Und Tante Veronika aus dem Kindergottesdienst hat gesagt, dass es nicht recht ist, wenn man böse mit den Israeliten ist, dann kann man keine Kriege gewinnen. Und deshalb hätten wir auch den Krieg verloren.«

»Das ist aber ... also ... so kann man das nicht sehen«, meint Eduard und blickt etwas ärgerlich.

»Aber es steht in der Bibel und wir mussten einen Satz von Gott auswendig lernen, der zu den Israeliten sagt: ›Wer euch antastet, der tastet meinen Augapfel an.‹ Was ist eigentlich ein Augapfel?«

Da ist Eduard noch ärgerlicher geworden und hat gesagt: »Das ist das ganze Auge.«

Und jetzt ist Frank sicher, dass die Juden die Israeliten sind, obwohl es Eduard nicht ganz zugegeben hat.

»Wieso mussten denn die Juden und Israeliten in ein Arbeitslager?«, hat Frank gefragt.

»Weil sie Volksschädlinge sind und uns das Geld weggenommen haben.«

»Hat denn das niemand gemerkt?« Und Frank denkt an einen Dieb, der heimlich jemand den Geldbeutel stielt.

»Als der Führer das gemerkt hat, war schon zu viel Geld weg, deswegen mussten alle festgenommen werden.«

Das kommt Frank seltsam vor, dass überall in Deutschland die Nachkommen von König David und Salomo, von Elia und Mose den Leuten das Geld aus der Tasche stehlen. Und zum ersten Mal hat er gedacht, dass Eduard nicht ganz dicht sein kann und außerdem so komisch freundlich ist. »Das kommt mir alles ziemlich blöd vor«, hat Frank gesagt und ist weggelaufen.

Und jetzt fällt ihm ein, was er machen könnte: Er wird den Revolver seinem Bruder geben, damit er den für ihn versteckt, und ihm alles sagen, was Eduard über die Israeliten und Juden gesagt hat und dass er es gar nicht aus dem Radio hat, sondern von Eduard, und dass Eduard ihm den Revolver wegnimmt, wenn er das Geheimnis erzählt.

Und heute ist also der letzte Sonnentag und alle gehen nochmal den Weg, der ihnen am besten gefallen hat: Der Lieblingsweg schlängelt sich zwischen hellen Felsblöcken hindurch und man kommt an einer Quelle vorbei und auf einer Hütte gibt es Almdudler für die Erwachsenen, Orangeade für die Kinder und Spaghetti.

Nach einer Kletterei, wo jeder genau aufpassen muss, damit man nicht umknickt, kommt ein breiterer Weg durch einen Wald. Jetzt kann Frank endlich seinem Bruder alles erzählen.

»Du, Hartmut?«

»Was ist denn?«

»Ich hab doch den Revolver geschenkt bekommen von Eduard ...«

»Ja.«

»Kannst du den für mich verstecken, und ich sag dann, dass ich ihn verloren hab.«

»Warum denn?«

»Weil mir sonst der Eduard den Revolver wieder wegnimmt.«

»Das kann er nicht!«

»Warum?«

»Geschenkt ist geschenkt. Das ist jetzt dein Eigentum. Wenn er ihn dir wieder wegnimmt, dann ist es Diebstahl.«

»Wirklich?«

»Klar.«

»Kannst du ihn trotzdem nehmen, weil ich glaube, dass sich Eduard nicht dran hält.«

»Mensch, Frank, warum soll denn Eduard dir deinen Revolver wegnehmen? Ich finde den Typ auch nicht gerade sympathisch, aber ein Geschenk wieder wegnehmen, das würde der nicht machen.«

»Er hat es mir aber gesagt. Wenn ich sein Geheimnis verrate, nimmt er mir den Revolver wieder weg.«

Bis jetzt hat Hartmut mit seinem Messer gespielt, das er in der Hand trägt, aber plötzlich hört er damit auf und schaut seinen kleinen Bruder von der Seite an.

»Er hat ein Geheimnis? Was denn für eins?«

»Ich sag dir's nur, wenn du meinen Revolver nimmst und ihn versteckst.«

»Ja, gut, ich nehm ihn. Also?«

»Der Eduard hat mir erzählt, dass der Hitler ein ganz toller Führer war, und alles Schlechte, was man über die Deutschen sagt, ist gelogen. Wir haben nämlich gar keine Israeliten umgebracht, sondern ihnen nur gezeigt, wie man richtig arbeitet, aber die Feinde, die haben Tote überall zusammengetragen und fotografiert. Und in den Zeitungen steht dann, wir hätten die getötet. Obwohl es ja Wollschädlinge sind.«

»Wollschädlinge?«

»Oder so ähnlich.«

»Meinst du vielleicht Volksschädlinge?«

»Ja, genau.«

»Also, Frank, jetzt mal ganz ehrlich, nur, um es richtig zu verstehen: Der Eduard findet Hitler toll und die Juden sind gar nicht getötet worden? Und von der Hitlerjugend ist er auch begeistert?«

»Ja, das auch. Und ich hab das nämlich gar nicht aus dem Radio, sondern von Eduard. Aber es soll ein Geheimnis sein, weil die meisten die Wahrheit nicht hören wollen. Und du darfst mich nicht verraten, sonst nimmt er mir den Revolver wieder weg.«

Hartmut schweigt ein paar Augenblicke und sagt dann mehr zu sich: »Das ist der Hammer. Ein Nazi, der sich an unsere Familie ranmacht. Das muss ich unserem Witwenklub erzählen. Der Kerl kommt mir nicht mehr ins Haus.«

Und jetzt fällt Frank ein, dass er Eduard gar keine Kotzbeeren mehr geben muss oder ihm ein Bein stellen muss, weil sein Geheimnis noch besser wirkt als alle Kotzbeeren zusammen, und man kann Eduard loswerden, wenn man alles über ihn erzählt und vielleicht ein bisschen übertreibt.

»Und der Eduard«, fängt Frank an, »der will selber ein paar Juden töten, wenn noch welche übrig sind. Aber wenn er rauskriegt, dass ich sein Geheimnis erzählt habe, dann wird Eduard böse mit mir sein und mir den Revolver …«

Hartmut bleibt stehen und sieht seinen kleinen Bruder an.

»Hör mal, Frank. Es ist gut, dass du mir das erzählt hast. Dein Revolver ist bei mir sicher und ich werde dem Eduard einheizen, wenn er ihn dir wieder wegnimmt.« Er geht etwas schneller, um seine Mutter und Tante Ida einzuholen. Und von Weitem sieht Frank, wie Hartmut auf die beiden Frauen einredet und mit seinen Händen herumfuchtelt. Frank geht jetzt auch ein bisschen schneller und leiser, um sie einzuholen und mitzukriegen, was die Erwachsenen so reden.

Er hört, wie seine Mutter gerade sagt: »Das glaub ich nicht alles. Klar, der Eduard war nicht beim Heer und hat manches nicht so mitbekommen, deswegen redet er so. Er hat es sicher nicht böse gemeint und …«

»Also Mama«, unterbricht Hartmut sie. »Der Kerl ist ein Nazi und was er mit Frank gemacht hat, ist eine ganz fiese Nummer.«

»Elisabeth«, sagt jetzt Ida, »ich weiß ja, dass du Edu ganz nett findest und er ist ja auch rührend um dich besorgt, aber der Mann ist nicht ehrlich. Ich möchte so jemand nicht in der Familie haben. Du weißt so gut wie ich, dass Arnold Dinge gesehen und gehört hat und das hat ihn kuriert. Er hat am Anfang Hitler verteidigt, aber erinnere dich an unsere Gespräche, als er von der Gefangenschaft zurückkam. Er hat gesagt, dass Hitler uns alle verführt hat und wir haben es nicht gemerkt.«

»Das weiß ich ja, und ich bin ganz eurer Meinung, aber dem Eduard traue ich das nicht zu, dass er mit Frank … Wir wissen ja alle, dass Frank manchmal eine blühende Fantasie hat.«

»Das hab ich mir nicht ausgedacht!«, ruft Frank, der alles gehört hat.

Die drei drehen sich um.

»Frank! Warum schleichst du dich an?«, sagt Elisabeth mit strenger Stimme. »Was wir bereden, ist nicht alles für dich gedacht.«

»Aber das stimmt alles, das hab ich mir nicht ausgedacht!«

»Wir müssen mit Eduard reden und ihn direkt fragen«, sagt Elisabeth.

Hartmut lacht: »Das bringt nichts. Meinst du, er wird das zugeben? Der wird alles abstreiten und sagen, dass Frank sich das alles ausgedacht hat. Wir müssen das irgendwie anders beweisen.«

Danach ist die Wanderung nicht mehr so fröhlich. Trotzdem gibt es Spaghetti und Orangeade für Frank und Heidi. Britta und Hartmut dürfen einen Almdudler trinken.

Auf dem Rückweg geht Frank neben Heidi, weil er nicht bei den Erwachsenen sein will, obwohl er befürchtet, dass sie wieder mit ihren hundert Eiern angeben will, die sie in ihrem Bauch herumträgt. Aber diesmal hat sie eine andere Idee. Sie hat nämlich mal in ihrer Klasse gesehen, wie die Jungs so einen Gummiüberzug herumgezeigt haben, den die Männer nehmen, wenn sie keine Kinder haben wollen. Der Same wird dann dort gesammelt und kommt nicht zu den hundert Eiern.

Und dabei fällt Frank ein, dass er diese Gummiüberzüge in den Ruinen gesehen hat und jetzt weiß er, dass die nicht für die gelben Rüben sind, sondern für die Penisse der Männer. Irgendwie kommt ihm das komisch vor, als ob ein Penis einen Mantel anhat.

Aber eines muss man Heidi lassen, sie hat immer wieder neue Sachen zu erzählen, die er nicht kennt.

Frank hat eigentlich die Eduardgeschichte schon halb vergessen, als er ins Bett geht, aber seine Mutter sagt ihm noch gute Nacht und bevor sie mit ihm betet, blickt sie ihn freundlich an, nimmt seine Hand und sagt: »Frank, mir kannst du es ja sagen, ob du dir das mit Eduard ausgedacht hast oder nicht. Weißt du, es ist besser, wenn man die Wahrheit sagt, sonst geht es Eduard später ganz schlecht für nichts und wieder nichts. Es ist auch nicht schlimm, wenn sich Jungs in deinem Alter so was ausdenken, das kommt schon mal vor.«

Und dann fängt Frank zu weinen an und sagt, dass Eduard die übrig gebliebenen Israelitenjuden töten will, das hätte er sich ausgedacht, aber alles andere nicht. Und er weiß, dass man mit Lügen ziemlich viel verkehrt machen kann, aber dass Eduard den Hitler so toll findet und die Hitlerjugend und dass die Feinde die Leichen woanders zusammengetragen haben und dass die Juden faul sind und dem ganzen deutschen Volk das Geld gestohlen haben, das hat er alles gesagt.

»Woisch, Frank, du brauchsch net traurig sai, i heirat den Eduard doch sowieso net. I heirat bloß, wenn der Mann dir auch gfällt, gell!«

Das hat Frank ein bisschen getröstet und er ist nach einem schönen Mamagebet eingeschlafen, auch wenn sein Kopfkissen etwas nass war.

31

Leipzig, 8. November 1939. Elisabeth sitzt am Tisch in der Wohnung von Schwiegermutter Friederike und bewegt das Pedal der Nähmaschine. Wenigstens etwas, das sie wirklich gut kann, sogar besser als ihre Schwiegermutter: nähen nach neuen Schnittmustern, Säume umnähen, Abnäher machen und das Schwierigste: Knopflöcher.

Zum Glück geht ihr alles schnell von der Hand und sie kann ihre Gedanken wandern lassen. Das kann ihr niemand nehmen.

Im Augenblick ist sie allein in der Wohnung. Annegret ist bei der Arbeit und Arnolds Mutter ist einkaufen. Das Mädchen hat heute frei.

Elisabeth seufzt, wenn sie an ihre Schwiegermutter denkt. Es ist ja schön, dass sie sich große Mühe gibt, freundlich zu ihrer Schwiegertochter zu sein, aber es wirkt doch alles sehr bemüht. Sie scheint noch an Claudia zu hängen und versteht ihren Sohn nicht. Manchmal ist es fast rührend, wie die Mutter sich zu kleinen Freundlichkeiten zwingt: ein Stück Schokolade oder eine Ansichtskarte aus Stuttgart, die sie einmal gekauft hat, liegen nun auf Elisabeths Frühstücksteller.

Und jetzt sitzt diese Schwiegertochter in ihrem Wohnzimmer und näht. Und Elisabeth hat sich immer noch nicht durchgerungen, wie sie ihre Schwiegermutter anreden soll. Mama geht nicht, so redet sie ihre Mutter an. Vielleicht doch Mutter? Das klingt nicht so intim.

Elisabeth blickt nach draußen. Der erste Schnee. Die Flocken wirbeln im Wind und lassen sich Zeit zum Fallen. Der Baum, dessen Spitze sie sieht, hat noch ein paar Blätter, die jetzt weiß bestäubt sind. Der Schnee wird nicht lange liegenbleiben, wenn nicht mehr nachkommt.

Eine Amsel sitzt außen auf dem Fenstersims und tut so, als ob sie Elisabeth beim Nähen zusieht.

Wenn ich ein Vöglein wär, denkt die Näherin und lässt das Schwungrad kreisen.

Ach, es war einfach schön, diese drei Tage in einem Hotel. Ihre Flittertage. Und es ist ja ein Vorrecht, in dieser Zeit überhaupt wegfahren zu können und ein bisschen Luxus zu genießen und nicht nur die üblichen Rationssätze in Gramm zu bekommen. Sie weiß nicht, wie Friederike Schering das hingekriegt hat, dass sie in dem Hotel fast schlemmen konnten. Beziehungen! Oder Essensmarken gehortet.

Vielleicht wollte die Familie aber auch nicht die ganze Zeit die Verliebten vor Augen haben und sich die Peinlichkeiten ersparen.

Sie muss lächeln, als sie an ihre erste Nacht mit Arnold denkt. Sie hat Großartiges erwartet und es ist doch ganz menschlich geworden.

Im Grunde ist sie davon ausgegangen, dass Arnold, der Frauenkenner, der Casanova, schon diverse Erfahrungen gesammelt hat. Es hat ihr immer einen leichten Stich gegeben, wenn sie sich andere Damen vorstellte, die mit ihm geschlafen haben.

Und dann, als sie nebeneinander im Bett liegen, ist Arnold so aufgeregt gewesen, dass die Erektion nicht reichte. Und je mehr er sich anstrengte, desto weniger klappte es.

Schließlich gab er auf, und sie hörte sein Geständnis, dass er zwar einige Freundinnen gehabt und dass es viele Küsse gegeben habe und Streicheln an gewagten Stellen, aber mit keiner habe er geschlafen und er versteht die Welt nicht mehr, dass es jetzt nicht gelingt, wo doch alles erlaubt ist.

Da hat sie vor Erleichterung so laut lachen müssen, dass sie nicht aufhören konnte. Und Arnold hat sich beleidigt auf die Seite gedreht, weil er dachte, sie würde ihn auslachen wegen seines Versagens, aber sie hat es geschafft, ihn zu kitzeln und zu sagen: »So mag i dich viel lieber.« Und sie haben die eheliche Pflicht nicht mehr so wichtig genommen (»mir händ doch a paar Jahr Zeit dafür«), sind zusammen eingeschlafen und in der Nacht wieder aufgewacht und dann ging es plötzlich ganz einfach. Und Arnold hat beim Frühstück gesagt, er sei jetzt ein echter Mann und das habe er ihr zu verdanken.

»Vielleicht hätt's ja bei der Claudia gleich geklappt«, rutschte es ihr heraus.

»Das kann ich jetzt nicht mehr ausprobieren!«

»Leider?«, hat sie zurückgefragt.

»Zum Glück!«

Und seitdem haben sie es immer wieder probiert. Sie konnten nicht genug kriegen. Und es war gut, dass sie in einem Hotel waren.

Das Hotel lag an einem See. Sie machten lange Spaziergänge, und zum Schluss konnten sie es kaum aushalten, bis sie wieder in ihrem Zimmer waren, um ihre Übungen fortzusetzen.

Überhaupt das Hotelfrühstück. Das hat sie besonders genossen, weil sie so oft das Frühstück für andere machen musste. Es muss übrigens ein teures Hotel gewesen sein.

Früchte, sogar eine Banane, Eier mit Speck, dicke Erdbeermarmelade und Milch vom Bauern, bei der noch Sahneflocken oben schwammen.

Inzwischen hüpfen zwei Amseln auf dem Sims hin und her. Elisabeth steht auf und geht langsam näher. Da fliegen sie weg, aber auf dem Fenstersims liegen Brotkrumen.

Das sieht nach Arnolds Mutter aus.

Elisabeth setzt sich wieder an die Maschine und näht weiter. Wie ruhig es hier ist, so friedlich und doch herrscht Krieg. Kaum zu glauben.

Arnold ist jetzt irgendwo im Osten. Zum Glück gibt es dort keine großen Kampfhandlungen. Die neuen Grenzen müssen gesichert, Aufbauarbeit geleistet werden, um Raum zu schaffen. Aber man muss wachsam sein, hat Arnold gesagt. Wie leicht könnten Frankreich oder England ihre Kriegserklärung praktisch werden lassen und alles wieder zerstören, was wir uns rechtmäßig geholt haben.

Wenn man ihn doch nur einmal kurz besuchen könnte und ihn in den Arm nehmen!

Sie steht auf, schaut auf die Uhr. Halb elf. Zeit zum Aufhören. Mutter wird gleich vom Einkaufen kommen. Während sie die Nähsachen wegpackt, schaltet sie den Volksempfänger an, um sich abzulenken. Manchmal senden sie ja ganz gute Unterhaltungsmusik.

Es dauert, bis die Röhren warm sind, dann eine schmelzende Tenorstimme: »... und Glanz der Lichter, macht mich selig und zum Dichter. Mir fällt ein Lied ein, das sing ich dir vor: Ich tanze mit dir in den Himmel hinein, in den siebenten Himmel der ...«

Ein Schlüssel dreht sich im Schloss. Die Mutter kommt zurück. Heute muss sie selbst kochen, weil das Mädchen nicht da ist.

Eigentlich könnte ich auch kochen, überlegt Elisabeth, *aber ob wir uns in der Küche vertragen?*

Sie hört, wie Friederike Schering den Schnee aus dem Mantel klopft.

»Der Winter kommt früh in diesem Jahr«, sagt Elisabeth, nimmt ihrer Schwiegermutter den Mantel ab und hängt ihn an die Garderobe.

»Danke.«

»Wie wär's, wenn ich heute koche?«, schlägt Elisabeth vor.

»Ich hab schon die Sachen eingekauft«, sagt Friederike, »aber du könntest morgen kochen. Das Mädchen kann dann endlich mal die gewaschenen Sachen bügeln. Was esst ihr denn so im Schwabenland?«

Sie betreten das Wohnzimmer.

Elisabeth geht zum Radio und stellt es aus.

»Eine ganze Menge. Natürlich Spätzle mit den unterschiedlichsten Soßen. Eine Spezialität ist Linsen mit Spätzle ...«

Die Schwiegermutter wundert sich: »Das kann ich mir aber gar nicht vorstellen.«

»Aber es schmeckt. Dann essen wir auch gerne Maultaschen, Kartoffelsalat, Saure Kutteln ...

»Maultaschen habe ich noch nie gegessen. Was braucht man dazu?«

»Sehr dünnen Nudelteig für die Taschen. Die Füllung: Spinat, Hackfleisch, Zwiebeln, Petersilie und noch ein paar andere Kräuter. Und eine Gemüsebrühe. Die könnte ich heute schon ansetzen …«

»Gut, dann ist das abgemacht!«

Sie blickt auf die Nähmaschine. »Du hast genäht?«

»Ja, ein paar Sachen geändert und ausgebessert. Knopflöcher gemacht.«

»Tüchtig. Na dann … ich geh mal in die Küche.«

»Kann ich dir helfen?«

Die Mutter zögert kurz. »Kartoffeln schälen vielleicht und die Mohrrüben putzen.«

Zuerst arbeiten sie stumm nebeneinander, aber dann ergibt sich ein Gespräch über Arnold. Und Friederike Schering fragt nach, wie sie sich kennengelernt haben.

Am liebsten würde sie ihre neue Mutter umarmen, weil sie so rührend höflich ist, aber das getraut sie sich nicht.

Mittags kommt Annegret, bringt etwas frischen Wind mit. Zwischendurch fragt sich Elisabeth, wie lange sie überhaupt in Leipzig bleiben soll. Wäre es nicht besser, wenn sie in Stuttgart bei Ida wäre, die jetzt allein ist?

Den ganzen Nachmittag und Abend ist Friederike Schering nicht zu sehen. Elisabeth macht ihre Gemüsebrühe und fängt mit dem Nudelteig an. Aber ausrollen wird sie ihn erst morgen.

Annegret ist ein echter Trost. Mit ihr kann sie so reden, wie es ihr ums Herz ist.

Und von ihr erfährt sie auch, dass der Vater im Weltkrieg gefallen ist und Arnold und sie selbst ohne Vater aufgewachsen sind.

»Es gibt ein Mahnmal für die Gefallenen«, sagt Annegret, »da geht Mama oft hin und heute ist der Todestag von meinem Vater. Bestimmt war sie heute Nachmittag da und hat Blumen hingelegt.«

Um halb zehn setzen sich die beiden jungen Frauen ins Wohnzimmer mit Büchern bewaffnet.

Die Vorhänge werden sorgfältig zugezogen. Irgendwann steht Annegret auf und macht das Radio an. Eine männliche Stimme liest Gedichte vor, mit dramatischem Unterton:

» … ging an meiner Seite
in gleichem Schritt und Tritt.
Eine Kugel kam geflogen.
Gilt's mir oder gilt es dir?
Ihn hat es weggerissen,
er liegt mir vor den Füßen
als wär's ein Stück von mir …«

Annegret knurrt und sagt: »Das gefällt mir nicht, auch wenn es von Uhland ist. Immer diese Kriegssprache.«

»Aber wir sind nun mal im Krieg, Annegret!«

»Ich will lieber …« Sie steht auf, um den Sender zu wechseln, da knackt es und eine sachliche Männerstimme, die gelegentlich vor Aufregung zittert, fängt an zu sprechen: »… Wir unterbrechen unser Nachtprogramm, um eine Nachricht zu senden, die uns alle erschüttert hat. Heute Abend, um zwanzig Minuten nach neun, wurde auf unseren Führer und Reichskanzler Adolf Hitler in München, im Bürgerbräukeller, ein Anschlag verübt. Dem Führer geht es gut. Er ist unverletzt, obwohl die Bombe eine unermessliche Verwüstung angerichtet hat. Acht Menschen sind tot, und es gibt viele Verletzte. Dank der Vorsehung hatte aber der Führer das Gebäude früher verlassen als geplant, da er mit dem Zug reisen musste. Die Sicherheitskräfte arbeiten fieberhaft an der Aufklärung dieses abscheulichen Verbrechens …«

Elisabeth ist erschrocken aufgestanden und flüstert: »Mein Gott! Ein Attentat auf den Führer!«

Annegret rennt aus dem Wohnzimmer, um die Mutter zu holen. Elisabeth hört weiter atemlos zu und bleibt stehen. Setzen kann sie sich jetzt nicht.

Als Annegret und ihre Mutter das Zimmer betreten, wird inzwischen ein Trauermarsch gesendet.

»Eben haben sie noch gesagt«, fängt Elisabeth an, »dass ein Mann an der Grenze zur Schweiz festgenommen worden ist, der sich verdächtig gemacht hat. Der oder die Attentäter haben die Säule hinter dem Rednerpult ausgehöhlt und dort ihre Sprengladung mit einem Zeitzünder versteckt ...«

Die drei Frauen sehen sich an

»Ein Attentat, gerade jetzt«, sagt Elisabeth, »wo doch unsere Soldaten von Sieg zu Sieg eilen.« Es kommt ihr etwas seltsam vor, so etwas zu sagen, es ist ja eigentlich nicht ihre Art so zu reden, sie muss es irgendwo aufgeschnappt haben.

Plötzlich fühlt sie die Arme ihrer Schwiegermutter. »Elisabeth! Was wird bloß werden mit unseren Männern? Zum Glück ist Arnold nicht im Süden, sondern weit weg.«

Ein bisschen ist Elisabeth erstaunt über die spontane Umarmung, aber sie genießt auch die neue Nähe.

Langsam macht sich Arnolds Mutter los und lässt sich auf das Sofa fallen, Annegret setzt sich zu ihr und hält ihre Hand.

»Ich mach uns einen Tee«, sagt Elisabeth und verschwindet in der Küche.

32

SAINT VALERY, FRANKREICH, 8. JUNI 1940. *Der Krieg ist großartig,* denkt Arnold, kramt aus seiner Tasche eine selbstgedrehte Zigarette und zündet sie an.

Ein wolkenloser Junihimmel breitet sich über der Atlantikbucht aus. Möwen kreischen, der Geruch nach Fischen und Tang weht bis hierher und der Kaffee vor ihm schmeckt nach richtigem Kaffee. Tja, die Franzosen! Sind zwar keine Kämpfer, aber sie haben überall guten Kaffee gehortet.

Klar, für die anderen ist der Krieg nicht immer gut. Die Bomben auf Rotterdam haben hunderte von Zivilisten getötet, obwohl die Holländer schon kapituliert hatten, aber in einem Krieg darf man nicht zimperlich sein. Endlich wird die Schmach von Versailles abgewaschen, und Deutschland kann sich nach allen Seiten ausbreiten. Die Armee ist eben gewohnt zu siegen. Unglaublich, dass die Niederlande, Belgien und Luxemburg nacheinander kapituliert haben. Umgefallen wie Dominosteine.

Das Haus, in dem er mit seiner Truppe einquartiert wurde, ist ein solider Bootsschuppen. Sie schlafen mit zwanzig Mann auf Feldbetten. Es könnte schlechter sein.

Arnold hat sich ein leeres Fass geholt, es gegen die Bootswand gestellt und sich daraufgesetzt. Ein paar Minuten Sonne mit einer Zigarette und Kaffee. Das muss man auskosten.

Die Kameraden sind dabei zu packen. In der Nacht geht es los, Richtung Seine.

Es ist wie ein Wunder, dass Deutschland überall siegt, als sollte es so sein. Ja, vielleicht ist Deutschland dazu bestimmt, sich die Vorherrschaft in Europa zu erkämpfen. Norwegen und Dänemark sind besetzt und die Franzosen sind kaum vorbereitet. Haben sich auf ihre befestigte Maginot-Linie verlassen und haben nicht damit gerechnet, dass Hitlers Panzer einfach durch die Ardennen gerauscht sind, während die Stukas von oben angegriffen haben. Großartige Leistung!

Arnold bläst den Rauch genüsslich nach oben. Wenn alles klappt und Frankreich besiegt ist, gibt es vielleicht einen kurzen Heimaturlaub, und er kann endlich Elisabeth wiedersehen und ihren runden Bauch bewundern. Das erste Kind!

Er holt aus seiner Brusttasche den Brief heraus, betrachtet das neueste Bild seiner jungen Frau, das sie ihm geschickt hat, und liest zum hundertsten Mal ihre Zeilen:

»Mein geliebter Mann! Wie sich das anhört, aber es ist so. Du wirst von deiner kleinen, dicken Frau sehnlichst erwartet. Täglich verfolgen wir die Nachrichten. Ida hat eine Karte in der Küche angebracht, wo wir den Frontverlauf markieren. Jetzt musst du irgendwo in Belgien oder Luxemburg sein. Zum Glück verstehst du Französisch! Bei uns läuft alles seinen gewohnten Gang. Idas Baby ist süß, und ich kann ihr gut helfen. Noch kann ich mich flink bewegen. Zwei Frauen ohne Männer! Aber ich weiß ja, dass du für uns an vorderster Front stehst wie auch Hermann. Überlege dir schon einmal Namen für unser Kind: Ich könnte mir Roland, Hartmut oder Reiner vorstellen und wenn es ein Mädchen wird: Franziska, Reinhild oder Britta. Aber vielleicht hast du noch ein paar andere Namen?

Ich küsse dich tausendmal,
deine Elisabeth.«

Arnold seufzt, wenn er an Elisabeth denkt. Es ist hart, so abstinent zu leben. Nicht alle machen das. Auch manche von den Verheirateten nehmen sich Frauen. Siegreiche Männer haben eine Ausstrahlung! Aber er könnte das nicht. Selbst wenn Elisabeth es nie erfahren würde. Er liebt sie einfach zu sehr. Wenn er sich hier mit einer Französin einlassen würde, könnte er sich in einem Spiegel nicht mehr in die Augen schauen. Und so kann er nur von seiner kleinen, dicken Frau träumen, und ab und zu ist seine Decke feucht. Aber wer weiß, wenn die Trennung Jahre dauern würde? Kann man das jahrelang durchhalten?

Er hat sich zu einem Unteroffizierslehrgang angemeldet, der soll bei Ettlingen sein. Vielleicht ließe sich da ein Abstecher nach Stuttgart organisieren ...

Arnold hört energische Schritte auf dem Kies. Das klingt nach einem Vorgesetzten. Er drückt seine Zigarette aus, springt von dem Fass und tut so, als käme er gerade vom Hafen.

Aha, es ist Niki. Er nimmt Haltung an, militärischer Gruß. Vor ihm steht Oberstleutnant Wernicke.

»Obergefreiter Schering. Wo sind die anderen?«

»Die packen, Herr Oberstleutnant.«

»Und Sie?«

»Wollte gerade anfangen, Herr Oberstleutnant.«

»Dann machen Sie das gefälligst.«

»Zu Befehl, Herr Oberstleutnant!«

»Haben Sie schon die Kaltverpflegung abgeholt?«

»Nein, Herr Oberstleutnant!«

»Dann organisieren Sie das für Ihre Männer. Heute ausnahmsweise eine leichte Erhöhung: achthundert Gramm Brot, zweihundert Gramm Fett, zweihundert Gramm Wurst, zweihundert Gramm Marmelade, drei Zigaretten.«

»Zu Befehl!«

»Wiederholen!«

»Achthundert Gramm Brot, alles andere zweihundert Gramm und drei Zigaretten.«

»Und danach melden Sie sich bei den Funkern. Wegtreten!«

Arnold will gerade zum Gebäude gehen, da wird er zurückgerufen.

»Obergefreiter Schering?«

Er nimmt wieder Haltung an.

»Ihr Abzeichen ist nicht mehr richtig befestigt. Nähen Sie den Doppelwinkel wieder sorgfältig an!«

»Zu Befehl, Herr Oberstleutnant.«

»Wegtreten!«

Arnold geht in das Bootshaus zu seinem Feldbett. Der Raum ist voller Soldaten, die ihre Sachen packen. Aufgeräumte Stimmung. Gelächter. Durch die Luken unter dem Dach ist es gerade so hell, dass man kein Licht zu machen braucht.

»Im Grunde ist mein Tornister noch gepackt«, murmelt Arnold. Aber er kontrolliert zur Sicherheit schnell den Inhalt: »Unterwäsche, Socken, Handtuch, Taschentuch, Weste, ein

Paar Schnürschuhe, Waschzeug, Nähzeug …« Das Nähzeug holt er heraus und legt es auf die Decke. »Schuhputzzeug, Kleiderbürste, Wäschebeutel, Patronentaschen mit sechzig Schuss. In der Feldbluse: Soldbuch, Notizbuch, Bleistift, Streichhölzer, Taschenmesser, ein handliches Neues Testament, Bindfaden, Geldbörse. Und wo ist die Feldmütze? Ah hier, und der Stahlhelm, dann noch die Patronentasche, Brotbeutel, Bakelitdose, Blechdose für die Geräte zum Gewehrreinigen, Essbesteck, Feldflasche …«

Arnold richtet sich auf. »Alles da! Und jetzt noch die Doppelwinkel annähen.«

»Na, stopfst du noch irgendwelche Löcher?«, fragt ihn Rudi, sein Bettnachbar, der ihn beobachtet hat.

»Vorhin war Niki da und hat gesehen, dass meine Doppelwinkel hängen!«

»Solange nur die Winkel hängen, ist ja alles in Butter!« Rudi lacht laut über seinen eigenen Witz.

»Niki sagt, ich soll nachher unsere Kaltverpflegung für das Bootshaus organisieren. Kommst du mit?«

»Klar!«

Arnold näht zu Ende, verknotet die beiden Enden der Fäden auf der Innenseite und steckt das Nähzeug in den Tornister zurück.

»Na, dann wolln wir mal!«

Mit Rudi versteht sich Arnold ganz gut. Rudi kommt aus Bremen, ist Schreinermeister und macht sich Sorgen, wie seine Werkstatt ohne ihn weitergehen soll. Der Geselle ist kurz vor der Meisterprüfung, aber eine Schreinerei zu leiten, ist doch noch etwas anderes.

Rudis Vorzüge sind seine praktischen Fähigkeiten. Er kann fast alles reparieren.

Vom Holzgestell des Tornisters angefangen bis zu wackligen Tischbeinen, instabilen Regalbrettern, Türschlössern und Automotoren.

Arnold nimmt noch zwei andere Männer mit, und gemeinsam schleppen sie die Kaltverpflegung ins Bootshaus, um sie zu verteilen. Er blickt auf die Uhr: halb fünf. Jetzt nur noch die Betten zusammenlegen, stapeln und dann zu den Funkern.

Arnold ist froh, dass er morsen gelernt hat, das unterscheidet ihn von den anderen und er bekommt mehr mit, was so läuft.

Er wählt einen kleinen Umweg am Hafen entlang. Die Spätnachmittagssonne liegt auf dem Wasser und glitzert. Zwei Boote schaukeln auf den Wellen. Außer, dass er von Elisabeth getrennt ist, gefällt es ihm hier ganz gut. Es herrscht zwar ein rauer Ton, aber man versteht sich und es ist ein erhebendes Gefühl, zu den Siegern zu gehören. Gut, morgen wird es ein anstrengender Tag, zu Fuß durch die Nacht, Richtung Süden, Blitzangriff. Inzwischen sind die Franzosen auf der Hut und werden das Überschreiten der Seine verhindern wollen, aber die Armee ist geschwächt und die Engländer haben sich auf die Insel zurückgezogen, weil sie denken, es sei wichtiger, an der Nordfront die Deutschen zu stoppen.

Wer weiß, vielleicht gelingt es dem Heer, in den nächsten Wochen Paris zu besetzen. Die deutsche Fahne auf dem Eifelturm! Auf jeden Fall kommt man durch Europa, wenn man Soldat ist. Er wird eine Postkarte aus Paris an Elisabeth schicken!

Als er an dem Gebäude ankommt, wo die Funker arbeiten, muss er in einem Vorraum warten, bis er den Kollegen ablösen kann.

In einem Regal stehen neben französischen Büchern Leitzordner, in denen die Funksprüche chronologisch aufbewahrt werden.

Zwei deutsche Romane liegen auf dem Brett darunter und eine Ausgabe von »Mein Kampf«.

Arnold greift danach. Manche Seiten kleben noch zusammen. Bisher hat kein Mensch darin gelesen. Wahllos schlägt er das Buch auf und erfährt, dass der Jude keinen eigenständigen

Staat bilden kann, dass er wie ein Parasit an den Völkern hängt und sich immer weiter ausbreitet, dass das Wirtsvolk unter dem jüdischen Einfluss früher oder später abstirbt.

Arnold blickt auf und stellt sich gerade seinen Klavierlehrer als gefährlichen Parasiten vor. *Hört sich übertrieben an, aber vielleicht sind einzelne Juden ja eine Ausnahme.* Er blättert weiter, während im Nebenraum die Morsetasten klappern. Was er liest, hört sich wie ein Auszug aus einem Groschenroman an: Dass der Judenjunge auf das ahnungslose deutsche Mädchen lauert, das er mit seinem Blut schändet und dass nur eine höchste Rasse, ein Herrenvolk, die Probleme der Zukunft lösen könnte …

Die Tür geht auf und ein magerer, dunkelhaariger Vertreter der Herrenrasse steht im Türrahmen und streckt sich gähnend. »Ah, Schering. Mein Platz ist frei, du bist dran, viel Spaß!«

33

STUTTGART, 27. NOVEMBER 1941. Elisabeth wundert sich. Seit einem Monat müssen alle Juden den gelben sechszackigen Stern mit dem Wort Jude in der Mitte tragen. Und da merkt sie erst, wie viele Juden es in Stuttgart gibt. Die Synagoge ist zwar abgebrannt, aber irgendwo treffen sie sich, denn sie sieht samstags viele jüdische Männer, die in eine Richtung gehen.

Manche Lebensmittel gibt es jetzt nur für Arier und sie hat schon mehrmals beim Einkaufen gesehen, wie eine jüdische Mutter leer ausging.

Elisabeth ist mit dem Kinderwagen unterwegs, den sie günstig von einer Wohnungsauflösung bekommen hat. Hartmut, der bei dem Geschaukel schläft, ist gerade mal fünfzehn Monate alt und kann schon Mama und Mich sagen und meint damit Milch. Zu Autos sagt er: Ü-Ü.

Als Elisabeth vom Metzger in Idas Wohnung zurückkehrt, zum Glück kann sie den Wagen unten im Hausflur stehen lassen, ist sie noch ganz in Gedanken. Einerseits hat sie die Parolen im Ohr, dass der Jude Deutschlands Untergang ist und wie ein Parasit das Volk aussaugt, dass das Finanzjudentum die Weltwirtschaft kontrolliert, und dann denkt sie an Luisa und die Mutter von vorhin, die keinen Rinderbraten mehr bekommt, weil die wenigen Stücke für Arier reserviert sind.

Als sie Hartmut vorsichtig in sein Bett legt und erleichtert sieht, dass er weiterschläft, packt sie die Einkäufe in der Küche aus. Gerhard, Idas Sohn, der ein paar Monate älter als Hartmut ist, schläft im Zimmer nebenan.

Plötzlich meint Elisabeth: »Mit den Juden, des isch schon komisch.«

»Was meinst du?«, fragt Ida, die gerade die Lebensmittelkarten gezählt hat und ein Päckchen Margarine nach draußen auf das Fensterbrett legt.

»Ha, der Führer warnt uns dauernd vor den Juden, aber dann, wenn ich sie mir anschau – die sehn doch aus wie mir. Und die schwätzet schwäbisch wie mir und manche Familien lebet schon seit dreihundert Jahr in Stuttgart. Und i kenn Luisa, a Judemädle aus meiner ehemalige Klass, die isch blond und sieht komplett arisch aus, und dann gibt's a paar Jud in der Sophienstraß, die sehn au net grad jüdisch aus. Der Herr Feit, zum Beispiel, der in der Nummer dreiundzwanzig wohnt, der hat so ein Kaiser-Wilhelm-Schnurrbart. Deutscher geht's gar net.«

»Aber Betti, das ist ja gerade das Heimtückische«, meint Ida. »Man erkennt sie einfach nicht immer an ihrem Äußeren, deshalb soll ja der Judenstern helfen, damit uns die Augen aufgehn, wie verjudet alles ist. Ich habe mich auch gewundert, wie viele plötzlich da sind. Und sie sind ja gar nicht plötzlich da, sondern waren schon immer da, nur – wir haben es nicht gemerkt. Und wie die herumschleichen, immer mit dem Blick nach unten ...«

»Wenn ich immer so ein Stern tragen müsst, würd ich auch herumschleichen oder mich erscht gar net auf die Straß trauen.«

Ida geht gar nicht auf die Bemerkung ein und fährt fort: »Übrigens haben fast alle evangelischen Landeskirchen den Judenstern begrüßt. Der Luther hatte ja eine ganz schlechte Meinung von den Juden. Er würde diese Sterne den Juden persönlich an die Kleidung nähen, glaub mir. Und die Pfarrer und Bischöfe sind doch auch nicht dumm. Wusstest du, dass die Reichskristallnacht in der Nacht zu Luthers Geburtstag losging? Das war kein Zufall!«

»Aber Ida, ich frag mich halt, sind die Juden wirklich so a große G'fahr? Klar, es gibt natürlich auch Verbrecher und Leut, die betrügen und viel Geld haben, aber die Mütter, die nur ihr Rindfleisch kaufet, die sind doch net gefährlich, die sind so wie mir. Und wenn jemand so perfekt hochdeutsch schwätzt, so wie du, des kommt mir schon eher unheimlich vor, als so a schwäbischer Jud, der seine Spätzle isst.«

Ida bleibt mitten in der Küche stehen, stemmt ihre Hände in die Hüfte und betrachtet Elisabeth kritisch: »Elisabeth, du bist aber auch manchmal naiv, ehrlich! Nur weil jemand den gleichen Dialekt spricht und Spätzle isst, ist er doch nicht automatisch gut, oder? Es gibt auch schwäbische Mörder, die Spätzle essen.«

»Ja, schon ... aber warum sollen denn die jüdischen Mütter, Hausfrauen und Kinder gefährlich für uns sein? Des geht net in mein Kopf rein. Und dann verschwinden auch so viele. Auf der Königstraß gibt's den Juwelier Samson gar nicht mehr.«

»Ja, das Geschäft ist arisiert worden.«

»Arisiert! Wie das klingt! Wie: wegrasiert. Und der Zahnarzt an der Ecke heißt jetzt Zahnbehandler.«

Ida setzt sich an den Küchentisch und fängt an, die Mohrrüben zu putzen. Dann sagt sie: »Also, pass auf, ich verstehe das so: In Europa leben seit Jahrhunderten Juden. Gut, viele sehen aus wie wir, aber sie leben in einer anderen Welt, arbeiten am Samstag nicht, essen bestimmte Speisen nicht, haben so komische Bräuche, beschneiden die Jungen und bewegen sich beim Beten hin und her. Die ganz frommen Männer haben lange Bärte, komische Locken an der Seite und irgendwelche Schnüre, die unter dem Jackett heraushängen. Und sie geben einfach diese seltsamen Bräuche nicht auf. Sie leben in Deutschland, aber gleichzeitig in Gedanken auch in einem anderen Land. Außerdem haben sie schließlich Jesus umgebracht und am Anfang viele Christen verfolgt, bis sie zahlenmäßig unterlegen waren.«

»Aber des war vor zweitausend Jahr, Ida. Die Germanen haben auch viele christliche Missionare umgebracht.«

Ida schüttelt den Kopf. »Das ist was anderes. Die Juden hängen alle irgendwie miteinander zusammen, bis heute, helfen sich gegenseitig, schieben sich lukrative Posten zu, verdrängen unsere Männer aus interessanten Berufen und werden immer reicher. Das Volksvermögen häuft sich bei ihnen an, statt dass es wieder in die Volkswirtschaft zurückfließt. Dass wir den Weltkrieg verloren haben, lag ja auch daran, dass viele angeblich deutsche Soldaten Juden waren und nicht bis aufs Äußerste gekämpft haben. Schau dir unsere Armee heute an. Völlig judenfrei. Siegreicher kann man gar nicht kämpfen. Aber das kümmert die Juden nicht. Sie werden immer reicher und saugen unser Land aus. Deshalb reicht es nicht, einzelne Verbrecher auszusortieren, sondern man muss die ganze Sippschaft loswerden. Sie sind wie ein unterirdisches Geflecht von Pilzen. Verstehst du? Und da genügt es nicht, ein oder zwei schlechte Pilze zu entfernen, das ganze System muss raus. Sollen sie irgendwo anders ihr Unwesen treiben, aber nicht bei uns. Sind wir erst einmal die Juden los, dann wirst du sehen, wie hier alles anfängt aufzublühen.«

Elisabeth hat zugehört und angefangen Kartoffeln zu schälen. Schließlich sagt sie: »Hm, ja, das hört sich irgendwie logisch an. Ich kann nur hoffen, dass es auch stimmt. Meine Freundin Luisa, also die Jüdin, die hab ich vor dem Polenfeldzug getroffen, als ich neununddreißig in Berlin war, und die hat behauptet, dass der Führer öffentlich im Reichstag gesagt hat, dass er die gesamten europäischen Juden vernichten will, nicht nur aussiedeln. Aber das bedeutet ja, dass man Tausende oder Millionen von Menschen umbringen muss. Das kann doch nicht sein.«

Ida hebt die Schultern. »Verbrecher werden doch auch aufgehängt. Und in gewisser Weise sind die Juden Verbrecher und es kann schon sein, dass einzelne das selbst gar nicht wissen oder dass es ihnen nicht klar ist. Es ist sicher keine leichte Entscheidung, wenn ...«

»Ida! Weißt du, was du da sagst? Du findest es in Ordnung, wenn Millionen Menschen umgebracht werden?«

Ida legt die geputzten Mohrrüben zur Seite und trocknet sich die Hände ab.

»Du kannst nicht von einer Bemerkung des Führers alles gleich so ... so konkret darstellen. Vernichten! Das muss doch nicht bedeuten, dass alle umgebracht werden. Ihr weltweites Netz soll vernichtet werden, ihre Machtstellung soll vernichtet werden, ihr verderblicher Einfluss soll vernichtet werden. Vor allem die Mischehen sollen aufhören. Das hat der Führer gemeint.« Sie lacht. »Man kann doch nicht eben mal Millionen Menschen umbringen. Wie soll denn das passieren mitten in Europa? Wohin mit den Leichen? Nein, nein, mit Vernichten meint unser Führer, ihre Macht zerbrechen. Wir können von ihrer Arbeitskraft durchaus profitieren, und manche sollen ja auch intelligent sein, aber sie sollen nicht mehr ihrem Volk dienen, sondern dem Reich.«

»Aber vorhin hast du gesagt, man muss das ganze Pilzgeflecht entfernen. Jetzt sagst du, die Pilze müssen für den deutschen Wald arbeiten.«

Ida hebt die Augenbrauen: »Meine Güte, dreh einem doch nicht die Worte im Mund herum. Ich hab nur versucht, das Wort vernichten anders zu erklären.«

Elisabeth seufzt auf: »Gut, ein bisschen versteh ich das jetzt auch. Ich hab damals nämlich einen echten Schrecken bekommen und konnte es nicht glauben, dass man die Juden alle umbringen soll. Das habe ich auch Luisa gesagt, aber sie war davon nicht abzubringen und wollte unbedingt aus Deutschland raus.«

»Klar!«, sagt Ida mit ironischem Unterton und schneidet die Mohrrüben in Scheiben. »Das müssen die so darstellen, damit sie einen guten Vorwand haben, sich zu verdrücken, weil sie nicht im Reich für uns arbeiten wollen. Mit diesem Ammenmärchen, dass sie alle umgebracht werden sollen, waschen sie sich selbst rein und verlassen das Reich ohne schlechtes Gewissen.«

»Aber Luisa hatte echte Angst, das war nicht gespielt.«

»Na hör mal! Luisa war ein junges Mädchen und hat natürlich alles geglaubt, was ihr Vater ihr erzählt hat. Ist doch klar!«

Elisabeth wirft die Schalen in einen Eimer, und die Kartoffeln spült sie unter fließendem Wasser ab.

»Weißt du, was ich heut gern machen würd?«

»Nee.«

»Ich würd gern mal zum Killesberg fahren, auf das Gelände von der Reichsgartenschau ...«

»Aber Betti, die ist doch sowieso geschlossen und jetzt im November ist gar nichts zu sehen. Ich weiß nicht einmal, ob man überhaupt auf das Gelände kommt.«

»Ist egal. I probier's aus und wenn net, hab ich ein Spaziergang g'macht. Ich nehm den Hartmut im Kinderwagen mit.«

»Hm.« Ida überlegt. »Am besten, du fährst bis zum Pragsattel und dann kann man fast zu Fuß in einer Viertelstunde rübergehen. Und essen können wir auch abends.«

Gegen zwei zieht Elisabeth los. Bis zum Hauptbahnhof geht sie zu Fuß, dann weiter mit der Straßenbahn aus dem Kessel hinauf auf den Pragsattel.

Sie hat das Gefühl, dass im Augenblick sehr viele Familien unterwegs sind. Als ob alle gleichzeitig einen Ausflug machen. Wahrscheinlich liegt es an der milden Novembersonne, denkt sie und blickt mit Hartmut aus dem Straßenbahnfenster.

Wie schön wäre es, wenn jetzt Arnold da wäre! Er hat Hartmut noch gar nicht gesehen. Sie ist sich ganz sicher, dass er sich freuen würde, seinen eigenen Sohn auf den Knien zu haben und ihm den Killesberg zu zeigen.

Hoffentlich ist der Krieg bald zu Ende. Wenn das Heer so gut ist, wird Deutschland überall siegen und dann fängt eine neue Zeit an.

Pragsattel. Elisabeth setzt Hartmut wieder in den Kinderwagen und stellt sich an die Tür. Ein älterer Mann hilft ihr beim Aussteigen.

Seltsam ist es schon, dass so viele Busse kommen. Dann ist der Killesberg doch nicht geschlossen. Die Leute, die dort aussteigen, nehmen den gleichen Weg wie sie. Männer in Uniformen dirigieren die Menschenmassen zum Eingang. Elisabeth sieht sich unauffällig um und merkt: Die meisten tragen den Judenstern. Aber nicht alle. Oder ist er nur verdeckt?

Der kleine Hartmut ist ganz fidel und deutet auf die Busse: »Ü-Ü!«

Irgendwas Besonderes ist hier los, denkt Elisabeth. Ein Ausflug der jüdischen Gemeinden vielleicht? Aber das kommt ihr unwahrscheinlich vor.

Plötzlich ist sie mitten in einem Gedränge vor dem Eingang. Das Tor ist offen, Polizisten stehen herum und ein paar SS-Offiziere.

Eine andere Mutter vor ihr wird kontrolliert und auf irgendwelchen Listen wird etwas angestrichen. Elisabeth wundert sich, warum man beim Eingang namentlich kontrolliert wird. Man müsste doch nur eine Eintrittskarte vorweisen. Es gibt allerdings keine Kasse.

Plötzlich steht sie auf dem Gelände. Der Kontrolleur war abgelenkt und von hinten wurde sie durch den Eingang geschoben.

Hunderte von Leuten drängen sich um sie herum, fast alle mit Taschen. Es ist ein großes Durcheinander. Zwei Kinder weinen. Ein alter Mann sitzt auf seinem Koffer und starrt ausdruckslos vor sich hin. Das sieht nicht nach einem Ausflug aus.

Sie wird weiter in die Ehrenhalle geschoben und denkt: *Vielleicht erfahre ich hier, was los ist.*

Auch die Halle ist mit Hunderten von Menschen angefüllt. Über dem Eingang prangt ein gigantischer Reichsadler über einem Steinsockel, auf dem die Worte »Blut und Boden« eingemeißelt sind. In den Fängen trägt er ein Hakenkreuz.

Elisabeth wendet sich an eine Mutter. »Was ist denn hier los?«

Die Mutter blickt Elisabeth verwundert an. »Hend Sie Ihren Judenstern vergesse? Lasset Sie sich bloß net erwische, die Herrn verstehn koin Spaß!«

»Aber ... aber«, stammelt Elisabeth, »ich bin doch gar nicht jüdisch. Ich wollt nur in den Park.«

»Ja, wisset Sie des net? Des isch ein Sammeltransport für Juden nach Theresienstadt. Mir kommet überall her, aus Württemberg und Hohenzollern. Morgen geht's zum Nordbahnhof und dann weiter. Mir hend grad des Notwendigschte z'ammepackt.«

In Elisabeth kommt Panik hoch. Sie schiebt den Kinderwagen gegen den Strom wieder zum Eingang zurück, muss ständig den Leuten ausweichen, die ihr entgegenkommen. Endlich hat sie den Mann erreicht, der die Leute kontrolliert.

»Entschuldigung!«, sagt Elisabeth.

»Was ist denn los?«, schnauzt sie der Mann an.

»Ich bin gar nicht ...«

»Wo ist denn dein Judenstern?« Er schlägt Elisabeths Mantel zurück. »Kein Judenstern!«

Elisabeth bekommt einen trockenen Hals. »Ich bin hier aus Versehen … also ich hab doch nur den Park besuchen wollen. Ich bin net jüdisch, ich bin arisch.«

»Red doch kein Blödsinn, du jüdische Schlampe. Aber das weiß man ja, dass Juden grundsätzlich lügen. Weiter, weiter!«

Hartmut, der spürt, dass etwas nicht gut läuft, fängt an zu weinen.

Jetzt hat Elisabeth die Nase voll und die aufsteigende Wut verdrängt ihre Angst. Mit blitzenden Augen und mit Nachdruck in der Stimme sagt sie:

»Lassen Sie mich sofort hier heraus! Das ist ein Missverständnis. Ich kenne Herrn Brand persönlich, ein guter Bekannter des Führers, und es wird sehr unangenehm für Sie. Ich bin nicht jüdisch.« Sie kramt nach ihrem Ausweis. Zum Glück hat sie ihn dabei und hält ihn dem Mann unter die Nase.

Der Beamte merkt wohl, dass diese Frau einen anderen Ton anschlägt als die jüdischen Frauen, die scheu und verschreckt vorbeiströmen, blickt auf das Dokument, sieht dass der zweite Name nicht Sara heißt und unterbricht seine Tätigkeit. Plötzlich ist aus dem großspurigen Arier ein verunsicherter Beamter geworden.

»Ja, wie sind Sie denn hier reingekommen?«, fragt er etwas höflicher.

»Ich war plötzlich in der Gruppe, wurde von hinten geschoben und irgendwas hat Sie wohl abgelenkt und dann war ich drin.«

»Zurück!«, ruft der Mann und schiebt die Ankommenden nach hinten. Dann macht er den Weg für Elisabeth frei.

»Passen Sie das nächste Mal besser auf!«, ruft er. Aber Elisabeth ist schon draußen, nimmt den weinenden Hartmut auf den Arm und beruhigt ihn. Als sie eine Bank sieht, auf der zwei ältere Frauen sitzen, schiebt sie den Kinderwagen da hin und lässt sich nieder. Erschöpft atmet sie auf.

Sie sieht, dass die Frauen Judensterne tragen.

»Müssen Sie da auch rein?«

»Ja«, nickt die eine. »Es ist der erste Transport in ein Arbeitslager. Wir machen hier nur eine kleine Verschnaufpause. Es geht nach Theresienstadt. Keine Ahnung, wo das ist. Wir mussten Hals über Kopf unsere Koffer packen. Aber Theresienstadt hat immerhin einen guten Ruf. Es gibt dort gute Verpflegung, Theater, Musik und Sport und eine Selbstverwaltung. Trotzdem. Man verlässt nicht gern von heut auf morgen die Heimat.«

»Ja, dann, wünsch ich Ihnen alles Gute!«, sagt Elisabeth, setzt Hartmut wieder in den Wagen und geht mit raschen Schritten zurück zum Pragsattel.

Als sie endlich in der Straßenbahn sitzt, zittern ihr die Knie.

34

Stuttgart, Herbst 1957. »Was machsch du denn da?«, fragt Frank seine Mutter Elisabeth, die an dem Esstisch sitzt und in einem Schuhkarton kramt.

»Ach«, sagt sie und zieht ihre Nase hoch. »Ich schau mir meine alte Bildersammlung an. Irgendwie hab ich es nie geschafft, sie in ein Album zu kleben.«

Sie nimmt eine Ansichtskarte heraus, auf der der Eifelturm abgebildet ist.

»Schau mal. Das ist der Eifelturm in Paris. Die Karte hat dein Vater im Juni 1940 geschickt, als er in Paris war.«

»Was hat er denn da g'macht?«

»Er war im Krieg und hat gegen die Franzosen gekämpft.«

»Was haben die Franzosen ihm denn getan?«

»Die haben ihm nicht direkt was getan, aber damals waren die Franzosen unsere Feinde und im ersten Krieg haben sie uns Land weggenommen.«

»Ach so, dann hat der Eifer-Turm zuerscht uns g'hört?«

Elisabeth lacht und streicht Frank über den Kopf. »Nein, nein. Der war schon immer französisch, aber die Gebiete an den Grenzen, die haben sie uns weggenommen.«

»Aber ... dann habet mir doch den Franzosen dafür ganz viel wegg'nommen, sogar ihren Turm!«

»Ja, das stimmt.« Sie zuckt mit den Schultern und sagt mehr zu sich selbst: »War eben zu viel.«

»Was steht denn auf der Kart?«

»Aber Franki, du kannst doch selber lesen!«

»Die Schreibschrift kann i net so gut.«

»Probier's mal.«

Frank liest zögernd: »Mein Liebli...«

»Das kannst du überspringen.«

»End... Endlich am Eiferturm ange... kommen! Die Franzosen mu...«

»... mussten sich ergeben.«

»... mussten sich ergeben. Es gab kaum Kamp...fandlun... gen.«

»Kampfhandlungen.« Ich lese mal weiter: »Wir sind in jeder Hinsicht überlegen. Wie schön wäre es, wenn wir hier einen Kaffee zusammen trinken könnten. Grüße unseren kleinen Nachkommen, dein Arnold.«

Frank blickt seine Mutter erstaunt an »Wer isch denn der kleine Nachkomme?«

»Das ist Hartmut. Damals war ich schwanger und hatte einen dicken Bauch. Du weißt ja, dass die Kinder im Bauch der Mutter wachsen, gell?«

Frank nickt.

Hartmut kommt herein und Frank sagt: »Na, du kleiner Nachkomme!«

»Was?«

Elisabeth zeigt ihm die Postkarte.

»Ach so«, sagt er nur und fährt fort: »Vorhin war Eduard am Telefon und hat sich für heute Nachmittag zum Kaffee angemeldet.«

»Aha«, meint Elisabeth nur. »Der fühlt sich ja schon richtig wie zu Hause.«

»Komm mal mit, Frank«, sagt Hartmut, »ich zeig dir was.«

»Ja, du kleiner Nachkomme!«

»Hör bloß mit dem Quatsch auf!«

Sie gehen ins Esszimmer, von da aus hat man einen guten Blick auf die großen Platanen, die sich jetzt grüngelb verfärbt haben und kleine, runde Igel als Früchte abwerfen.

»Was willst du mir denn zeigen?«, fragt Frank.

»Einen Schrank.«

»Und was ist mit dem?«

»Also, pass auf. Wenn nachher der Eduard kommt, dann müssen wir jetzt endlich was unternehmen. Das Problem ist, unsere Mutter glaubt nicht so richtig daran, dass der Eduard so ein Nazi ist und dass er alles gut findet, was Hitler gemacht hat. Wir brauchen dringend einen Zeugen.«

»Ein Zeugnis? Aber der Eduard geht doch gar net mehr in die Schul!«

»Ein Zeuge ist jemand, der ... der bestätigt, dass etwas wahr ist.«

»Und wo krieget mir den her?«

Hartmut grinst seinen Bruder an. »Der Zeuge bin ich.«

»Du?«

»Ja. Pass auf. Nach dem Kaffeetrinken geh ich in unser Zimmer und versteck mich im Kleiderschrank. Ich hab deine Hemden solange in ein Fach gelegt, damit es nicht so eng ist. Wenn Eduard kommt, dann bin ich hier drin. Du sagst zu Eduard leise, dass du gern mehr von der alten Zeit hören willst und dass ihr dazu in unser Zimmer gehen könnt, da seid ihr ungestört. Und dann fragst du ihn alles Mögliche über die Hitlerzeit. Du sagst, du hättest neulich Bilder von toten Juden gesehen, die die Deutschen umgebracht haben, was er davon hält. Und dann wird er schon seine Meinung sagen und ich höre alles original mit und kann dann sagen, was der Eduard für ein Typ ist und dass du dir das nicht ausgedacht hast. Dann muss Mama sich von ihm trennen. Ich könnte es nicht ertragen, wenn die beiden heiraten!«

»I au net«, gibt Frank zu.

»Siehst du. Also, im Grunde retten wir Mama, indem wir diesen Idioten entlarven.«

»Ent... was?«

»Indem wir das alles aufdecken.«

Frank merkt, dass er aufgeregt wird. Es ist fast so wie in einem Film, den er aus Versehen mal bei Bernhard zu Hause gesehen hat. Bernhards Eltern haben nämlich schon einen Fernseher.

»Also ... was muss ich nochmal sagen?«

»Sag ihm, du hast Bilder von toten Juden gesehen, die die Deutschen umgebracht haben. Wiederhole es!«

»Also: Ich hab neulich Bilder von toten Juden g'sehn, die die Deutschen umbracht haben.«

»Gut, das reicht. Wenn er das hört, dann wird er versuchen, dir das auszureden. Und geh möglichst dicht an den Schrank ran und wenn er zu leise spricht, dann sag ihm, du hättest nicht alles verstanden. Meinst du, dass du das schaffst?«

Frank atmete tief ein und aus. »Ich glaub schon.«

»Und denk immer daran: Wir retten Mama vor einem bösartigen Idioten!«

Es ist nicht mehr lange, bis Eduard kommt. Elisabeth hat inzwischen Kaffee und Tee gemacht und Kuchen besorgt. Ihren Schuhkarton mit den Bildern hat sie nach oben auf den Küchenschrank gestellt.

Eine halbe Stunde später klingelt es. Eduard steht vor der Tür mit einem Blumenstrauß und grinst über das ganze Gesicht, als Elisabeth aufmacht und ein wenig rot wird. Hartmut, der es registriert, flüstert Frank zu: »Es wird höchste Zeit, dass wir handeln.«

Das Kaffeetrinken läuft etwas angespannt ab. Hartmut redet viel über die letzte Physikstunde. Eduard versucht, fachlich mitzuhalten, Elisabeth sagt wenig und Britta schweigt.

Als das Geschirr abgeräumt ist, natürlich hat Eduard mitgeholfen, sagt Hartmut: »Ich geh nochmal schnell zu Richard. Der hat noch Fragen zu den Hausaufgaben.« Er blickt beim Hinausgehen Frank bedeutungsvoll an und verschwindet im Flur.

»Nimm deinen Schlüssel mit!«, ruft Elisabeth hinterher.

»Hab ich dabei!«

Die Tür fällt ins Schloss und nur Frank weiß, dass Hartmut nicht die Wohnung verlassen hat, sondern zurückschleicht und sich im Kleiderschrank versteckt.

Gerade will Eduard mit Elisabeth in die Küche gehen, da sagt Frank: »Onkel Eduard?«

Eduard dreht sich überrascht um. »Ja?«

»Ich ... ich hab noch ein paar Fragen. Können wir ins Bubenzimmer gehn?«

»Was für Fragen?«

Frank hat mit dieser Rückfrage nicht gerechnet. Er muss irgendetwas sagen: »Fragen halt, die ... die Frauen net verstehn.«

Elisabeth schmunzelt und Eduard lacht: »Klar. Für echte Männerfragen bin ich doch da, Frank.« Er zwinkert Elisabeth zu und sagt leise: »Ich helf dir nachher beim Abwasch!« Dann geht er mit Frank in das Bubenzimmer.

Frank sieht, dass die Schranktür nur angelehnt ist. Und er meint auch ein kleines, knarzendes Geräusch zu hören, aber Eduard ist so vollgestopft mit guter Laune, dass er das nicht hört. Er lässt sich auf einen ausgedienten Wohnzimmersessel fallen und sagt: »Na, dann schieß mal los, Frank!«

»Also es isch so, ich hab … da noch ein paar Fragen wegen … weil es um unser Geheimnis geht.«

Eduard zieht die Augenbrauen nach oben. »Ah, ich verstehe. Unser Geheimnis!«

»Ja.« Frank nickt. »Die Sachen von früher. Du hasch doch g'sagt, ich soll's niemand sagen, gell?«

Eduard lächelt selbstzufrieden. »Toll, Frank. Hast du gut gemacht. Ein Geheimnis ist eben geheim! Was willst du denn genau wissen?«

Jetzt fühlt sich Frank wieder wohl in seiner Haut und ist gar nicht mehr aufgeregt, außerdem ist sein großer Bruder im Schrank, der ihn zur Not beschützt. Alles läuft nach Plan. Er versucht, möglichst hochdeutsch zu reden: »Ich hab in der … in der Schule neulich … da haben wir Bilder gesehen von toten Juden, die die Deutschen getötet haben, und du hast doch gesagt, dass das alles erfunden ist, aber unser Lehrer hat es aber anders gesagt.«

Eduard springt auf und geht hin und her. Er ist sehr erregt und spricht überhaupt nicht leise. »Das ist ja ungeheuerlich. Jetzt werden diese Gräuelmärchen schon den Volksschülern erzählt. Na, dem Lehrer würd ich gern mal die Meinung geigen.«

Frank versucht irgendwie erstaunt auszusehen. »Ja, stimmt das denn nicht? Glaubst du, dass die Lehrer uns anlügen?«

Eduard setzt sich wieder und sagt. »Komm mal her, Frank!«

Frank kommt näher, getraut sich aber nicht, noch näher zu kommen.

Eduard blickt ihn scharf an und fängt an zu reden und Frank kommt es vor, als ob eine Sprudelflasche, die man vorher geschüttelt hat, alles aussprüht! Manchmal sprüht sogar ein bisschen Spucke aus Eduards Mund, was Frank total eklig findet.

Eduard redet ohne Punkt und Komma. Während er redet, zuckt sein rechtes Augenlid, als ob es auch etwas sagen will, aber nicht zu Wort kommt: »Unsere Feinde, die Engländer und die Franzosen und die Amis ja und die Russen, die wollen alle, dass wir für immer klein bleiben, und deshalb haben sie überall tote Körper zusammengetragen, sie fotografiert und sagen, wir hätten das alles gemacht, verstehst du? Und unser Führer wollte doch nur, dass wir wieder groß werden und etwas sind und dass wir diese Juden loswerden, weil die unser Volk ausgesaugt haben. Sie waren wie Vampire, hast du schon mal was davon gehört? Das sind Leute, die vom Blut anderer Leute leben wie Flöhe und Stechmücken, die feige sind und nicht kämpfen, die kontrollieren nämlich alles und wollten Deutschland kaputt machen. Aber nicht mit uns. Ich sag dir, in fünfzig Jahren wird man unseren Führer verehren und ihm Denkmäler setzen. Und du darfst das nicht glauben, was die Lehrer sagen. Nicht glauben, hörst du?«

Die Sprudelflasche ist leer, aber Eduards Auge zuckt immer noch. Frank könnte jetzt gehen, aber er ist jetzt so in diesem seltsamen Spiel drin und er weiß, wie wichtig es ist, was er tut, dass er sich noch andere Fragen überlegt hat: »Und … und vielleicht gibt es ja immer noch Juden hier in Deutschland? Jetzt werden sie ja nicht mehr getötet. Was soll man denn mit denen machen?«

Eduards Gesicht wird hart. »Diese Schmarotzer würde ich eigenhändig …«, er kann sich gerade noch bremsen. »So viele sind es nicht mehr«, sagt er nur.

»Aber die Israeliten«, sagt Frank, »die waren doch ziemlich mutig und stark. Als der David noch ein Junge war, hat er den Riesen Goliath getötet und Simson hat ein ganzes Haus umgerissen.«

Diese Geschichten fand er in seiner Kinderbibel am schönsten.

»Jetzt kommst du wieder mit deinen Israeliten, Frank. Ich hab es dir doch schon mal gesagt: Das sind alte Geschichten und die haben mit den heutigen Juden nichts zu tun. So, ich geh mal in die Küche und helf deiner Mutter beim Abwasch! Und ... du weißt ja: Geheimnis. Sonst muss ich dir leider die Pistole wegnehmen!«

Er steht auf und verlässt geräuschvoll das Zimmer, indem er sich laut räuspert, als hätte er etwas Wichtiges gesagt. Kaum ist er draußen, geht die Schranktür auf und Hartmut kriecht heraus.

»Mann, Mann, Mann. Das ist wirklich das Letzte! Damit haben wir ihn. Gut gemacht, Frank! Auch deine Zusatzfragen, klasse!«

»Und was machet mir jetzt?«

»Wir müssen das jetzt durchziehen. Los, komm!«

Sie betreten die Küche und sehen, wie Eduard lächelnd Teller abtrocknet und dazu pfeift.

»Na Jungs?«, fragt er. »Wollt ihr auch helfen?«

»Mama«, sagt Hartmut, ohne Eduard anzusehen. »Ich habe gerade mit Frank gesprochen und er hat mir gesagt, dass Eduard Hitler toll findet und dass alles nicht stimmt, was man über ihn sagt, und wenn Frank das jemand erzählt, würde Eduard ihm seine Pistole wegnehmen. Das ist doch gemein, oder?«

Elisabeth ist zu verblüfft, um gleich darauf zu reagieren. Eine steile Falte bildet sich aber auf ihrer Stirn und Hartmut sieht, dass sie es nicht gut findet, mit Gästen so umzugehen, aber bevor sie etwas sagen kann, fängt Eduard an zu lachen.

»Meine Güte, Hartmut, du glaubst doch nicht etwa alles, was dein Bruder sagt, oder? Weißt du, in diesem Alter erfindet man die tollsten Sachen. Er wendet sich an Frank und sagt immer noch lachend, aber komischerweise gleichzeitig ein bisschen böse. »Stimmt doch, Frank? Das hast du doch alles erfunden, oder?«

Aber für Frank wird das jetzt zu viel. Er rennt aus der Küche, wirft die Tür zu, bleibt aber dahinter stehen und lauscht.

Einen Augenblick ist es still, dann sagt Hartmut: »Das hat mein Bruder nicht erfunden. Ich hab mich nämlich im Schrank versteckt und alles gehört, was du zu ihm gesagt hast.«

»Aber du warst doch bei Richard«, wirft Elisabeth mit einer zittrigen Stimme ein.

»Nein. Ich hab nur so getan. Ich wollte es jetzt endlich mal wissen, was für ein Typ Eduard ist, und es ist zum Kotzen!«

Eduard richtet sich auf: »Hör mal, wie redest du über mich? Das ist ja eine Frechheit!«

»Halt mal, halt mal, Eduard!« Frank hört jetzt, dass die Stimme seiner Mutter sich verändert hat. Es ist ihre andere Stimme, die sie immer einsetzt, wenn sie wütend ist oder wenn ihre Kinder angegriffen werden.

»Es stimmt also, dass du Frank die Pistole wegnehmen wolltest, falls er etwas von deiner Gesinnung erzählt?«

»Das war doch nur Spaß!«

»Das war kein Spaß«, sagt Hartmut. »Ich hab es vorhin genau gehört. Es war eine Drohung.«

Eduard will gerade etwas sagen, aber Elisabeth ist jetzt in Fahrt und lässt ihn nicht zu Wort kommen.

»Du überschüttest also einen Siebenjährigen mit deinem Nazidreck, aus dem wir uns mit großer Mühe freigeschaufelt haben? Und ich hab dich noch in Schutz genommen, weil ich dachte, Frank hat das alles erfunden. Weißt du nicht, dass Arnold von den KZs und den Bergen von toten Juden selbst gehört hat, und zwar schon 1944? Ich konnte es am Anfang nicht glauben, aber es gab später eindeutige Beweise. Und wenn du nicht augenblicklich meine Wohnung verlässt, dann zeige ich dich an.«

»Aber Elisabeth ...« Eduard kann nicht glauben, dass sich das Blatt so schnell gewendet hat und alle gegen ihn sind.

»Das Ganze ist ein riesiges Missverständnis. Du weißt doch so gut wie ich, wie wir alle Hitler verehrt haben. Er war nun mal ein großer Führer und ...«

»Er war ein Massenmörder und ein Verbrecher und hat ein ganzes Volk in den Untergang getrieben, das war er!«

»Das glaubst du?«

»Ja. Und ich schäme mich, dass so jemand wie du frei herumläuft. Du hast dich damals schon geschickt gedrückt, Soldat zu werden und die Drecksarbeit zu machen, und jetzt drückst du dich auch vor der Wahrheit und hast nicht gemerkt, was wirklich damals gelaufen ist.«

»Gut, wenn du es so siehst, dann haben wir keine Gemeinsamkeiten mehr.«

Mit raschen Schritten ist er an der Tür, Frank kann sich gerade noch aufs Klo flüchten. Er hört die lauten Schritte von Eduard und wie es einen Knall gibt, als die Haustür ins Schloss fällt. Frank kommt aus dem Klo, läuft auf seine Mutter zu und wird von ihr in den Arm genommen. Und auf Hartmuts Schulter legt sie ihren anderen Arm und sagt: »Gut gemacht, Junge. Das hat mir endgültig die Augen geöffnet. Den sind wir los! Wisst ihr was? Auf den Schreck brauch ich erst mal einen Schnaps und ihr bekommt heiße Schokolade und dann schauen wir uns noch ein paar Bilder im Schuhkarton an.«

Zehn Minuten später sitzen sie am Esstisch und sehen sich die Bilder an:

Die Eltern bei der Hochzeit, dann eine Postkarte von einer großen Kirche.

»Das ist Notre Dame, eine berühmte Kirche in Paris«, sagt Elisabeth.

»Und die hier?«, fragt Hartmut und deutet auf eine Ansichtskarte mit einer Großstadt.

»Die ist von Straßburg, 1944.«

Hartmut liest: »... Tante Doris ist im Krankenhaus, es geht ihr sehr schlecht und Onkel Karl hat wahrscheinlich seinen Ring verloren …« Er wendet sich an seine Mutter. »Ich habe noch nie von einer Tante Doris gehört, und Onkel Karl kenn ich auch nicht.«

»Das war unsere Geheimsprache«, sagt Elisabeth. »Damals konnte man als Soldat nicht offen über Schwierigkeiten schreiben. Bei seinem letzten Urlaub hat euer Vater dann vorgeschlagen, dass wir für Deutschland den Namen Tante Doris verwenden und für den Krieg Onkel Karl.«

»Dann meint er hier, dass es Deutschland sehr schlecht geht und dass der Krieg wahrscheinlich verloren ist?«

Elisabeth nickt und sagt leise: »Er hat zu der Zeit von den KZs erfahren und wusste dann, was los war. Aber er konnte mit niemandem darüber reden. Selbst mit mir nicht. Ich hab es am Anfang nicht geglaubt. Erst später, als es die Bilder und Filme gab.«

Frank sagt nichts. Er versteht nur die Hälfte, aber er findet es schön, Kakao zu trinken und bei seiner Mutter auf dem Schoß zu sitzen und zu wissen, dass es mit Eduard endgültig vorbei ist.

35

Rothau, Elsass, 15. Dezember 1944. Arnold ist inzwischen Unteroffizier. Es hat ihm nicht viel genützt. Er liegt verwundet in einem Saal, sein Bett ist durch einen Vorhang abgeteilt, aber es ist immerhin ein richtiges Bett und nicht nur ein Feldbett.

Im Raum herrscht Dämmerlicht, die Wintersonne hat sich durch die Wolken gekämpft. Ein müdes Licht, das nicht so richtig scheinen will. Die Bettgestelle knarzen, als ob sie unter der Last der Kranken stöhnen. Das Klappern eines Bettgeschirrs und eine Geruchsmischung aus Urin und Kampfer.

Die Schmerzen an Arnolds rechtem Oberschenkel setzen wieder ein. Das Nachlassen der Betäubung. Aber es war schon mal schlimmer. Die Wunde heilt jetzt.

Schwerer zu ertragen sind die Kopfschmerzen von seiner Kopfverletzung. Zwar schon länger her, aber irgendetwas bohrt und rumort seitdem in seinem Schädel, als ob sich eine feindliche Armee von Zwergen dort aufhalten würde. Krieg überall, auch in seinem Körper.

Er hat den Krieg so satt. Vor zwei Wochen hat er noch überlegt, ob er sich selbst verstümmeln sollte, um ins Lazarett zu kommen. Und dann kam der Granatsplitter, der sich in seinen Oberschenkel gebohrt hat, gerade recht. Was ist das für eine Zeit, in der man sich nach Verletzungen sehnt?

Und die Offensive, von der man munkelt, ist so sinnlos. Was nützt es denn, das Elsass zu verteidigen, wo Russland immer näher rückt, die Alliierten in Frankreich sind und Deutschland von allen Seiten einkreisen?

Und das Attentat Ende Juli gegen Hitler! Vor einem Jahr wäre er empört gewesen, wenn er davon gehört hätte, aber jetzt? Sein Vertrauen in den Reichskanzler und Führer Adolf Hitler ist erschüttert. Er weiß nicht mehr, ob der Krieg zu gewinnen ist. Aber vielleicht schafft es Hitler doch noch. Wird nicht an einer Wunderwaffe gearbeitet?

Was ist er nun? Ein vaterlandsloser Geselle? Ein Verräter, weil er keine Kraft zum Kämpfen mehr hat? Darf man denn sein Vaterland im Stich lassen, wenn es am Boden liegt? Müsste man nicht gerade jetzt Zuversicht verbreiten?

Außerdem hat er einen Eid auf Adolf Hitler geschworen. Und ein Mann muss zu seinem Eid stehen. Wo käme man denn hin, wenn jeder Soldat es sich anders überlegt?

Neben ihm wimmert es. Er dreht sich nach links und schiebt den Vorhang zur Seite.

Ein Neuzugang von heute Nacht. Beide Arme in Gips. Arnold war kurz aufgewacht und dann wieder weggedämmert.

Der Mann hat die Bewegung gesehen und dreht den Kopf in Arnolds Richtung.

»Schmerzen?«, flüstert Arnold.

Der Mann schüttelt den Kopf. »Es ... juckt unter dem Gips. Ich könnte die Wände hochrennen!«

Arnold überlegt. Er kann ein bisschen humpeln und irgendwas besorgen. Wenn man einen dünnen Stab hätte ...

Er schiebt sich aus dem Bett, tritt vorsichtig auf. Die genähte Wunde darf auf keinen Fall reißen. Er sieht sich um. Auf einem Fenstersims entdeckt er eine nutzlose Gardinenstange. Wahrscheinlich waren früher einmal Vorhänge an den Fenstern.

Er nimmt sie und humpelt zu dem Mann in Gips.

»Und wo juckt es am meisten?«

»Im rechten Arm und im Rücken.«

Arnold schiebt vorsichtig die Gardinenstange unter den Gips. »Da?«

»Unterseite!«, flüstert sein Nachbar.

Er zieht die Stange heraus und schiebt sie unter die andere Seite.

»Ja ... Ja. Hier!« Der Mann stöhnt. »Gut, gut. Ah! Und der Rücken!«

»Dann muss ich dich ein bisschen drehen.«

»Vorsichtig!«

Arnold dreht den Gipsmann ein bisschen zur Seite, um an seinen Rücken zu kommen. Nach einigen erfolglosen Versuchen hat er endlich die richtige Stelle gefunden. Dann dreht er den Mann wieder zurück.

Über dessen eingefallene Wangen sickert eine Träne.

»Das vergess ich dir nie! Wie heißt du?«

»Arnold Schering.«

»Rang?«

»Unteroffizier.«

»Kann leider keinen militärischen Gruß machen.«

»Macht nichts.«

»Wo kommst du her?«, fragt der Gipsmann.

»Aus Leipzig, aber meine Familie lebt in Stuttgart.«

»Oh!«, sagt der andere nur. »Nach Schwabe hörst du dich aber nicht an.«

»Meine Frau ist Schwäbin und ich kann den Dialekt auch leidlich sprechen.«

»Stuttgart ...«, murmelt der andere. »Englische Luftangriffe im September. Ziemlich verheerend.«

»Ja, ich weiß. Ich hoffe, dass meine Familie, dass sie ... noch alle da sind.«

Schweigen.

»Und wie heißt du?«, fragt Arnold nach einer Weile.

»Max Lehndorf. Obergefreiter. München.«

»Du hörst dich aber nicht bayerisch an.«

»Zug'rast.«

Arnold überlegt. Er weiß nicht, wie weit er gehen kann. Es wäre eine Wohltat, mit jemandem über seine Zweifel zu reden. Aber es wäre auch lebensgefährlich. Trotzdem, er muss es wagen. Die Angel auswerfen, warten, ob Max anbeißt.

»Und ... ahm ... wie siehst du die Lage zurzeit?«, beginnt er zögernd.

Max winkt ihn dichter an sich heran.

Arnold setzt sich so gut es geht an den Bettrand und beugt sich hinunter.

»Ich finde unsere Lage beschissen!«, flüstert Max. »Man hat uns betrogen. Wir sind alle auf den Verbrecher vom Obersalzberg hereingefallen!«

Arnold zuckt zurück. So deutlich hat es bisher noch niemand zu ihm gesagt.

»Bist du verrückt?«, flüstert er. »Wenn das jemand erfährt!«

Ein müder Blick. »Mir ist jetzt alles egal. Meine Familie ist tot.«

»Bomben?«

Max schüttelt den Kopf, winkt ihn wieder an seinen Mund. »Ich flüstere nur wegen dir, damit du nicht in Schwierigkeiten kommst. Tod durch Bomben, damit könnte ich einigermaßen leben, aber … man hat sie im KZ umgebracht.«

Arnold runzelt die Stirn. »Aber das sind doch Arbeitslager«, flüstert Arnold.

Max schließt kurz die Augen, dann erwidert er erregt: »Märchen! Das sind Vernichtungslager. Dort werden Tausende systematisch umgebracht. Meine Frau war Jüdin.«

Arnold kann es nicht glauben. »Wer sagt das? Woher weißt du das?«

Max: »Ich war in der Nähe. In Dachau. Ein Ort bei München. Merk dir den Namen. Der gelbe Qualm von den verbrannten Leichen liegt über der Stadt.«

Unfassbar für Arnold. Er wehrt sich und sagt: »Könnten ja auch Gefallene sein oder Bombenopfer. Man muss sie verbrennen wegen der Seuchengefahr.«

Wieder der müde Blick. »Schön wär's. Ich hab …«, er stockt. »Ich hab zufällig eine Akte gesehen, wo alles registriert war. Waggonladungen von Juden und Kommunisten. Die wurden vergast und hinterher verbrannt. Die …«, Max schluckt, » … die Schuhe und Kleider wurden gesammelt und sortiert, die Goldplomben wurden auch noch verwertet. Ganze Familien ausgelöscht wie Ungeziefer, Schmarotzer …«

Arnold erinnert sich an die Passage in »Mein Kampf«, die er in Saint Valérie 1940 gelesen hat. Wie ging das nochmal? »Er bleibt der typische Parasit, ein Schmarotzer, der sich immer mehr verbreitet. Wo er auftritt, stirbt das Wirtsvolk nach kürzerer oder längerer Zeit ab«, oder so ähnlich.

»Du meinst: Vernichtet auf Befehl von …?«

»Natürlich. Er hat seine Männer, die die Drecksarbeit erledigen. Eichmann, zum Beispiel, Entjudung der Ostmark, nannte er es. Ich hab mich genau erkundigt. Habe Leute bestochen, Tricks angewandt. Wollte ja wissen, was aus meiner Familie geworden ist.«

Arnolds Finger klammern sich in der Matratze fest. »Vielleicht … vielleicht waren es Kriegsverbrecher, die in den KZs waren?«

»Fünfjährige Kinder? Künstler? Musiker? Nee! Hitler ist ein Massenmörder!«, flüstert Max. »Und die Leute, die Ahnung haben, wissen, dass der Krieg nicht mehr zu gewinnen ist. Aber keiner getraut sich, es dem Verrückten zu sagen. Was meinst du, warum Stauffenberg ihn beseitigen wollte? Niemand kann mehr mit ihm vernünftig reden. Der Mann ist wahnsinnig. Ein tollwütiger Hund, den man abknallen müsste.«

Arnold läuft es kalt den Rücken hinunter. Sein Idol – ein tollwütiger Hund? Und Musiker, die umgebracht werden, nur, weil sie Juden sind? Und wenn nun Radowitz auch in so einem KZ sitzt und umgebracht wird, vielleicht gerade jetzt?

»Max, entschuldige, ich kann das … ich kann das nicht glauben. Es war doch am Anfang alles so gut. Wir mussten doch … der Angriff der Polen …«

»Alles Betrug!«, flüstert Max. »Die Polen haben uns nicht angegriffen. Deutsche in polnischen Uniformen. Das war ein Angriffskrieg von uns! Wir haben ein friedliches Land überfallen, Tausende von Zivilisten getötet!«

Arnold wird es schlecht. »Bist du dir wirklich sicher?«

Diesmal ist Max' Blick besorgt. »Tut mir leid, Arnold, dass ich dir den letzten Funken Hoffnung rauben muss. Ich hab auch Zeit gebraucht, bis ich es glauben konnte. Du kriegst das hier im Schnellverfahren mit. Aber besser jetzt, dann kannst du dich schon mal umstellen.«

»Und was ist, wenn es Hitler trotzdem schafft? Es wird doch an einer Wunderwaffe gearbeitet?«

»Propaganda. Leere Versprechungen, um die Leute hinzuhalten.« Max stockt und flüstert dann: »Und selbst, wenn es so eine Wunderwaffe gibt und wir den Krieg gewinnen. Ich möchte nicht von Nazis regiert werden!« Er schließt die Augen, dann flüstert er: »Und noch was, Arnold ...«

»Verdammt!«, hören sie eine Stimme aus dem übernächsten Bett, und Arnold zuckt zusammen. »Wenn nicht bald das Geflüster aufhört, brülle ich die Station zusammen!«

Max nickt: »Ich glaube, das reicht erst mal.«

Arnold humpelt zu seinem Bett zurück, setzt sich auf den Rand. Dann legt er sein verwundetes Bein hoch und lässt sich langsam nach hinten fallen.

Es ist gut, dass er für sich ist. Das war zu viel auf einmal. Gut, er hatte seine Zweifel, doch was Max ihm eben erzählt hat, ist so schrecklich, dass er es kaum glauben kann. Aber warum sollte Max ihm etwas vormachen? Es gibt für ihn keinen Grund zu lügen.

Nachher, bei der Schnellvisite bleibt der Oberarzt kurz bei Arnold stehen. Stämmiger Typ, ungewöhnlicher Kinnbart und eine leise, gepresste Stimme.

»Familie?«, fragt er.

Arnold nickt. »Ja, ganz in der Nähe, in Stuttgart. Ein Junge und ein Mädchen. Ich hoffe, sie sind ... nicht ... ich hoffe, sie sind noch da.«

»Dann sollten Sie nachschauen, Herr Unteroffizier.«

Klang das nicht ein bisschen spöttisch oder hat sich Arnold das nur eingebildet?

»Ich stelle Ihnen einen U-Schein aus. Fünf Tage muss sich das Bein noch erholen. Dann fahren Sie mal nach Stuttgart. Aber übertreiben Sie es nicht. Immer Pausen beim Gehen einlegen.«

Er gibt einem der Assistenzärzte ein Zeichen und diktiert: »Uffz. Arnold Schering zurzeit kriegsuntauglich. Kurzer Genesungsurlaub in fünf Tagen angeordnet.«

Arnold ist überrascht. Mit einem Kurzurlaub hat er nicht gerechnet. Er blickt in das Gesicht des Arztes. Ihre Augen begegnen sich. Er meint ein kurzes Augenzwinkern gesehen zu haben und er spürt, dass der Arzt den Krieg in diesem Stadium sinnlos findet und nur zu gerne Urlaubsscheine ausfüllt. Riskant. Man könnte ihn wegen Wehrkraftzersetzung anzeigen.

Sechs Tage später sitzt Arnold am Bahnhof in Rothau und wartet auf den Zug nach Straßburg. Wenn er langsam geht, ist die Wunde zu ertragen.

Als er zum Pinkeln um die Ecke verschwindet, hört er, wie sich zwei leise unterhalten: »Es kommen hier immer mehr an, waggonweise. Männer, Frauen, Kinder.«

»Klar, wenn Natzweiler ein KZ ist, brauchen die Stoff.«

»Jemand hat gesagt, dass die alle umgebracht werden.«

»Quatsch. Das Reich braucht doch die Arbeitskräfte. Und wie willst du denn die Leichen loswerden? Etwa alle verbrennen?«

»Es sollen Tausende sein.«

»Gräuelmärchen der Alliierten. Die wollen unsere Moral untergraben.«

»Ich hoffe, du hast recht.«

»Außerdem sind das sowieso alles Volksschädlinge. Mach dir mal kein Gewissen.«

Die Stimmen entfernen sich.

Arnold setzt sich auf die Bank bei Gleis zwei, Richtung Straßburg.

Also auch im schönen Elsass ein KZ. Natzweiler. Ist das womöglich auch so ein Vernichtungslager?

Mein Gott, wenn Max recht hat, dann ... dann .... Ja was denn? Dann sind ihm fünf Jahre seines Lebens gestohlen worden, und er hat auf den falschen Mann gesetzt. Darf man seinen Eid brechen, wenn der andere wahnsinnig geworden ist?

36

STUTTGART, HERBST 1957. Der tägliche Weg zur Drogerie, nachdem die Kinder in der Schule sind. Aber es ist gut so. Die Arbeit lenkt Elisabeth ab. Und der Fußweg hinab in die Hauptstraße macht ihr klar, dass es in ihrem Stuttgarter Vorort immer weiter aufwärts geht. Ein Salamandergeschäft hat zum Beispiel aufgemacht und die Schuhe sind nicht mal überteuert. Wenn sie sich Schnürsenkel und Schuhcreme kauft, kann sie auch ein neues Lurchi-Heftchen mitnehmen, über das sich Frank freut: »Lange schallt's im Walde noch: Der Salamander lebe hoch!«

Unten, neben der Drogerie, gibt es jetzt einen Konsum, bei dem man mit einem Körbchen an den Regalen vorbeigehen kann, um sich selbst zu bedienen. Ob das etwas für die Drogerie wäre? Sie schüttelt in Gedanken den Kopf. Nein, das kann sie sich nicht vorstellen. Die Kunden wollen doch beraten werden, außer, sie brauchen Kondome. Die will man sich diskret selbst aussuchen.

Elisabeth blickt auf ihre Hände, die an manchen Stellen rau sind und rote Flecken haben. Sie vermutet, dass es mit dem Entwicklungsbad bei den Filmen zu tun hat. Chemie. Aber dauernd Gummihandschuhe an- und ausziehen ist viel zu umständlich.

Gestern kam ein Brief von der Schule. Hartmut hat mal wieder seine Hausaufgaben nicht gemacht. Urteil des Lehrers: Der Junge ist begabt und intelligent, aber faul. Er folgt dem Stoff, auch ohne die Hausaufgaben gemacht zu haben. Aber das kann man nicht durchgehen lassen.

Elisabeth hat ihm am Telefon gesagt, dass sie im Augenblick ganz andere Sorgen hat und dass sie froh ist, wenn Hartmut in der Schule gut vorankommt. Sie hat dem Lehrer verschwiegen, dass Hartmut aus purer Neugier in dem alten »Meyer«, dem Konversationslexikon, liest.

Ob ein Junge zu schlau werden kann? Und Britta hat sich damit abgefunden, dass sie Drogistin lernt. Neulich hat sie sich sogar bei dem Thema Kräuterkunde begeistert.

Ach, es wird schon irgendwie gehen. Der reiche Onkel, der Bruder von Arnolds Mutter, unterstützt sie jetzt regelmäßig finanziell, so dass sie sich Butter leisten kann. Das ist ihr wichtig. Butter ist ein Zeichen von Wohlstand.

Jetzt ist es über ein halbes Jahr her, dass Arnold gestorben ist. Eigentlich denkt sie jeden Tag an ihn. Mal mehr, mal weniger, aber es schmerzt nicht mehr ganz so wie am Anfang.

Und die Sache mit Eduard! Da interessiert sich mal ein Mann für sie und dann stellt sich heraus, dass er immer noch ein Nazi ist. Und ihre Jungs mussten sie mit allen Tricks erst darauf stoßen, weil sie wieder viel zu leichtgläubig war.

Eine Unverschämtheit, ihrem Nesthäkchen einen Revolver zu schenken unter der Bedingung, er müsste über seinen Nazidreck schweigen.

Was ist bloß mit den Männern los?

Das hat ihr den Rest gegeben. Und sie hat noch weniger Lust bekommen, irgendwann wieder zu heiraten, da müsste schon viel passieren.

Sie öffnet die Tür zur Drogerie. Eine Kundin dreht sich um.

»Grüß Gott, Frau Schering!«

Sie nickt. Immerhin freut sich jemand, sie zu sehen. Sie geht nach hinten, zieht ihren Mantel aus und den weißen Kittel an, räumt zwei Kartons zur Seite, die der Lehrling hat stehen lassen, dann geht sie in den Verkaufsraum. Ein Kunde sieht sich gerade ein Haarwasser an. Als er sich umdreht, erschrickt Elisabeth. Das ist doch … Eduard. Am liebsten würde sie sich umdrehen und nach hinten gehen. Aber das würde auffallen.

Da kommt er auch schon lächelnd auf sie zu.

Sie übersieht seine ausgestreckte Hand und fragt: »Was darf's denn sein?«

»Na, Elisabeth, nicht so förmlich«, sagt er.

Sie überlegt blitzschnell, was sie machen soll. Auf jeden Fall keine Szene!

»Ich will dich nicht mehr sehen!«, sagt sie halblaut, aber sehr bestimmt und geht nach hinten.

Es gibt hinten eine Treppe nach oben, die in Hannahs Wohnung führt. Elisabeth hastet nach oben und sagt zu Hannah, die gerade irgendwelche schriftlichen Sachen macht: »Kannst du mal eben den Kunden bedienen? Ich kann nicht. Erklär ich dir alles nachher.« Sie zieht beim Reden ihren weißen Kittel aus und reicht ihn Hannah.

»Der passt mir doch nicht«, sagt ihre Schwester und geht nach unten.

Elisabeth schleicht ihr nach und bleibt hinten im Lager stehen, aber doch so dicht, dass sie die Stimmen hören kann.

»Ja? Was kann ich für Sie tun?«, fragt Hannah.

»Ich wollte eigentlich mit Ihrer Kollegin sprechen, mit Frau Schering«, hört Elisabeth. Wie schmierig Eduards Stimme klingt. Warum ist ihr das früher nie aufgefallen?«

»Frau Schering ist jetzt nicht da«, sagt Hannah.

»Aber gerade vorhin …«

»Was wollen Sie denn kaufen?«

»Ich wollte hauptsächlich mit Frau Schering sprechen.«

»Das geht nicht. Wir sind ja hier kein Debattierklub, sondern eine Drogerie.«

»Ich wollte mich ja von ihr beraten lassen.«

»Das kann ich auch.«

»Ja, dann komme ich ein anderes Mal.«

»Ach, wissen Sie was«, sagt Hannah und ihre Stimmbänder scheinen sich jetzt in Schmirgelpapier verwandelt zu haben, »kommen Sie am besten gar nicht mehr und lassen Sie Frau Schering in Ruhe!«

Eduard starrt Hannah entgeistert an und verlässt wütend die Drogerie.

Hannah geht nach hinten.

»Das hast du großartig gemacht, Hannah«, sagt Elisabeth und fällt ihrer älteren Schwester um den Hals.

»Was war denn los? Irgendwo hab ich den Kerl schon einmal gesehen.«

»Ja«, nickt Elisabeth, »bei der Beerdigung. Wir kennen uns von früher, er heißt Eduard und ist ein alter Bekannter von Hermann. Er hat sich für mich auch schon früher interessiert, bevor ich Arnold getroffen hab. Und jetzt stellt sich heraus, dass er ein Nazi ist, für Hitler schwärmt und Frank mit seinen braunen Parolen den Kopf verdrehen wollte. Ich hab ihn zu Hause rausgeschmissen und jetzt taucht er hier wieder auf.«

»Meine Güte«, sagt Hannah. »Da hat man gedacht, dass der Spuk vorbei ist, und es gibt immer noch diese unverbesserlichen Trottel.«

»Wahrscheinlich mehr, als man denkt«, sagt Elisabeth. »Sie halten sich nur zurück. Stell dir vor, der Eduard hat Frank einen Spielzeugrevolver geschenkt und ihm gesagt, wenn er erzählt, was er ihm von den Nazis sagt, nimmt er ihm den Revolver wieder weg.«

»Unglaublich! Na gut, dann weiß ich jetzt Bescheid.«

Als Elisabeth nachmittags mit Frank nach Hause geht, sieht sie sich immer wieder unauffällig um, aus Angst, Eduard würde plötzlich auftauchen.

Wenn nur Arnold da wäre!

37

STUTTGART, WINTER 1944. Eine trockene Kälte hat Stuttgart überzogen. Alle verfügbaren Hautcremes, Salben und Reste von Salatöl werden zu Höchstpreisen gehandelt oder getauscht. Risse in der Ferse sind schmerzhaft. Zu Fuß gehen ist überlebenswichtig. Schnee wäre schön gewesen. Er hätte Feuchtigkeit mitgebracht und hätte die zerbombten Häuser, die verkohlten Baumstümpfe gnädig zugedeckt. Immerhin scheint die Sonne.

Als Arnold aus dem zerstörten Hauptbahnhof tritt und auf die Königstraße blickt, bleibt er wie betäubt stehen. Der letzte große Luftangriff im September hat Stuttgarts Zentrum komplett zerstört. Arnold hat von der Bombardierung gehört und Max hat es ja bestätigt, aber dass die Engländer so radikal zuschlagen würden, hätte er nicht gedacht.

Die Königstraße, einst beliebte Flaniermeile, Hauptschlagader der Stadt, die er noch von seinem Besuch bei Ida und seinem Zusammentreffen mit Elisabeth in Erinnerung hat, ist übersät mit riesigen Schuttbergen und Steinen, Glassplittern, zerbrochenen Dachziegeln und starrt ihn aus toten Augen an.

Der Königsbau, dort, wo Elisabeth und er Kaffee getrunken haben, ist eine Ruine. Wie im Traum geht Arnold an den Häuserskeletten entlang, blickt entsetzt auf das, was vom Neuen Schloss übrig geblieben ist, und bleibt vor der Siegessäule auf dem Schlossplatz stehen, die trotz Bombenangriffen immer noch da ist. Auch der Turm der Stiftskirche hat sich den Engländern nicht gebeugt, nur das Kirchenschiff steht halb zerrissen neben dem Markt.

Sicher, es gibt hier wenigstens keine ohrenbetäubenden Detonationen, keine toten Kameraden, die eben noch gesprochen haben und dann von einem tödlichen Geschoss getroffen stumm zusammengesackt sind, kein Leichengestank, der die Schützengräben durchweht, keine gebrüllten Kommandos, sondern das sanfte Schwäbisch in den Straßen.

Eine merkwürdige Stille hängt über den Steinskeletten, die von keinem Auto und keiner Straßenbahn unterbrochen wird. Aus einem Hinterhof klingt plötzlich ein helles Kinderlachen, überdeutlich, als ob der Krieg nur ein Spiel sei, das abends zu Ende sein wird.

In Mülhausen, an der Westfront, hat es auch Gelächter gegeben, aber es ist meist ein hartes Lachen gewesen, gespickt mit Sarkasmus und Ironie. Witze, die in ihrer brutalen Art den Tod auslachen. Doch die Erleichterung dauert danach nur ein paar Sekunden, dann bricht die trübe Stimmung wieder auf, denn die Alliierten sind immer stärker geworden und das Elsass ist nur noch schwer zu halten. Am schlimmsten sind seine Zweifel gewesen, ob es überhaupt noch einen Sinn hat, weiterzukämpfen. Und seit er mit Max darüber geredet hat, ist die Sinnlosigkeit dieses Krieges zur Gewissheit geworden. Die Zweifel sind einer dumpfen Verzweiflung gewichen, einem Gefühl, als ob in seinem Bauch ein riesiges Loch ist.

Dieses Kinderlachen eben klingt so schön anders, denkt Arnold. Ein Kind, das sich ohne Hintergedanken über irgendetwas Belangloses freut, über eine Katze vielleicht oder über eine Puppe, die die Bomben überlebt hat.

Arnold überlegt, wie wohl sein Sohn Hartmut aussehen wird und Britta. Der Brief mit dem Bild seiner Familie, das er sich gewünscht hat, ist im Lazarett nie angekommen.

Ob sich Hartmut von ihm auf den Arm nehmen lässt oder ob er vor dem fremden, mageren Mann Angst bekommt und anfängt zu schreien? Immerhin hat sich Arnold vor der Reise rasiert und die Haare gewaschen, damit er nicht ganz so abgerissen aussieht.

Er muss vorsichtig sein. Nicht zu viel verlangen. Auch bei Elisabeth. Sie nicht überfallen mit seinem Hunger nach Umarmungen, ihr Zeit lassen.

Er bleibt stehen. Die halb verheilte Wunde am rechten Oberschenkel fängt wieder an zu pochen. Er setzt sich auf einen Trümmerhaufen. Aber er ist dankbar für sein verwundetes Bein. Ihm hat er es ja zu verdanken, dass er vorübergehend von der Front befreit wird und ein paar Tage Heimaturlaub bekommt. Wieder melden sich die Kopfschmerzen.

Arnold richtet sich ächzend auf, dann humpelt er weiter.

»Mein Gott, wie hab ich mich danach gesehnt, neben Elisabeth im Bett zu liegen …«

Er steigt über einen Schutthaufen, aus dem ein paar Frauen brauchbare Steine heraussuchen und Arnold dabei merkwürdig anblicken. Er kann sich gut vorstellen, was die denken: ein Soldat auf Heimaturlaub. Was für ein Glück der hat. Und warum ist mein Mann nicht hier? Er wendet sich an eine der Frauen: »Grüß Gott. Isch die Sophienstraß noch in Ordnung?« Das war Elisabeths letzter Aufenthalt, von dem er etwas weiß. Elisabeth und Ida haben sich mit ihren Kindern zusammengetan.

»Hier isch alles kaputt, des sehn Se doch. Aber mir gebet net auf. Der Führer wird's den Engländern heimzahle. Die Siegessäule steht noch. Des isch a Zeichen!«

Arnold bedankt sich, humpelt weiter. *So ähnlich werden Elisabeth und die anderen das wohl auch sehen. Die Siegessäule steht noch. Wir geben nicht auf.*

Was soll er dazu sagen? Gut, er hat Elisabeth eine Karte in ihrer Geheimsprache geschickt. Aber ob sie ihm glaubt, dass der Krieg im Prinzip verloren ist? Soll er ihr und den anderen die Hoffnung auf einen Sieg nehmen? Die letzte Kraft rauben? Und vielleicht stimmt es ja, vielleicht gibt es ja doch neue Waffen, schnellere Flugzeuge? Er darf sich jetzt von seiner Mutlosigkeit nicht hinreißen lassen und die anderen damit anstecken. Was hat Max noch gesagt? *Selbst, wenn Hitler gewinnt, ich möchte nicht in einem Land leben, das von Nazis beherrscht wird.*

Wenn nun das Haus in Schutt und Asche liegt? Nicht auszudenken. Ist vielleicht deshalb die Post mit dem Bild nicht angekommen, weil Elisabeth und die Kinder …? Und dann wartet vermutlich niemand auf ihn.

Arnold spürt einen Druck auf seinem leeren Magen und packt die zerbeulte Leinentasche fester.

Die Frauen und älteren Leute, die ihm entgegenkommen, blicken ihm forschend ins Gesicht. *Vermutlich hoffen sie auf einen Verwandten,* denkt Arnold.

Das Gehen oder Humpeln in der Kälte hat zumindest bewirkt, dass er nicht mehr so stark friert. Aber der fadenscheinige Mantel kann auf Dauer die Körperwärme nicht halten. Außerdem fehlt in der Mitte ein Knopf.

Jetzt hat Arnold die Sophienstraße erreicht und geht mit klopfendem Herzen weiter. Er weiß, dass er nicht das Recht hat, seine Familie zu treffen. Tausende Väter haben ihre Lieben verloren und Millionen Mütter ihre Männer. Warum soll er eine Ausnahme sein? Warum sollte sich Gott speziell um seine Familie kümmern? Das macht keinen Sinn.

Er seufzt, wenn er an Gott denkt. Eine Beziehung mit tragischem Ausgang. Vor dem Krieg hat er noch an Gott geglaubt, auch noch am Anfang, als ein Sieg nach dem anderen kam. Aber dann, als er die Toten sieht, wochenlang, monatelang, jahrelang und das mörderische Abschlachten, als er von den Konzentrationslagern erfährt und was dort gemacht wird, ist sein Glaube immer mehr zusammengeschrumpft.

Wieder fällt ihm sein alter Klavierlehrer ein. Er stellt sich vor, wie Radowitz hinter so einem Stacheldraht sitzt und tausend andere auch, die nichts anderes verbrochen haben, als dass sie jüdisch sind. Und so hat sich der »liebe Gott« aus seinem Leben langsam verflüchtigt wie Schneeflocken, die in der Hand zergehen.

Arnold humpelt schneller. Jetzt müsste das Haus kommen, wenn es noch existiert. Er bleibt stehen und schluckt: Die Nummer zweiundzwanzig B ist wie erwartet zerstört. Das Dach verschwunden, die Dachbalken verkohlt, Fensterscheiben geplatzt. Ein Drittel des Hauses existiert nicht mehr. Sie haben im dritten Stock gewohnt. Obwohl – es kann immer noch sein, dass …

Er steht mit klopfendem Herzen unten vor der Haustür, über der unversehrt die Zahl 1865 steht, aber die Tür selbst hängt nur noch an einer Stelle in den Angeln. Sie schwingt nach innen. So schnell er kann, zieht er sich die verkohlten Treppen hinauf. Erstes Stockwerk, Pause. Zweites Stockwerk, Pause. Drittes. Die Tür ist verschlossen. Eine Klingel existiert nicht mehr. Er pocht gegen die Tür und als sich nichts rührt, schlägt er mit der Faust dagegen.

Da hört er Schritte und eine mürrische Stimme.

Von innen wird entriegelt und die Tür öffnet sich einen Spalt. Ein halbes Frauengesicht mit einer Wollmütze schaut Arnold misstrauisch an. Dahinter sieht er durch ein Loch ins Freie. Als ob ein Riese mit seiner Faust durch die Wand gebrochen ist. »Was ischn los? Was wollet Sie?«

Arnold bringt vor Aufregung keinen Ton heraus, schließlich stammelte er: »Wo … wo ist die Familie, die hier gewohnt hat? Ida Gaiser und Elisabeth Schering mit den Kindern?«

Die Tür öffnet sich weiter und Arnold sieht eine etwa sechzigjährige Frau in Mantel und Schal gehüllt. Ihr Gesicht sieht aus, als hätte sich eine Maus als Mensch verkleidet.

»Ach, die Gaisers, ja, ja die hend hier g'wohnt und die Schweschter von der Frau Gaiser, Frau Schering mit de Kender.«

»Ja, und wo sind die jetzt?«

»I woiß net, ob ich Ihne des sage soll. Wer send Sie denn?«

»I bin der Mann dazu, Herr Schering. I hab Genesungsurlaub.«

»Ja, saget Se des doch gleich!« Jetzt lächelt das Mausgesicht sogar. »Die Fraue mit de Kender sind bei Verwandten in Kaltental. Hier war alles drunter und drüber. Wasser, Feuer. I hab a bissle aufg'räumt und hab a kleins Plätzle g'funde.« Sie kramt in der Tasche ihres Mantels und gibt ihm einen Zettel. »Des isch die Adress!«

Arnold reißt den Zettel an sich, bedankt sich und rutscht halb die Treppen hinunter. Das Bein schmerzt, und er setzt sich auf die unterste Treppenstufe im Hausflur. Von oben ruft ihm das Mausgesicht hinterher: »I woiß aber net, ob sie noch dort sind!«

Gott sei Dank, sie leben, denkt er. Wie komme ich jetzt nach Kaltental? Er weiß, dass Kaltental im Südwesten von Stuttgart liegt, ein Vorort in der Nähe von Vaihingen. Früher fuhr man mit der Straßenbahn vom Schlossplatz aus eine halbe Stunde hin, mit der Linie eins. Aber jetzt? Es ist klar, dass er zu Fuß gehen muss. In den Straßenbahnschienen liegt Staub, Asche und Schutt. Fahrräder sind Kostbarkeiten. Immer weiter nach Süden müsste er gehen, langsam mit vielen Pausen. Also macht er sich gleich auf den Weg.

Als er die Straße überquert, stößt er auf die verkohlte Ruine eines Hauses. Die Bäckerei, in der er morgens manchmal Brötchen und Brot geholt hat, wenn er in Stuttgart war. Alles wie in einem Ofen verbrannt.

Bei einer ersten Rast sieht er auf einer frei geräumten Straße ein Auto fahren, aber es ist zu weit weg. Winken oder Schreien hätte keinen Sinn gehabt.

Seine Rast dauert nicht lange. Die Kälte treibt ihn vorwärts.

Während er weiterhumpelt, fällt ihm ein, dass heute der Tag nach dem vierten Advent sein müsste. Gestern ist Sonntag gewesen. Die wenigen Glocken, die noch in den Glockenstühlen hängen und nicht zu Munition verarbeitet worden sind, haben geläutet. Er schüttelt stumm den Kopf. Das Wort vierter Advent kommt ihm vor, als habe jemand aus einem Märchenbuch zitiert. Es stammt aus einem verzauberten Land, in dem es unbeschwerte Tage gegeben hat, wo man frische Brötchen zum Frühstück auf den Tisch gestellt hat, dazu gekochte Eier, Butter und Honig.

Ein Land, wo man morgens zur Arbeit gefahren ist, mit einer Thermoskanne Kaffee und einer Butterbretzel in der

Aktentasche, wo man gut gekleidete Frauen getroffen hat mit rosigen Wangen und frisch rasierten Männern begegnet ist, deren Hosen unter dem Mantel Bügelfalten gehabt haben.

Abends sind die vier Kerzen des Adventskranzes angezündet worden und man hat daran gedacht, dass bald Weihnachten ist und man noch ein paar Geschenke kaufen müsste. Man hat an die feierliche Christmette gedacht, an den geschmückten Baum und an den ersten Satz der Weihnachtsgeschichte: »Es begab sich aber …«

Wie lange liegt das zurück? Hundert Jahre oder tausend?

Arnold lacht bitter auf: »Es begab sich aber, dass es kein Weihnachten mehr gab, weil Gott tot war und das Geburtsfest sinnlos wurde.« Ihm fallen Lieder ein, deren Texte sich im Rhythmus seiner Schritte ändern: Herbei, ihr Verzweifelten, maßlos Enttäuschten … Oder: Es ist ein Krieg entsprungen aus Hass und Tyrannei. Wie uns die Alten sungen, noch ist er nicht vorbei …

Wie kann man die Geburt Christi feiern, wenn alles in Schutt und Asche liegt und die eigenen Familien zu einem Haufen Knochen verwandelt werden? Nein, er darf nicht undankbar sein. Offensichtlich haben sie sich ja retten können und leben bei Tante Lisbeth in Kaltental. Wenn nicht eine Bombe sich dorthin verirrt hat. In diesem Krieg ist alles möglich. Nur keine naiven Hoffnungen entwickeln.

Während Arnold weiterhumpelt, merkt er, dass die Zerstörung allmählich zurückgeht, die Bomben haben hauptsächlich dem Herzen der Stadt gegolten.

Einmal wird er auf der fast frei geräumten Straße von einem Auto überholt. Beim nächsten Mal hebt er die Hand, aber der Opel hält nicht an. Stattdessen sieht er misstrauische Gesichter hinter den Scheiben.

Der Krieg macht die Leute nicht automatisch barmherzig, denkt er. Hätte er denn selbst gehalten, wenn ein humpelnder Mann die Hand gehoben hätte? Er weiß es nicht.

Vor ihm ragt ein fast unversehrter kahler Baum aus einem braunen Gebüsch und eine Krüppelkiefer trägt unbekümmert ihr grünes Nadelkleid. Manche Gebäude kommen ihm jetzt sogar leicht vertraut vor.

Wieder muss er sich setzen und sieht, dass der Verband nass geworden ist. Wenigstens ist die Kälte zu etwas nütze und verschlimmert nicht die Infektion.

Es kann nicht mehr lange dauern, wahrscheinlich noch drei Kilometer.

Plötzlich hält ein Auto neben ihm.

»Kann ich Sie ein Stück mitnehmen?« Ein älterer Herr im dicken Mantel hat die Scheibe heruntergekurbelt.

»Ja, ja!«, ruft Arnold aufgeregt. »Nach Kaltental.«

»Und – irgendwas Nettes zum Tausche?«

»Was Nettes?«

»Ich nehm Sie mit und Sie gebet mir was. Isch doch klar! Hend Sie Zigaretta?«

Arnold schüttelt den Kopf.

»Schokolade?«

Arnold winkt ab. »Fahret Sie nur. Den Rest schaff i au no.«

»Ja, dann eben net.«

Der Mann legt den ersten Gang ein und fährt unbekümmert weiter.

»Unglaublich«, murmelt Arnold, steht mühsam auf und humpelt weiter. Er darf nicht so lange sitzenbleiben und denkt: *Meine letzte Scho-Ka-Kola-Dose werde ich diesem unverschämten Kerl nicht in den Rachen werfen.*

Nach einer Dreiviertelstunde erreicht er den Vorort und schließlich die Straße, in der Tante Lisbeth wohnt. Er hat sie einmal gesehen, bei einem improvisierten Familientreffen vor ... zwei Jahren?

Er wechselt die Straßenseite, damit ihn die Dezembersonne wärmen kann.

Wenn er die Augen schließt, stellt er sich vor, dass der Krieg vorbei ist und er nur einen Spaziergang macht, einen harmlosen Spaziergang in der Wintersonne.

Nummer einundzwanzig: Lisbeth Auermann. Er ist tatsächlich angekommen und atmet tief ein und aus. Das Haus ist unbeschädigt. »Lieber Gott, mach, dass sie da sind!«, murmelt er und ist sich gleichzeitig bewusst, dass es Gott für ihn gar nicht mehr gibt.

Er drückt auf die Klingel. Nichts. Doch, jetzt hört er Schritte, die durch das Treppenhaus hallen.

Von innen wird ein Riegel zurückgeschoben, wahrscheinlich eine Vorsichtsmaßnahme. Aber noch öffnet sich nicht die Tür. Oben, ins Holz, hat jemand ein kleines, quadratisches Loch hineingesägt, und jetzt wird auch ein Gesicht sichtbar.

»Was wollet Sie?«, fragt eine Frauenstimme.

Es ist Tante Lisbeth.

»Ich bin's. Arnold«, bringt Arnold heraus. »Sind ... sind Elisabeth und die Kinder noch da?«

Das Gesicht verschwindet und die Tür geht so schnell nach außen auf, dass Arnold Mühe hat auszuweichen.

»Arnold!«, ruft Lisbeth. »Dass du kommst!« Und umarmt ihn etwas unbeholfen.

Er macht sich los. »Sind Elisabeth und die Kinder noch da?«

»Ja, ja, sie sind noch da, sie sind noch da. Ich muss schnell ...« Sie steigt, so schnell es in ihrem Alter geht, die Stufen zum ersten Stock hinauf und ruft noch im Treppenhaus: »Arnold ist zurück!«

Arnold folgt langsamer nach. Als er durch die geöffnete Tür humpelt, stürzt eine Frau in einer blauen Schürze auf ihn zu, bleibt stehen, betrachtet ihn und sagt: »Ja, du bist es!«

Dann liegen sie sich in den Armen. Seine Elisabeth! Was für eine Wohltat, einen weichen, warmen Frauenkörper in den Armen zu halten!

Elisabeth fängt an zu weinen und kann nicht aufhören und auch bei ihm drängen die Tränen nach oben, aber kommen nicht weiter. Irgendetwas hält sie auf.

Elisabeth macht sich los, ruft: »Du humpelsch ja!« Sie wischt sich über ihr nasses Gesicht, umfasst seine Hüfte und begleitet ihn ins Wohnzimmer.

Arnold bleibt staunend stehen. In der Ecke sieht er einen gusseisernen Ofen, der das Wohnzimmer heizt. Er sieht einen Tisch mit Tischdecke. So etwas Schönes hat er schon lange nicht mehr gesehen. Eine Tischdecke wird an der Front nicht gebraucht. Er sieht Gardinen an den Fenstern, einen Schrank, hinter dessen Glas Bücher stehen, und er spürt den sanften Druck von Elisabeths Hand an seiner Seite, riecht ihr Haar.

Aber was ihn am meisten erstaunt, ist der Adventskranz. Ganz schlicht gearbeitet, aus ein paar Tannen- und Kiefernzweigen, ein paar Kirschlorbeerblättern und buntem Papier. Ein rotes Band, an der Seite schon ausgefranst, ist um die Zweige gewickelt und vier Kerzen aus zusammengeschmolzenen Resten leuchten aus dem Dunkelgrün heraus. Das Symbol hat tatsächlich überlebt, hat die Bombardierung überdauert und das sinnlose Töten. Dieser scheinbar lächerliche, kleine Kranz.

Arnold scheint es, als sei er in ein Märchenland eingetreten, in ein Wunderreich, in dem das Leben noch in Ordnung ist, wo Kerzen auf Adventskränzen stecken, wo Frauen nach Frauen duften, wo man weinen und lachen kann und wo Lieder gesungen werden. In diesem Wunderreich scheint auch Gott wieder zum Leben erwacht zu sein und Arnold wünscht sich, dass dieser neue Gott den Rest des Krieges überleben würde und vielleicht noch eine Zeit darüber hinaus.

Jetzt muss er sich aber dringend auf einen Stuhl setzen.

Es ist still geworden im Raum. Alle stehen um ihn herum: Ida mit ihrem Sohn Gerhard, der jetzt fünf Jahre alt sein müsste, und Hartmut und Britta, die sich an ihrer Mutter festhalten und den fremden Mann anstarren, der ihr Vater sein soll.

Am liebsten würde Arnold seine Kinder in den Arm nehmen, aber er weiß nur zu gut, dass sie sich im Augenblick vor ihm fürchten: ein Mann im grauen Soldatenmantel, mit einem verletzten Bein, hohlen Wangen. Unheimlich.

»Ich glaub, ich muss mich erst mal waschen und was Sauberes anziehen«, sagt er und versucht zu lächeln. »Dann sehen wir weiter.«

Abends liegt Arnold erschöpft im Bett auf dem Rücken. Unter der dicken Daunendecke liegt ein heißer Ziegelstein. An den Fenstern haben sich Eisblumen gebildet.

Die Eindrücke an diesem Tag rauschen vorbei wie bunte Eilzüge: die Farben, das Essen, wie er sich zwingen musste, nicht alles in sich hineinzuschlingen. Frisch gewaschene Kleider. Vorsichtiges Abbrausen in der Wanne, gründlich rasieren. Das Frischegefühl auf dem Gesicht. Elisabeth hat ein Eau de Cologne als Rasierwasserersatz. Die Wunde gut versorgt und bandagiert. Die Fremdheit der Kinder, wie Britta ihn nach ein paar Stunden scheu angefasst hat …

Elisabeth und er haben sogar ein Ehebett für sich. Tante Lisbeth schläft in der großen Küche. Lässt sich nicht davon abbringen.

Arnold tastet nach Elisabeths Hand und sagt halblaut: »Mit mir ist nicht mehr viel los …«

»Also Arnold! Du schleppsch dich mit deiner Wunde bis nach Kaltental und wundersch dich, dass du müd bisch!«

»Ich meine nicht nur das Körperliche. Ich weiß inzwischen zu viel. Elisabeth, die KZs sind keine Arbeitslager mehr, sondern Vernichtungslager! Dort werden Tausende oder Millionen umgebracht, hauptsächlich Juden!«

Elisabeth schweigt, dann sagt sie: »Woher willst du das wissen?«

»Hab ich aus zuverlässiger Quelle im Lazarett gehört. Hitler ist ein Wahnsinniger, der uns in den Untergang treibt, aber ich kann als Einzelner nichts dagegen tun. Man müsste ihn ausschalten, so wie Stauffenberg es vorgehabt hat, aber ich habe keine Kraft mehr, ich will nur irgendwie überleben und für euch da sein. Ich ... bin kein Held.«

Elisabeth drückt seine Hand. »Für mich bisch du ein Held. Wer verwundet bis nach Kaltental geht, um mich und die Kinder zu sehen, der isch ein Held!«

Arnold muss im Dunkeln lächeln. Dann sagt er: »Ich bin so froh, dass ihr alle noch lebt. Als ich ... als ich in der Sophienstraße war und das Haus halb kaputt ...«

Er kann nicht mehr weitersprechen. Da spürt er eine Bewegung. Rascheln von Stoff. Er merkt, wie Elisabeth sich zu ihm hinüberschiebt und schließlich über ihm kniet. Ihr Nachthemd hat sie nach oben gestreift.

»Was hast du vor?«

»Wonach sieht's denn aus?«, fragt sie.

»Ja, aber ich kann mich nicht drehen ...«

»Brauchst du auch nicht. Es geht auch so.«

»Wirklich?«

»Ja. Ein Geheimtipp unter Kriegsfrauen, wenn der Mann verwundet ist. Die Frau oben, der Mann unten.«

»Aber ich weiß nicht, ob alles noch bei mir funktioniert.«

»Des werdet mir schon sehen!« Sie beugt sich herunter und küsst ihn.

Arnolds Hand gleitet unter ihr dickes Nachthemd, streichelt sanft über ihren Rücken und noch tiefer. Es ist überwältigend. Er spürt seine Erregung und merkt, wie Elisabeth alles an die richtige Stelle führt.

»Tatsächlich«, wundert sich Arnold. »Es geht.«

38

STUTTGART, FRÜHLING 1952. Der Krieg ist schon sieben Jahre vorbei. Und die Skeletthäuser werden immer weniger. Man kann fast alles in den Läden kaufen.

Der kleine Frank kann schon einigermaßen sprechen und sagt oft lustige Sachen, weil er keinen richtigen Durchblick hat. Zu Radio sagt er Ladio, die Dinosaurier werden bei ihm zu Dinobier und seine Schwester nennt er Bitta.

Es ist neun Uhr und schon dunkel. Die Kinder sind in den Betten. Britta und Hartmut dürfen allerdings noch lesen. Arnold ist ausnahmsweise abends zu Hause und Elisabeth freut sich. Sie hat sich neulich beschwert, dass Arnold zu viel macht: den Kirchenchor, Englischnachhilfe für Oberschüler, Treffen mit Kollegen, Fortbildung, weil er nicht mehr als Jurist arbeiten kann. Und sie sitzt dann abends allein zu Hause. Es ist ihr zwar nicht langweilig, weil es immer etwas zu tun gibt, und manchmal legt sie eine Schallplatte auf, aber noch schöner findet sie es, wenn Arnold da ist und sie sich einfach so mal unterhalten.

Arnold hat von der Arbeit eine Flasche Wein mitgebracht, einen Barolo, den ihm ein Kunde geschenkt hat, und im Konsum hat er zwei verschiedene Sorten Käse gekauft.

Jetzt ist das Haus ruhig, nur bei den Granuleits über ihnen geht jemand hin und her.

Arnold macht die Flasche auf, holt zwei Rotweingläser, und Elisabeth schneidet den Käse in kleine Stücke.

Sie setzen sich auf die Couch an einen modernen Nierentisch und prosten sich zu.

Wenn Elisabeth sich mit Arnold unterhält, gibt sie sich große Mühe, einigermaßen hochdeutsch zu reden. Das Schwäbische kommt bei ihr aber meistens doch durch, hauptsächlich, wenn sie mit den Kindern redet oder wenn es dunkel ist und sie mit Arnold im Bett liegt.

»Wenn ich dran denk«, fängt Elisabeth an, »wie du 1944 auf Urlaub warst und uns in Kaltental besucht hast und Stuttgart zerbombt. Ich hätt nie gedacht, dass wir eines Tages so ruhig dasitzen und Wein trinken werden.«

»Das war bei mir der tiefste Punkt.« Arnold nickt. »Meine fast verheilte Kopfverletzung, die Kopfschmerzen, dann die Wunde am Oberschenkel und meine völlige Hoffnungslosigkeit, auch beim Glauben. Die paar Tage bei euch waren genau richtig.«

»Ja, ich hab schon gemerkt, dass du nicht mehr der Alte warst. Ich war ja auch kriegsmüde, aber wir haben uns immer wieder gesagt, der Hitler wird es schon schaffen. Wie blauäugig muss man sein!«

»Nichts gegen deine blauen Augen«, sagt Arnold und küsst Elisabeth mit seinem Weinmund auf die Lippen.

Dann fährt er fort: »Erst in Amerika, als ich in der Gefangenschaft war, sind uns wirklich die Augen aufgegangen, wie wir alle betrogen worden sind.«

Elisabeth lehnt sich zurück und sieht Arnold über ihr Weinglas an.

»Du hast wenig vom Lager erzählt und wenn ich dich gefragt hab, dann hast du das Thema gewechselt. Warum eigentlich?«

Arnold schweigt, dann sagt er leise: »Ich hab mich ein bisschen geschämt.«

Elisabeth stellt das Weinglas ab und sagt erstaunt »Geschämt, weil du Kriegsgefangener warst und wir den Krieg verloren haben?«

Arnold schüttelt den Kopf: »Nein. Dass wir verloren haben, das war irgendwann klar, das musste kommen. Wenn man die halbe Welt angreift, kommt irgendwann die Rechnung.« Er nippt an seinem Glas, und Elisabeth merkt, dass es ihm schwerfällt zu sprechen, und sie wird etwas beklommen, weil sie denkt, jetzt kommt eine Frauengeschichte, eine flotte Amerikanerin, die er getroffen hat, die ein Kind von ihm hat, das er heimlich unterstützt und …

»Ich hab mich geschämt«, sagt Arnold, »weil es uns deutschen Kriegsgefangenen so unwahrscheinlich gut ging. Ich wusste, dass Deutschland kaputt war, dass es bei euch kaum etwas zu essen gab und ihr ums Überleben gekämpft habt. Du hast halbtags in der Drogerie gearbeitet, die Kinder gehabt … Aber wir wurden gut verpflegt, wir konnten jeden Tag duschen, wir durften Kurse besuchen, Filme sehen, rauchen. Es gab eine Sporthalle, Theater … Wir wurden von Familien eingeladen. Ich habe einen Chor aufgemacht und wir haben in verschiedenen Kirchen gesungen.«

»Das ist doch alles wunderbar«, wirft Elisabeth ein, aber Arnold reagiert nicht, sondern fährt fort: »Ich weiß, dass es auch andere Lager gab, dass die Amis in Deutschland die Gefangenen drangsaliert und gequält haben, dass Eisenhower kein Interesse gehabt hat, dass es den Deutschen gut ging, aber ich hatte Glück. Die Leute haben uns gemocht. Wir haben für unsere kleinen Konzerte einen riesigen Applaus bekommen. Und die Amerikaner in den USA haben eine ganz andere Art, mit ihren Feinden umzugehen. Irgendwie großzügig. Ich habe Jerry und seine Familie kennengelernt. Er spricht sogar leidlich deutsch. Seine Mutter ist Deutsche. Es ging uns wirklich gut. Und die ganze Zeit wusste ich, dass es euch schlecht geht.« Er lacht kurz auf und schüttelt den Kopf. »Als wir in Amerika ankamen und mit dem Zug in das Lager fuhren, das hat einen ganzen Tag gedauert, da haben wir riesige Maisfelder gesehen, Wälder, schöne Häuser, gut angezogene Leute, die uns zuwinkten. Und an einem Bahnhof war ein Parkplatz mit großen amerikanischen Wagen. So viele auf einmal haben wir vorher noch nie gesehen. Einer von uns, ein hundertprozentiger Nazi, Egon hieß er, saß die ganze Zeit verschlossen da, mit verkniffenem Mund und hat gesagt: ›Ihr fallt aber auch auf alles rein. Die haben die Autos extra hier geparkt, weil sie wussten, dass Kriegsgefangene vorbeikommen. Reine Feindpropaganda. Wenn wir uns einundvierzig auf Russland konzentriert und nicht in Afrika gekämpft hätten, dann wären wir mit dem Russen vor dem Winter fertig geworden und würden jetzt in einem blühenden Großdeutschland leben.‹

Wir haben nur den Kopf geschüttelt. Aber er war von seiner Einstellung nicht abzubringen.«

Es ist, als sei ein Damm gebrochen, Arnold redet und redet und Elisabeth versteht, dass er das gute Leben im Lager erst zugeben kann, seitdem es ihnen selbst etwas besser geht.

»Wir haben angefangen zu diskutieren. Weißt du, es war alles erlaubt. Es war ein seltsames Gefühl, einfach so darauf loszureden, ohne Angst. Stell dir vor, der Leutnant, der für uns zuständig war, hat nur gelacht, als wir ihn mit Major angeredet und militärisch gegrüßt haben. ›Just call me John‹, hat er gesagt und sich über unsere zackige Haltung halbtot gelacht. Das war dann wieder Wasser auf die Mühlen von Egon. ›Das sind alles Waschlappen, die kennen keine Disziplin!‹ ›Aber die Waschlappen haben immerhin die Invasion an der Normandie hingekriegt‹, haben wir gesagt. ›Reines Glück‹, meinte Egon.

Und dann sind uns allmählich die Augen aufgegangen, was für eine Gehirnwäsche wir durchgemacht haben. Tag und Nacht die Naziparolen, diese ... diese übertriebene, falsche Sprache: die größte Schlacht, die besten Waffen, die reinste Gesinnung, der böse, fanatische Jude, das verjudete England und so weiter. Dann haben uns die Amis die Filme gezeigt, die sie bei der Befreiung der KZs gemacht haben. Es war unvorstellbar. Manche von uns haben geweint, andere mussten sich übergeben. Diese Leichenberge. Nicht nur, dass es Leichen waren, sondern diese ausgemergelten Körper und das alles war von unserem Land ausgegangen. Wir konnten nächtelang nicht schlafen, die Bilder haben uns verfolgt. Wir sind als andere Menschen nach Deutschland zurückgekommen.«

»Und Egon?«

»Egon blieb beinhart. ›Ja merkt ihr denn nicht, dass es immer die gleichen Leichenberge sind, die sie vor den Arbeitslagern aufgehäuft haben. Die Amis wollen uns moralisch fertigmachen‹, hat er gemeint. Na ja«, Arnold winkt ab, »dem war nicht mehr zu helfen.«

Arnold schweigt, trinkt den restlichen Wein aus und schenkt sich nach.

»Diese zwei Jahre in den USA haben mir allmählich meinen Glauben zurückgebracht. Er ist zwar immer noch ein bisschen angeknackst und ich verstehe nicht, wie Gott dieses Grauen zulassen konnte, aber es gab Überlebende aus den KZs, gläubige Juden, die Gott Gott sein ließen und an ihm festgehalten haben. Das hat mir zu denken gegeben.«

Elisabeth räuspert sich und fragt: »Aber warum hat denn der Bonhoeffer gemerkt, dass der Hitler unser Untergang ist und der Stauffenberg und viele andere auch? Die Leute in der Bekennenden Kirche? Und wir nicht? Warum haben die die Parolen durchschaut und wir nicht?«

Arnold überlegt. »Vielleicht kamen die an mehr Informationen heran?«

Elisabeth schüttelt den Kopf. »Kann vielleicht sein. Aber wenn wir gewollt hätten, dann hätten wir ja auch den Feindsender hören können, selbst wenn es natürlich gefährlich war.«

»Gefährlich? Darauf stand Todesstrafe! Ich glaube, es war diese allgemeine Angst. Wenn man etwas Kritisches sagte, musste man damit rechnen, abgeführt zu werden, und zum Schluss denkst du gar nicht mehr darüber nach und merkst es gar nicht mehr und hältst dich automatisch zurück. Ich weiß noch, dass ich mir 1944 wie ein Verräter vorkam, als ich gedacht habe, es wäre gut, wenn der Krieg zu Ende ist, selbst wenn wir verlieren.«

Es entsteht eine Pause, sie nippen an ihrem Wein.

»Ach, Arnold«, sagt Elisabeth und legt ihren Kopf an seine Schulter, »ich bin so froh, dass du nicht im Krieg geblieben bist wie der Hermann. Die Ida muss sich jetzt allein durchschlagen und so viele Männer gibt es gar nicht, die sie heiraten könnte.«

»Aber besonders gut geht's uns trotzdem nicht.«

»Wieso?«

»Die Ida hat immerhin ein bisschen Vermögen. Aber ich krieg ums Verrecken keine Stelle beim Gericht, kann die Ausbildung nicht zu Ende machen und stattdessen arbeite ich in einer Pharmafirma als Mädchen für alles, und das Geld fehlt an allen Ecken und Enden.«

»Ja, ja, mein Lieber. Hast dich ganz schön umstellen müssen als Sohn von reichen Eltern, gell? Aber ich bin ja auch noch halbtags in der Drogerie, wenn die Kinder in der Schule oder im Kindergarten sind. Ist zwar nicht viel, aber immerhin.« Sie überlegt und sagt dann: »Wer weiß, wenn du die Claudia geheiratet hättest mit ihrer Fabrik im Hintergrund ...«

»Nein, nein, die will ich nicht eintauschen gegen meine Elisabeth.«

»Weißt du, irgendwie kommen wir über die Runden. Wir haben eine Wohnung, etwas zu essen, drei nette Kinder, auch wenn sie manchmal anstrengend sind. Wir müssen uns nur zusammenreißen, damit ich nicht wieder schwanger werde!«

Arnold lacht leise und küsst sie, während seine Hand zärtlich über ihre Brust streicht.

»Ein Glück«, flüstert sie, »dass ich morgens in der Drogerie bin.«

»Wieso?«, raunt er ihr ins Ohr und küsst ihren Hals.

»Da kommt man unkompliziert an die Kondome heran. Es gibt jetzt neue Sorten.«

»Hast du denn grad welche da?«

»Ja, aber im Nachttisch, und Frank schläft in unserem Schlafzimmer ...«

Arnold erhebt sich. »Ich wollte sowieso mal nachschauen, wie es unserem Nesthäkchen geht.«

Er geht aus dem Wohnzimmer und kommt kurz danach zurück. »Der schläft wie ein Stein.«

Er hält etwas hoch. »Ich hab was mitgebracht. Sieht sehr bunt aus.«

»Arnold!«, flüstert sie mit rotem Gesicht. Wir können doch nicht im Wohnzimmer ...«

»Warum nicht? Man muss die neuen Produkte doch mal testen.«

»Nein, da fühl ich mich nicht wohl. Wenn plötzlich der Hartmut oder die Britta reinkommen. Die lesen ja noch. Wenn, dann machen wir es ganz leise im Schlafzimmer, wo es dunkel ist. Und der Frank schläft ja tief und fest.

»Ich bin für die Krankenstellung«, sagt Arnold. »Mann unten, Frau oben, die ist nicht so laut.«

39

Stuttgart, Herbst 1957. Es ist warm, obwohl es Ende Oktober ist. Manche Leute sitzen sogar nachmittags im Garten. Das Telefon klingelt. Es ist Onkel Fritz und er lädt Frank am Samstag ein, mit seinen Cousins und Tante Ilse und ihm zur Hohenzollernburg nach Hechingen zu fahren. Das findet Frank toll. Überhaupt schwärmt er für Burgen und wäre gern Ritter geworden. Dafür hätte er zur Not auf den Revolver von Eduard verzichtet. Aber so eine Rüstung ist schwer und man kann sich schlecht hinsetzen und wenn man auf die Schnauze fällt, kommt man allein nicht mehr hoch.

Wenn sein Vater nicht gestorben wäre, dann hätte ihn Onkel Fritz bestimmt nicht eingeladen. Aber nun ist Frank ja Halbwaise und seine Mutter ist eine Witwe und das hört sich immer noch ganz schön schlimm an und bringt die Verwandten dazu, für ihn etwas Nettes zu machen.

Onkel Fritz hat eine Cousine von seinem Vater geheiratet und ist eigentlich kein richtiger Onkel, aber das ist egal. Er spricht nicht schwäbisch und auch seine Söhne nicht, aber dafür hat er einen richtigen VW-Käfer, wo Frank und die beiden Jungs von Onkel Fritz im abgeteilten Kofferraum Platz haben. Das ist ein Gefühl, als ob man in einem offenen Koffer sitzt. Und das Märchen vom fliegenden Koffer liebt Frank besonders. Natürlich könnten sie auch auf der Rückbank sitzen, aber im Kofferraum ist es viel gemütlicher. Onkel Fritz hat immer witzige Sprüche auf Lager, auf Hochdeutsch. Frank hat sich bei ihm daran gewöhnt, dass es eben Menschen geben muss, die auch anders sprechen als zu Hause und trotzdem nett sind.

Am nächsten Tag fahren sie los.

Frank darf als Erster in den Kofferraum klettern, weil er Halbwaise ist, und seine Vettern möchten am liebsten jetzt auch Halbwaisen sein, aber Onkel Fritz sagt, das geht nicht so einfach, dann müsste entweder er oder ihre Mutter sterben. Dann schon eher die Mutter, sagen die beiden, weil sie so eine schrille Stimme hat.

Während der Fahrt ruft Onkel Fritz nach hinten: »Was sagt der Schaffner im Zug, kurz vor Wiesloch?« Das kennt Frank schon, aber es ist trotzdem immer wieder schön. Die Kinder brüllen: »Wiesloch, Schopfloch, Arschloch – alles aussteigen!«

Nach einer Stunde muss Frank pinkeln, aber Onkel Fritz sagt: »Gibt's nicht. Entweder Klammer rein oder hochziehen und ausspucken.« Aber dann hält er doch mal kurz an.

Er bringt den Kindern Gedichte bei (man muss auch was für die Bildung tun): »Zwei Damen saßen in einem Coupé. Die eine hatte Leibesweh. Da sagte die andere: Weißte, bei der nächsten Station da sch... steigste mal aus.«

Tante Ilse ruft mit ihrer schrillen Stimme: »Fritz, nu is aber gut. Was bringste den Kindern alles bei!«

Und er: »Was sagt der Schaffner in Wiesloch?« Und aus dem Kofferraum dröhnt es: »Wiesloch, Schopfloch, Arschloch – alles aussteigen!«

Das mit dem Coupé hat Frank nicht verstanden, bis ihm sein Onkel erklärt hat, dass es ein altes Wort für Zugabteil ist.

Und damit sich seine Frau beruhigt, bringt er den Kindern noch ein netteres Gedicht bei: »Zwei Damen aßen Rindsragout. Die eine, die griff tüchtig zu. Die andre konnte gar nicht essen. Sie hatte ihr Gebiss vergessen.«

Onkel Fritz hat aber auch Gedichte auf Lager, die sich nicht reimen, aber trotzdem eine verborgene Wahrheit enthalten. Zum Beispiel die Sache mit dem Pferd. Das geht so: »Pferd heißt deswegen Pferd, weil man darauf fährt. Haut heißt deswegen Haut, weil man darauf haut. Manchmal lässt das Pferd was fallen. Die Leute heben's auf und sagen: Hufeisen bringen Glück.«

Hohenzollern ist toll. Zuerst müssen sie vom Parkplatz durch einen Wald und dann mühsam nach oben klettern. Weil Onkel Fritz einen dicken Bauch hat und einen Husten, bei dem es pfeift, dauert es bei ihm länger, bis er oben ist.

»Du mit deinen Zigaretten«, meint Tante Ilse.

Es ist auf der Burg alles erhalten und wenig Ruine. Onkel Fritz behauptet, es sei keine uralte Burg, sondern eine, die aussieht, als ob sie alt ist. »Neugotik«, sagt der Burgführer. »Der dritte Wiederaufbau.« Frank klettert sofort auf die Kanone im Burghof und kommt sich unheimlich verwegen und groß vor. Und seine Vettern klettern abwechselnd auf die andere Kanone. Hinterher gibt es Eis mit Sahne.

In der Woche darauf, an einem Nachmittag, kommt Tante Hannahs jüngste Tochter, Cousine Christel, oder Grischtl, wie sie auf Schwäbisch heißt. Sie ist dreizehn, hat schon einen kleinen Busen und ist manchmal ziemlich frech, weil sie immer das sagt, was sie denkt, und manchmal noch mehr. Sie ist ein bisschen wie Heidi, aber auf Schwäbisch. Eines Tages hat sie gesagt, dass sie nicht kochen lernen will, weil sie später nicht heiraten wird und keine Lust hat, einen Mann zu bedienen. Aber sie sieht schön aus, und zu Frank ist sie immer ganz nett, sie hat auch Franks Vater ziemlich verehrt und hat wie ein Schlosshund am Grab geheult. Sie ist musikalisch und spielt schon gut Klavier.

Frank ist gerade dabei, seine Schularbeiten zu machen. Seine Mutter Elisabeth sitzt wieder bei ihrer Singer-Nähmaschine und lässt sie surren. An einer Stelle klebt noch etwas rote Farbe: Das Blut von dem Nähmaschinenüberfall, bei dem der König seinen Kopf verloren hat.

Es ist Mittwochnachmittag, da hat die Drogerie geschlossen. Jedenfalls, Cousine Christel steht da und sagt, dass sie Frank besuchen will. Das kommt ihm komisch vor und seiner Mutter auch.

»Isch ebbes bassiert?«

Christel schüttelt ihren Kopf, dass die Zöpfe fliegen. Sie hat wie Martina auch dicke Zöpfe, allerdings in Schwarz. Wenn sie nicht Franks Cousine wäre, könnte er sich vielleicht in sie verlieben und sie später heiraten, dann würde er das Kochen übernehmen. Aber er hat neulich gehört, dass das verboten ist, wenn man Verwandte heiratet, weil eine Blutschande dabei entsteht und die Kinder, die man dann bekommt, sind alles Idioten. Also lässt er es lieber bleiben und liebt Martinas Zöpfe. Und Christel würde ihn ja sowieso nicht heiraten und ihn auch nie bedienen. Was wäre das dann für ein Leben?

Irgendetwas hat Christel vor und setzt sich auf das Bett, das tagsüber eine Couch ist, und sagt zu Frank: »Zeig mal deine Hände her!«

Das kommt ihm noch seltsamer vor und ihm fällt ein, dass seine Fingernägel mal wieder geschnitten werden müssten.

Er streckt seine Hände hin, Christel nimmt seine Finger einzeln in ihre Hand, als ob sie sie verkaufen will.

»Guck mal, Tante Betti«, sagt sie zu Franks Mutter. »Der Frank hat so schene Hend.«

Frank ist verblüfft. Damit hat er nicht gerechnet. Und dass er schöne Hände haben soll, ist ihm nie aufgefallen. Was will sie nur mit seinen Händen machen?

»Du musst Klavier spielen!«, sagt sie bestimmt. »Einer aus der Familie soll der Nachfolger von daim Vadder sei.«

Das also wollte sie. Zuerst kommt es ihm seltsam vor, dass er der Nachfolger seines Vaters sein soll. In einer Hinsicht stimmt es ja. Denn er schläft ja manchmal im Bett seiner Mutter ein.

Im Wohnzimmer steht ein Klavier, das Zimmermann heißt. Seit der Krankheit von Arnold ist es stumm. Franks Bruder spielt Cello, wenn er nicht gerade etwas erfindet, und Britta lernt Geige. Und nun meint Christel, es sei Zeit, dass Frank Klavier spielt.

Sie hat an dem Nachmittag ihn und die Mutter so lange bearbeitet, bis sie nachgegeben haben.

Und so ist es gekommen, dass er mit seiner Cousine Frau Abel, die Klavierlehrerin, besucht hat. Sie ist sehr freundlich und hat lange seine Hände gehalten, um sie sich anzuschauen.

»Ja«, sagte sie auf Norddeutsch. »Der Junge hat Klavierhände!«

Das Klavierspiel macht im Grunde Spaß. Frank hätte nie gedacht, dass es wirklich möglich ist, mit der linken Hand gleichzeitig etwas anderes zu spielen als mit der rechten. Aber es geht mit der Zeit. Und Frau Abel, die Klavierlehrerin, gibt sich mit ihm besondere Mühe. Sie ist groß und rund, und ihre Haare haben helle Streifen und liegen irgendwie unordentlich geordnet um ihren Kopf wie ein Wasserfall, der vereist ist. Er nennt sie Frau Abel, aber darf Du sagen.

Wenn Frank sich verspielt, nimmt sie seine Hand und sagt, er habe viel zu schöne Hände, um sich zu verspielen, und dann setzt sie seine Finger auf die richtigen Tasten. Sie lässt sich dabei viel Zeit, weil sie ihre Arbeit ernst nimmt. Frau Abel hat keine Kinder, ist aber verheiratet. Und obwohl Frank seine Stücke nicht immer perfekt spielt, tut sie immer begeistert und gibt ihm manchmal ein Stück Schokolade. Alles in allem hätte er es schlechter treffen können.

Einmal steht sie sogar auf, nachdem sie ein Stück von Mozart vorgespielt hat. Er soll es mit sechs Jahren geschrieben haben. Sie geht durchs Zimmer und singt die Melodie noch einmal, wobei sie etwas traurig guckt. Dabei ist das Stück sehr lustig.

Wenn sie Frank ein Stück vorspielt, setzt sie sich neben ihn, und dann streift ihn ihr nackter Unterarm gelegentlich, weil sie sich stark bewegt, aber das scheint ihr nichts auszumachen. Christel sagt, Frau Abel würde so »älägisch« sein.

Jedenfalls denkt Frank, dass er wohl das Klavierspielen von seinem Vater geerbt hat, obwohl er tot ist, genauso wie das ewige Pfeifen.

Frank liebt besonders Bach. Er hat Christel öfter Bach spielen hören. Er selbst beschäftigt sich mit Stücken, die »Lustige Musikanten« oder »Die Pauke« heißen. Zu Bernhard sagt er: »An Bach kommt keiner ran. Keiner!«

Bernhard meint, das würde irgendwie angeberisch klingen. Das macht Frank aber nichts aus. Er gibt gerne an.

Außerdem gibt Bernhard mit seinen gefährlichen Sachen noch viel mehr an. Jetzt hat er vor, im Wald eine Explosion zu machen.

Beim Klavierspiel macht Frank Fortschritte und spielt kleine Menuette von Beethoven, die von zu vielen Noten gereinigt sind. Aber er kommt nicht immer zum Üben. Und dann macht es keinen Spaß, wenn er zu Frau Abel gehen muss. Da nützt es auch nichts, wenn er eine halbe Stunde vor dem Unterricht mit dem Üben anfängt.

Es ist ihm peinlich, wenn Frau Abel dann so tut, als müsste sie ihn trösten.

Auf jeden Fall beschließt er, heute nicht hinzugehen. Er nimmt von seinem Taschengeld zwanzig Pfennig und ruft von einer Telefonzelle aus Frau Abel an, hustet in den Hörer und sagt, dass er erkältet sei.

Jetzt hat er Zeit und schlendert mit seiner Notenmappe durch die Straßen, schaut sich die Schaufenster an und kommt pünktlich nach Hause.

»Wie war's?«, fragt seine Mutter.

»Eigentlich ganz nett. Aber ich muss diesmal kein neues Stück üben. Nur das alte wiederholen.«

»So? Hosch net geübt?«

»Noi«, brummt er.

Er versucht, so wenig wie möglich zu lügen. Damit sich nicht zu viel anhäuft und er womöglich noch in die Hölle kommt, wenn er stirbt, wo er dann wahrscheinlich den Hausmeister von seiner Schule trifft, der ein Heide ist und böse guckt. Es stimmt ja auch, dass er kein neues Stück üben muss. Das war immerhin nicht gelogen.

40

Stuttgart, Januar 1957, kurz nach Silvester. Elisabeth ist aufgeregt. Was soll sie kochen? Jerry, der Amerikaner, den Arnold während seiner Gefangenschaft kennengelernt hat, kommt zu Besuch. Er hat beruflich in Deutschland zu tun und hat sich gemeldet. Arnold hat sich riesig gefreut und hat zu ihr gesagt: »Jerry freut sich am meisten, wenn du etwas ganz Normales kochst, etwas typisch Schwäbisches.«

Männer! Etwas ganz Normales kochen! Ja schon, etwas Schwäbisches. Aber es muss etwas besonders Schwäbisches sein und da fällt es ihr ein: Rostbraten und Spätzle mit Kartoffelsalat und grünem Salat. Und die Spätzle natürlich selber gemacht. Nicht geschabt, da werden sie so klein und dick, sondern durch die Spätzlesmaschin gedrückt.

Aber ein gutes Rindfleisch ist teuer, es muss ja von der Hüfte sein und kein Schmorbraten. Zum Glück hat sie für Notfälle etwas Geld zurückgelegt. Und das ist ein Notfall. Wer weiß, vielleicht kann Jerry Arnold einen guten Job in Deutschland vermitteln. Arnold spricht fließend englisch und die Amerikaner in Ludwigsburg sind ein Wirtschaftsfaktor, obwohl sie sich ja ein bisschen abkapseln, ihre eigenen Läden haben und für sich sind. Aber Dolmetscher werden immer gebraucht und je besser der Rostbraten wird, desto besser wird Jerrys Laune sein und die Chancen steigen, dass er für einen alten Freund etwas tun wird. Letzten Endes kommt es auf dieses Essen an.

Koch was ganz Normales! Dass Männer so wenig Realitätssinn haben!

Vielleicht Grießklößchensuppe als Einstieg. Und zum Nachtisch? Dampfnudeln mit Vanillesoße? Oder nach einer Pause einen gedeckten schwäbischen Apfelkuchen mit Sahne? Oder – genau: das Hutzelbrot von Weihnachten, das ist jetzt richtig gereift, mit Kaffee!

Beim Mittagessen, einem schlichten Gaisburger Marsch, ist Arnold zu Hause. Er hat sich extra einen Tag freigenommen und Elisabeth musste versprechen, den Kindern vorher nichts zu sagen.

Während sie essen, klopft Arnold gegen ein Glas. Alle schauen auf.

»Liebe Familie«, sagt Arnold, »ich hab euch etwas Wichtiges zu sagen.«

»Mama ist schwanger!«, rutscht es Britta heraus.

»Britta!«, sagt Elisabeth streng und sendet aus ihren blauen Augen einen Blitz über den Tisch.

»Eure Mama ist – soweit ich das weiß – nicht schwanger«, fährt Arnold fort, »aber wir bekommen Besuch aus Amerika!«

»Ach so«, meint Hartmut, »du meinst einen von den Amis aus Ludwigsburg.«

»Nein, es kommt ein Amerikaner direkt von Boston angeflogen und kommt zu uns auf Besuch.«

»Irre!«, sagte Hartmut. »Wieso kommt der zu uns?«

»Ich war ja in amerikanischer Kriegsgefangenschaft auf Rhode Island. Da war unser Lager und Boston ist in der Nähe.«

»Und warum kommt der zu uns?«, fragt Britta.

»Ich habe Jerry Wiseman kennengelernt, als ich im Lager einen Chor hatte. Wir haben in verschiedenen Kirchen gesungen und sind in die Familien eingeladen worden.«

»Der Gefangenenchor«, sagt Hartmut.

»Und sieht der Jerry auch richtig schwarz aus?«, fragt Frank. Er hat nämlich in den Amilastern, die Schokolade werfen, öfter Amerikaner mit dunkler Hautfarbe gesehen.

»Nee. Jerry sieht so aus wie wir, ich meine, er hat eine helle Haut.«

»Und wann kommt er?«

»Heute Abend, wenn ihr alle im Bett seid!«

Allgemeine Empörungsrufe. Arnold lacht. »War nur ein Scherz. Morgen, am Samstag, ist zwar Schule, aber ich schreib euch eine Entschuldigung, dass ihr ausschlafen könnt.«

»Ja!«, rufen Britta und Hartmut.

»Aber Arnold«, meint Elisabeth, »meinst du, dass das geht?«

»Keine Ahnung. Wir machen es einfach. Schließlich leben wir nicht mehr in einer Diktatur. Es ist ein Beitrag zur Völkerverständigung.«

Der Nachmittag vergeht bei Elisabeth mit einer gewissen Hektik. Die Grießklößchen formen und in einem Topf aufbewahren, bis die Brühe fertig ist, den Spätzlesteig machen, auch er muss eine Zeit stehen, und den Kartoffelsalat rechtzeitig ansetzen, damit die Brühe in die Kartoffeln einzieht. In dieser Zeit kann sie niemanden in der Küche gebrauchen, und man hört nur ihre Schritte und das Geklapper von Töpfen.

Draußen ist es inzwischen dunkel geworden und die Gaslaternen gehen an. Auf den Dächern glitzert ein Eisüberzug und an den Dachrinnen hängen Eiszapfen. Gegen sechs klingelt es.

Hartmut ist als Erster an der Tür und reißt sie auf.

Draußen steht ein mittelgroßer Mann in Mantel und Hut und grinst über das ganze Gesicht.

Er nimmt den Hut ab und sagt: Goodn Abnd, ik bin Jerry!«

»I ... am Hartmut«, sagt Hartmut, »How do you do? Come in, please!«

»Hey!«, sagt Jerry. »Doo redst ja schon escht englisch!«

»Angeber!«, flüstert Britta, die dazugekommen ist. Jetzt sind auch Elisabeth und Arnold da, begrüßen den Gast, und Elisabeth nimmt ihm den Mantel ab.

Arnold umarmt Jerry und klopft ihm auf die Schulter. »Great that you're here! Finally!«

Von irgendwoher hat Jerry Blumen hervorgezaubert und überreicht sie mit einer Verbeugung der Dame des Hauses, die sich gerade vorher noch rechtzeitig umgezogen hat und jetzt ein rotes Kleid mit Perlenkette trägt.

»You have a beautiful wife, Arny«, sagt Jerry und Elisabeth meint: »Das hab ich verstanden!«, und wird dabei rot.

Man setzt sich zuerst an den Couchtisch, es gibt Saft für die jüngeren Familienmitglieder und einen Sherry für die Erwachsenen.

Jerry hat eine große Ledertasche dabei, die er mit ins Wohnzimmer nimmt.

»Zuerscht will ik mein Geschenke loswerden«, sagt er und grinst wieder. »Oder heißt es meine Geschenker?«

»Meine Geschenke«, sagt Arnold.

»Oh, das Deutsch ist komplisiert!«

»Na hör mal, Jerry. Du bist ein Amerikaner, der deutsch sprechen kann. Das ist schon mal großartig!«

»Es gibt …«, meldet sich plötzlich Frank, »es gibt bei uns sogar ein süßes Stückle, des heißt Amerikaner.«

Alle blicken erstaunt auf Frank.

»Was ist denn ein suß Stuckle?«, fragt Jerry.

»Das ist eine Art Gebäck«, erklärt Britta und fügt hinzu: »Something sweet.«

»Okay. Und wie sieht das aus?«

Frank, der es nicht gut findet, dass man ihm seinen Beitrag wegnimmt, kräht ganz laut: »Der Amerikaner, der isch dick, fett, rund und … und weiß.«

»He! Das ist ja ein Kompliment«, sagt Jerry und lacht. »Dick, fett, rund und weiß. So was muss ich mir besorgen und nehmen mit nach Hause!«

»Also, Frank!«, sagt Elisabeth.

»Wieso? Des stimmt doch!«, sagt Frank empört, aber seine Geschwister schauen sich an und grinsen.

Jerry öffnet die Tasche. »Here is etwas für Frank.« Er überreicht ihm eine große Stoffkatze. »Die kannst doo ins Bett nehmen, dann kannst doo besser einschlafen.«

Frank nimmt sie entgegen und sieht gerade noch, wie seine Mutter ihn ernst anblickt und unhörbar das Wort »danke« formt. »Vielen Dank!«

Aber Jerry ist schon beim nächsten Geschenk. »Hartmut, dain Dad hat mir geschrieben, dass du gerne neue Erfindungen machen toost. Hier ist eine kleine Dampfmaschine. Ist's really working mit Feuer und Wasser.«

Hartmut ist begeistert. Eine richtige kleine Maschine. »Toll!«, sagt er. »Thank you very much!«

»Und für die junge Dame habe ik drei Stuck Rosenseife, die ist aus eschtem Rosenwasser gemacht.«

Er überreicht ihr eine kleine Schachtel. »Thank you!« Britta strahlt.

»Und für Arny and Lizzy – ich darf dich doch Lizzy nennen, oder?«

»Natürlich, Jerry!«

»Für euch habe ich ein paar Goldnuggets aus Colorado, wenn es mal knapp wird!«

Elisabeth bekommt große Augen, als sie die Goldkörner in ihren Händen hält.

»Mama – du musst Sänk ju sagen«, meint Frank, und alle lachen.

»Ach – das Essen!«, ruft Elisabeth und verschwindet in der Küche. »Setzt euch schon mal hin!«

Kurze Zeit später sitzen alle, und nach einem Tischgebet verteilt Elisabeth aus einer geblümten Porzellanschüssel die Grießklößchensuppe und Jerry muss das Wort nachsagen: »Greeceklöskensoupey.«

Als alle essen, sagt Frank: »Onkel Jerry!«

»Ja?«

»Bei uns in der Straß, da fahren manchmal Amis ... ehm ... Amerikaner durch und wenn wir Hau du ju du und sänk ju rufen, dann schmeißet die Schokolade ausm Fenschter.«

»Ah«, sagt Jerry, »ich weiß das, aber doo moost das besser aus-spreken. Sag mal Thank you!«

»Sänk you!«

»Nein. Doo musst die Zunge zwischen die Zähn stecken.«

Frank probiert es, wobei ein paar Grießreste auf den Teller fallen.

»Very good!«

Der Rostbraten wird sehr gelobt und auch die Spätzle mit der wunderbaren Soße, die sich mit Kartoffelsalat herrlich vermischt, wobei sich Jerry wundert, dass man Nudeln und Kartoffeln gleichzeitig essen kann.

Nach dem Nachtisch verschwinden die Kinder. Hartmut und Frank gehen in das Bubenzimmer, weil Hartmut die Dampfmaschine unbedingt ausprobieren muss.

Die Erwachsenen sitzen beim Kaffee. Elisabeth glüht noch vom Kochen, Servieren, von der allgemeinen Aufgeregtheit.

»Und wie kommst doo surecht in good old Germany?«, fragt Jerry seinen Freund.

»Na ja, es geht. Vieles ist wieder aufgebaut, man kann hier inzwischen ganz gut leben. Erst neulich hab ich zu Elisabeth gesagt, wie gut wir es als Prisoners Of War bei euch auf Rhode Island hatten.«

»Na ja«, sagt Jerry, »das war auch ein Projekt der Regierung. Sie wollte, dass ihr als goode Botschafter nach Deutschland zurückgeht. Werbung für das goode Amerika! Es gibt auch andere Lager, die sehr schlescht waren. Und es haben viele nischt überlebt.«

»Ehrlich? Bei uns hat die freundliche Behandlung durchaus gewirkt. Wir sind anders zurückgefahren, als wir gekommen sind.«

»Und wie geht es mit deinem Beruf? Du hast geschrieben, es ist nicht einfach Fuß tsoo fassen.«

»Weißt du, ich habe ja Jura studiert, es fehlte nicht viel, und ich hätte die Ausbildung abschließen können. Als ich siebenundvierzig zurückkam, waren die Stellen von Jüngeren besetzt und ich war noch nicht entnazifiziert.«

»Ent... was?«

»Man musste nachweisen, dass man die Naziideologie abgelegt hat. Aber ich war weder im Widerstand noch habe ich Juden versteckt und war auch noch, wie fast alle, Mitglied der Partei, dadurch war und ist es bis heute schwierig, eine Stelle zu kriegen. Im Augenblick bin ich bei einer kleinen Pharmafirma beschäftigt, Mädchen für alles ...«

Elisabeth schaltet sich ein und sagt: »Jerry, kannst du denn nicht irgendwas vermitteln? Arnold spricht doch gut Englisch und kann sich schnell irgendwo einarbeiten.«

Auf Arnolds Stirn entsteht eine steile Falte. »Also, bitte, Elisabeth, deswegen haben wir doch Jerry nicht eingeladen, er muss sich ja vorkommen, als ob …«

Jerry legt Arnold die Hand auf den Arm. »Ganz ruhig, Arny. Deine Frau hat ein gewissen – wie soll ich sagen: sense of reality? Wir sind befreundet und wieso soll man sich da nicht gegenseitig helfen? Ich kenne deine Quality. Doo bist zuverlässig, offen, lernst schnell neue Ding. Und die Army here in Sud Germany hat vielleicht irgendwo Bedarf. Und ik waiß hundertprozentig, dass doo kain Nazi mehr bist und vielleischt nee einer warst.«

Arnold nickt, trinkt einen Schluck lauwarmen Kaffee und blickt seine Frau an, die sich auf die Lippen beißt. »Ist es nicht großartig, wie sich meine Frau Gedanken um mich macht?«, sagt er schließlich und legt Elisabeth den Arm um die Schulter.

»Ja, du hast eine großartige Frau, Arny, und außerdem kann sie auch noch good koken!«

Plötzlich ein Schrei aus dem Bubenzimmer. »Es geht! Es geht!«

Die Tür wird aufgerissen und Hartmut ruft: »Das Ding funktioniert. Hört ihr, wie sie rattert?«

Die Erwachsenen stehen auf und gehen ins angrenzende Zimmer.

Die kleine Maschine steht auf dem Tisch, ein weißes Plättchen brennt unter dem kleinen Kupferkessel und das Rad bewegt sich rasend schnell, während aus dem kleinen Schornstein Rauch entweicht. Auf dem Boden sitzt die amerikanische Katze und wundert sich. Daneben liegt ein weißes Papier, das zur Hälfte gefaltet ist.

»Papa«, sagt Frank, »zeigst du mir, wie man eine Schwalbe faltet? In dem Buch – des versteh i net.«

Arnold sieht sich die Zeichnung an und lächelt. »Das kenn ich. Das hab ich schon gemacht, als ich so alt war wie du.«

Er nimmt das Blatt und zeigt Frank ganz langsam die einzelnen Schritte, während die Dampfmaschine leise surrt und qualmt.

41

Stuttgart, Januar 1957. Es liegt Schnee in der Luft, aber es schneit einfach nicht. Frank stellt sich vor, dass die Pechmarie lange schläft und zu bequem ist, die Betten von Frau Holle zu schütteln, und der Schnee liegt faul herum und vergammelt. Am liebsten würde er die Pechmarie so lange in ihre dicken Oberarme kneifen, bis sie wach ist. Er würde ihr auch helfen, die Bettdecken auszuschütteln. Aber dann müsste er ganz schnell wieder auf die Erde runter, um den Schnee zu sehen.

Immerhin sind aber draußen die Pfützen gefroren und Frank hat die Gießkanne genommen und hinter dem Haus, wo man nicht so häufig hin- und hergeht, eine Eisbahn gemacht. Wenn er Anlauf nimmt, kann er fast fünf Meter weit schlittern. Und mit Jürgen, dem Jungen von den Mergenthalers aus dem oberen Stock, macht er Wettschlittern. Manchmal gewinnt er, manchmal Jürgen. Er hat herausgefunden, wenn er sich seitlich hinstellt, schlittert er weiter.

Die Dampfmaschine von Jerry hat schon mehrere Jungen ins Haus gelockt und Hartmut zeigt stolz, wie es geht. Manchmal nimmt er die Maschine auch mit, wenn er jemanden besucht. Wie ein Vertreter. Im Augenblick ist er auch wieder unterwegs.

Die amerikanische Stoffkatze hat tatsächlich einen Platz in Franks Bett gefunden und bewacht seitdem seinen Schlaf.

Als Frank dann ins Haus geht, weil es dunkel wird und er keine Tracht Prügel bekommen möchte, hört er die Stimme seiner Mutter und die müde Stimme von seinem Vater.

Eigentlich klingt sein Vater sonst nicht so müde. Er macht oft Scherze mit Elisabeth, wenn er nach Hause kommt, und kitzelt sie, bis sie quiekt, und dann küsst er sie.

Aber diesmal nicht. Irgendetwas ist anders. Frank geht ins Wohnzimmer. Da liegt sein Vater auf der Couch und hat ein Thermometer im Mund.

Gerade nimmt es Elisabeth heraus und blickt erschrocken hoch.

»Des isch ja über vierzig!«, sagt sie und sieht ihren Mann besorgt an und Frank hört so ein komisches Geräusch, das wie ein leiser Motor klingt, aber diesmal ist es nicht die Dampfmaschine, sondern es ist sein Vater, der mit den Zähnen klappert, weil er friert.

»Ich ruf den Doktor an!«

»Ist doch bloß ... klapper, klapper ... eine Erkältung«, sagt sein Vater.

»Des isch koi gloine Erkäldung, des isch mehr.«

Sie geht in die Küche, bringt einen Eimer mit Wasser und mehrere Waschlappen mit, legt ihm einen auf die Stirn und zwei um die Waden. Arnold hat jetzt die Augen geschlossen, aber der Fiebermotor rattert immer noch. Frank findet es seltsam, dass sein Vater so schwach ist. So hat er ihn noch nie gesehen.

Er geht aus dem Zimmer zu seiner Schwester Britta, weil dort der Radioapparat steht, denn bald kommt die Wiederholung vom Kinderfunk am Morgen.

Zum Glück ist Britta nicht da und er kann ungestört die Sendung hören. Seine Mutter wird bei seinem kranken Vater schon das Richtige tun.

Es dauert immer eine Weile, bis das grüne Auge bei dem Telefunken-Radio richtig grün wird und ein Ton zu hören ist.

Im Augenblick gibt es noch Musik. Jemand spielt Klavier.

Frank macht es sich im Zimmer seiner Schwester gemütlich, lümmelt sich auf ihr Bett und hört zu. Er sucht nach einem Blatt, um sich eine Schwalbe zu basteln, die ihm sein Vater neulich gezeigt hat. Aber irgendwas hat er falsch gefaltet, denn der Papierschnabel sieht viel zu breit aus.

In der Sendung geht es um Indianer. Das interessiert ihn.

Die Indianer in Amerika gibt es immer noch, hört er, aber sie leben wie in einem riesigen Zoo, den man für sie reserviert hat. Da können sie dann mit ihren Booten auf dem Fluss herumfahren und ein bisschen jagen, aber nicht zu viel. Manche von den Indianern sind ganz normale Amerikaner geworden mit Haus und Auto und einem Hut statt Federschmuck.

Viele Indianer in dem Indianerzoo trinken Bier oder Schnaps und dann ist ihnen alles egal.

Es gibt aber auch Indianer, die leben nicht in Zelten, sondern in Höhlen und Lehmhäusern, die übereinandergestapelt sind. Sie haben keine Treppen, nur Leitern.

Und auch keine Kehrwoche, denkt Frank, *höchstens eine Leiterwoche.*

Manche von den Lehmhausindianern, sagt die nette Stimme von der Kinderfunktante, beten zur Sonne, damit sie morgens aufgeht. Der Oberpriester ist überzeugt, dass die Sonne deswegen aufgeht, weil er sie darum bittet.

Das findet Frank total doof, weil Hartmut ihm erklärt hat, dass die Sonne deswegen aufgeht, weil die Erde sich dreht.

»Kinder«, sagt die Frau im Kinderfunk, »vielleicht denkt ihr jetzt, dass das gar nicht sein kann, weil die Sonne doch sowieso jeden Morgen da ist, aber der Medizinmann ist davon überzeugt, dass sein Gebet das bewirkt, und das macht ihn froh. Vielleicht gibt es ja bei euch auch so etwas Ähnliches, wo ihr etwas tut, obwohl man es auch bleiben lassen könnte? Was meinst du, Rainer?«

Rainer aus dem Radio überlegt und meint dann, dass es so etwas gibt, zum Beispiel: in die Schule gehen. Das könnte man auch bleiben lassen.

Die Kinderfunkfrau lacht ein bisschen und meint, dass sie das lustig findet und fragt ein Mädchen: »Manuela, machst du auch manchmal Sachen, die etwas bewirken sollen, aber es würde sowieso kommen?«

Manuela sagt: »Ich kenne das Wort bewirken gar nicht.«

»Na ja«, sagt die fröhliche Stimme, »machst du auch manchmal so etwas wie der Medizinmann, der die Sonne bittet aufzugehen und sie geht auch ohne ihn auf?«

»Nö«, sagt Manuela. »Bei mir geht die Tür nur auf, wenn ich klingele.«

»Und jetzt hören wir, wie die Indianer Flöte spielen«, sagt die muntere Stimme.

An der Tür klingelt es und Frank steht auf, um zu sehen, wer das ist.

Ein Mann mit einer großen Tasche steht draußen und Elisabeth sagt: »Gott sei Dank, dass Sie kommen, Herr Doktor. So hoch hat er noch nie Fieber g'habt.«

Als der Doktor ins Schlafzimmer geht und die Tür schließt, schleicht sich Frank an das Schlüsselloch heran und horcht.

Er hört, wie der Doktor nach einer Weile sagt: »Ziemlich heftige Grippe. Ich lasse Ihnen etwas Fiebersenkendes da. Er muss viel trinken und machen Sie ihm eine Suppe.«

Frank geht wieder ins Zimmer zurück, wo der Radioapparat steht. Immer noch spielen die Flöten, die sich ein bisschen ausländisch anhören, und Frank denkt dabei, dass er an Fasching gerne ein Indianer sein möchte mit Pfeil und Bogen und einem richtigen Colt aus Eisen, nicht mit so einem leichten Babyrevolver aus Plastik.

Mit dem könnte er bei Bernhard ganz schön angeben. Aber so was ist teuer.

Plötzlich wird die Tür aufgerissen und Britta steht da. »Was machst du denn hier?«

Britta versucht wie Hartmut totales Hochdeutsch zu reden.

»Ich hör den Kinderfunk, aber der ist sowieso gleich zu Ende, außerdem isch Papa schwer krank, der Doktor war grad da.«

»Was?«

»Der hat so hoch Fieber, dass er mit de Zähn g'lappert hat, und die Mama isch in der Küch und macht a Süpple.«

Ohne ein Wort ist Britta verschwunden und Frank hört jetzt aus dem Radio ein echtes Indianergeheul. Es ist ganz hoch und schrill und die Indianer machen es, um den Feinden Angst zu machen, aber Frank würde es keine Angst machen, da ist ein echtes Löwengebrüll, das er mal in der Wilhelma gehört hat, etwas ganz anderes.

Als es nachher Abendbrot gibt, sitzen sie nur zu dritt in der Küche. Hartmut ist mit der Dampfmaschine immer noch bei einem Freund, den Elisabeth nicht leiden kann, weil er immer so geleckt aussieht.

Geredet wird nicht viel. Einmal seufzt Elisabeth und sagt dann: »Ich weiß net, was los isch. So hab ich den Arnold noch nie g'sehn. Als er 1944 Fronturlaub g'habt hat, da war er verwundet und a bissle ohne Hoffnung, aber net so wie jetzt. Vorhin hat er was g'schwätzt, was i gar net verstande hab. Irgendwas von einem Max im Lazarett. Was die Männer auch elles erlebt hend im Krieg, des woiß kaum oiner. Und grad jetzt, wo er neue Arbeit hat, beim Amerikaner in Ludwigsburg!«

Britta kramt in ihrer Tasche und putzt sich die Nase.

Als das Abendessen vorbei ist, schleicht sich Frank in das Schlafzimmer mit seiner halb gebastelten Schwalbe. Sein Vater hat gerade die Augen aufgemacht und blickt verwundert auf Frank, als ob er ihn zum ersten Mal sehen würde.

Frank hält ihm die Schwalbe hin und sagt: »Der Schnabel stimmt net.«

Arnold schließt kurz die Augen, lächelt und versucht, das Papier zu falten, aber seine Hände zittern. Irgendwie kriegt er es aber doch hin, und Frank hat sich gemerkt, wie sein Vater das gefaltet hat, sagt »Danke« und geht.

Aber als er sie im Wohnzimmer fliegen lässt und nicht genau aufpasst, ist sie verschwunden. Wie vom Erdboden verschluckt.

Abends betet er, dass Gott seinen Vater wieder gesund machen soll, damit er nicht immer mit den Zähnen klappern muss. Seine Mutter streicht ihm übers Haar und sagt: »'s wird bestimmt alles wieder gut, Frank.«

Literatur

Literaturzitate

Hans-Jochen Gramm, Der Flüsterwitz im Dritten Reich, München 1963.

Thomas Mann, Der Zauberberg, Frankfurt 2004.

Christian Zentner, Adolf Hitlers Mein Kampf, kommentierte Ausgabe in Auszügen, München 1974.

Sonstige Literatur

Führer und Völker, Geschichtsbuch für höhere Schulen, Bielefeld und Leipzig 1941.

Karl Dietrich Bracher, Manfred Funke, Hans-Adolf Jakobsen (Hrsg.), Nationalsozialistische Diktatur 1933–1945, Schriftenreihe der Bundeszentrale für politische Bildung, Bonn 1986.

Jürgen Kleindienst (Hrsg.), Wir sollten Helden sein. Jugend in Deutschland 1939–1945, Berlin 2001.

Victor Klemperer, Tagebücher 1937–45, Berlin 1999.

Sigrid Ramge
Maifrost
Roman
Silberburg-Verlag